Debbie Macomber
Un puerto seguro

Editado por Harlequin Ibérica.
Una división de HarperCollins Ibérica, S.A.
Núñez de Balboa, 56
28001 Madrid

© 2005 Debbie Macomber. Todos los derechos reservados.
UN PUERTO SEGURO, Nº 85 - 1.9.09
Título original: 50 Harbor Street
Publicada originalmente por Mira Books, Ontario, Canadá.
Traducido por Sonia Figueroa Martínez

Todos los derechos están reservados incluidos los de reproducción, total o parcial. Esta edición ha sido publicada con permiso de Harlequin Enterprises II BV.
Todos los personajes de este libro son ficticios. Cualquier parecido con alguna persona, viva o muerta, es pura coincidencia.
™ TOP NOVEL es marca registrada por Harlequin Enterprises Ltd.

® y ™ son marcas registradas por Harlequin Enterprises Limited y sus filiales, utilizadas con licencia. Las marcas que lleven ® están registradas en la Oficina Espanola de Patentes y Marcas y en otros países.

I.S.B.N.: 978-84-671-7452-6
Depósito legal: B-30908-2009
Imágenes de cubierta:
Mujer: LVNEL/DREAMSTIME.COM
Faro: SUBJEKTIV/DREAMSTIME.COM

Para Mary Lou Carney, porque su amistad y sus valiosas opiniones han sido una bendición muy especial para mí.

CAPÍTULO 1

Corrie McAfee estaba preocupada, y sabía que su marido también lo estaba.

Era comprensible. Roy era investigador privado, y desde julio había estado recibiendo una serie de mensajes anónimos. A pesar de que no eran abiertamente amenazadores, resultaban inquietantes.

El primer mensaje había llegado a la oficina por correo, y hablaba de arrepentimientos. A lo largo de las semanas siguientes, habían llegado varios más. Ella los había leído tantas veces, que se los sabía de memoria. En el primero ponía: *Todo el mundo se arrepiente de alguna cosa. ¿Hay algo que desearías no haber hecho?, piensa en ello.*

Ninguno de los mensajes estaba firmado. Habían llegado a intervalos irregulares, y los habían enviado desde diferentes sitios. No podía quitárselos de la cabeza, y aunque habían ido pasando los meses y ya había llegado octubre, aún no había averiguado nada nuevo.

El borboteo de la cafetera la arrancó de sus preocupaciones por un instante, y miró hacia la amplia ventana que daba al centro de Cedar Cove, una pequeña ciudad del estado de Washington. Trabajar para Roy, ser tanto su secretaria como su ayudante, tenía sus ventajas, pero en aquel caso también tenía desventajas. Lo de «ojos que no ven, corazón que no siente» era cierto en aquella situación, porque sabía que dormiría mucho más tranquila si no se hubiera enterado de lo de los mensajes.

Pero incluso suponiendo que Roy hubiera conseguido ocultárselos, ella habría acabado enterándose, porque el último mensaje no lo habían enviado a la oficina, como los demás, sino que lo habían dejado una noche en la puerta de su casa. *Su propia casa*. La noche en cuestión, Roy y ella tenían invitados, y al abrir la puerta para despedirse de ellos habían encontrado una cesta de fruta con una nota.

La recorrió un escalofrío sólo con pensar que aquella persona desconocida sabía dónde vivían.

—¿Está listo el café? —le preguntó Roy, desde su despacho; al parecer, empezaba a impacientarse.

—Relájate, ya voy —no pretendía que su tono de voz sonara tan seco. No solía ser tan irascible, y aquella reacción tan poco habitual demostraba lo alterada que estaba por culpa de aquella situación.

Después de soltar un profundo suspiro, llenó una taza de café y la llevó al despacho de su marido.

—Tenemos que hablar, Roy —le dijo, al poner la taza sobre la mesa.

Su marido se reclinó en su silla con despreocupación, y entrelazó los dedos detrás de la cabeza. Llevaban casados veintisiete años, y a ella seguía pareciéndole tan atractivo como cuando iban a la universidad. Roy había formado parte del equipo de rugby de la Universidad de Washington, y había sido un chico muy popular. Era alto y musculoso, tenía los hombros anchos, y su postura seguía siendo tan erguida como siempre. Se mantenía en forma sin ningún esfuerzo aparente, y a ella le daba un poco de envidia el hecho de que no hubiera ganado peso en todos aquellos años. Las canas que habían aparecido en su pelo oscuro sólo servían para aportar un toque de distinción a su aspecto.

Había salido con algunas chicas mientras iba a la universidad, pero al final se había enamorado de ella. No habían tenido un noviazgo fácil; de hecho, habían roto en una ocasión y habían pasado más de un año separados, pero se habían concedido una segunda oportunidad. Se habían dado cuenta de cuánto se amaban, y tenían tan claro lo que querían, que se habían casado poco después de licenciarse. El amor que sentían el uno por el otro se había mantenido firme durante problemas y tribulaciones, durante los años buenos y los malos.

−¿De qué? −le preguntó él.

No se dejó engañar por su aparente despreocupación, estaba segura de que su marido sabía a qué se refería.

−¿Te suena de algo *El pasado siempre acaba alcanzando al presente*? −le dijo, mientras se sentaba en la silla que solían ocupar los clientes. Quería dejarle muy claro que no iba a poder dejarla al margen de aquel asunto. Temía que estuviera ocultándole información relacionada con los mensajes, sería muy típico de él intentar protegerla.

−Esos mensajes no tienen nada que ver contigo, así que no te preocupes −le contestó, ceñudo.

Aquella respuesta la enfureció.

−¡No digas eso! Todo lo que te pase a ti me afecta a mí, Roy.

Él parecía dispuesto a discutir, pero llevaban muchos años juntos, y se dio cuenta de que ella no iba a darse por satisfecha con unas cuantas palabras tranquilizadoras.

−No sé qué decirte... durante estos años he ganado algunos enemigos, y sí, hay cosas de las que me arrepiento, como todo el mundo.

Roy había alcanzado el rango de inspector en el departamento de policía de Seattle, pero había tenido que dejarlo antes de tiempo por culpa de una lesión de espalda; al principio, la entusiasmaba la idea de tener a su marido en casa. Creía que por fin iban a poder viajar, que iban a llevar a cabo algunas de las cosas que siempre habían planeado, pero las cosas no habían ido tal y como ella esperaba. A pesar de que Roy disponía de más tiempo, la jubilación anticipada había afectado a la economía doméstica, y los ingresos se habían reducido un veinte por ciento por lo menos.

Habían decidido marcharse de Seattle y mudarse a Cedar Cove para intentar recortar gastos. En el condado de Kitsap el precio de la propiedad era mucho más razonable, y el ritmo de vida más sosegado. Cuando el agente inmobiliario les había enseñado la casa situada en el 50 de Harbor Street, que tenía un enorme porche delantero y unas vistas fantásticas de la ensenada y el faro, ella había sabido de inmediato que iba a convertirse en su hogar.

A pesar de que hasta aquel momento estaban acostumbrados a vivir en la gran ciudad, la aclimatación no había sido tan dura como ella temía. Los habitantes of Cedar Cove eran muy amables, pero a pesar de que Roy y ella habían llegado a tener algunos buenos amigos... los Beldon, por ejemplo... lo cierto era que no tenían una relación estrecha con casi nadie. Sabían cómo se llamaban los vecinos y los saludaban cuando se cruzaban con ellos por la calle, pero nada más.

Se había sentido desalentada al ver que Roy no lograba acostumbrarse a estar inactivo. Su estado de ánimo había reflejado lo aburrido que estaba y a menudo se mostraba irascible, pero todo había cambiado cuando había decidido alquilar una oficina y empezar a trabajar como investigador privado. Ella había apoyado aquella decisión, y en cuestión de días su marido estaba muy atareado y había recuperado el entusiasmo por la vida. Aceptaba los casos que quería, y rechazaba los que no le convenían. Estaba muy orgullosa de él, de sus aptitudes y su éxito, de cuánto se preocupaba por sus clientes; sin embargo, a ninguno de los dos se les había ocurrido que un día iba a tener que resolver un misterio relacionado consigo mismo.

—Puede que estés en peligro —le dijo con voz suave, sin intentar disimular lo angustiada que estaba. No quería ocultar sus sentimientos, ni fingir que todo iba bien.

—No creo que sea para tanto. Si alguien quisiera hacerme daño, ya lo habría hecho —le contestó él con tranquilidad.

—¿Cómo puedes decir eso? —lo miró con irritación, y añadió—: Siguieron a Bob, y está claro que no era él quien les interesaba. Estaba conduciendo tu coche, creyeron que estaban siguiéndote a ti.

Bob Beldon y su mujer, Peggy, eran los propietarios de la pensión Thyme and Tide. En una ocasión, Bob le había pedido prestado el coche a Roy, y después había llamado muy asustado porque creía que alguien estaba siguiéndole; fuera quien fuese, se había marchado en cuanto Bob había llegado a la comisaría. Roy y ella se habían dado cuenta más tarde de que la persona que había seguido a Bob debía de haber dado por hecho que era Roy el que conducía el coche.

—En el mensaje ponía que no corremos peligro —le dijo su marido.

—¡Sí, claro! Eso es lo que quieren que pensemos, para que bajemos la guardia.

—Corrie...

Ella se negó a seguir oyendo sus palabras tranquilizadoras, y lo cortó antes de que pudiera seguir hablando.

—Nos dejaron aquella cesta en nuestro porche, Roy. Ese... ese desconocido vino a nuestra propia casa, así que no intentes convencerme de que no hay de qué preocuparse —al notar que le temblaba la voz, se dio cuenta de que estaba a punto de perder los estribos.

Estaba cansada de tener miedo, de esperar a que llegara el siguiente mensaje... o a que pasara algo incluso peor. Estaba cansada de despertarse con los ojos enrojecidos por la falta de sueño. Cada mañana, lo primero que se le pasaba por la cabeza era el miedo por lo que pudiera pasar durante el día que tenía por delante.

—La cesta llegó hace más de una semana, y desde entonces no ha habido ninguna novedad —al ver que sus palabras no parecían tranquilizarla, su marido añadió con voz un poco tensa—: Hoy no hemos recibido ningún mensaje, ¿verdad?

–No –ella había recogido el correo, y lo había dejado encima de su mesa después de comprobar que sólo había facturas y propaganda. Como su marido asintió como diciendo «¿Lo ves?, no pasa nada», luchó por mantener la calma y le dijo–: Ni me acuerdo de la última vez que dormí durante toda una noche, Roy. Y tú tampoco duermes bien –al ver que él permanecía en silencio, añadió–: No podemos seguir comportándonos como si no pasara nada.

–Estoy haciendo todo lo que puedo –le contestó él, con voz cortante.

–Ya lo sé, pero no es suficiente.

–Tiene que serlo.

Corrie no era una experta en el tema de las investigaciones, pero sabía cuándo había que pedir ayuda. Hacía tiempo que tendrían que haberlo hecho.

–Tienes que hablar con alguien, Roy.

–¿Con quién?

La elección obvia era el sheriff de la ciudad.

–Troy Davis...

–No creo que sea una buena idea. Está claro que los mensajes están relacionados con algo que pasó antes de que viniéramos a vivir a Cedar Cove.

–¿Por qué estás tan seguro de eso?

–Porque en todos los mensajes se habla de arrepentimientos. Todos los policías nos arrepentimos de algo... de cosas que hemos hecho, o que no hemos hecho, o que tendríamos que haber hecho de otra forma.

Corrie pensó que todo ser humano tenía arrepentimientos, que no era algo exclusivo de los policías, pero no hizo ningún comentario al respecto.

–En el último mensaje ponía *Sólo quiero que pienses en lo que hiciste. ¿No te arrepientes de nada?* Eso implica que hice algo cuando trabajaba como inspector de policía en Seattle. A lo mejor arresté a alguien, o testifiqué contra quien fuera.

–Fuiste policía durante muchos años, pero seguro que

hay algún caso que te quedó más grabado en la memoria —le dijo, con voz suave.

—He estado dándole vueltas y más vueltas al asunto, Corrie. Tú misma has visto cómo repasaba mis archivos y mis notas. He llegado a retroceder hasta mi primer año en la policía, y no he encontrado nada.

—No me cuentas casi nada, Roy. Te empeñas en mantenerme al margen.

—Estoy protegiéndote.

—¡Pues no lo hagas! —tuvo que esforzarse por controlar la furia que sentía—. Tengo que estar al tanto de lo que pasa... ¡lo necesito! ¿No te das cuenta de cómo está afectándome todo esto?

Roy se inclinó hacia delante, apoyó los codos sobre la mesa, y le dijo en voz baja:

—Lo siento, Corrie. No dejo de pensar en el tema, pero no se me ocurre quién podría estar detrás de todo esto.

—Pero debe de haber algún caso... a lo mejor se te ha olvidado...

Roy negó con la cabeza. Era obvio que estaba tan desconcertado como ella por aquella situación.

—Está claro que se me ha olvidado, Corrie. A lo largo de los años he encarcelado a asesinos, y he recibido alguna que otra amenaza. No se me ocurre nadie en concreto, pero... ¿quién más podría ser?

—¿Qué quieres decir? —después de agarrar un pañuelo de papel, respiró hondo para intentar calmarse.

—La clase de gente con la que trataba no era sutil. Si alguno de ellos quisiera vengarse, no se molestaría en enviarme mensajes.

—A lo mejor es un familiar de alguno de los criminales a los que mandaste a la cárcel... o una víctima —había estado dándole vueltas a aquella posibilidad.

—Puede ser.

—¿Qué vamos a hacer? —lo peor de todo era el hecho de

estar siempre en guardia, la incertidumbre de no saber lo que iba a pasar.

—Nada.

—¿Nada?, ¿lo dices en serio?

—Vamos a tener que esperar a que cometan algún error. Acabarán metiendo la pata, cariño, te lo prometo. Cuando lo hagan, la pesadilla acabará.

—¿Me lo prometes?

La expresión de Roy se suavizó, y asintió mientras alargaba la mano hacia ella por encima de la mesa. Corrie se la agarró, y los dedos de ambos se entrelazaron. Cuando su marido la miró a los ojos, ella sintió su amor y su apoyo de forma casi tangible, y aquello le bastó de momento. Aquel día, aquella mañana al menos, estaba más tranquila. Se dijo que el problema era que estaba muy cansada. Seguro que la situación le parecería mucho menos aterradora si pudiera disfrutar de una buena noche de sueño.

Cuando la puerta principal de la oficina se abrió, Roy le soltó la mano y se levantó de inmediato. Durante sus años en la policía se había acostumbrado a estar siempre alerta, y últimamente lo estaba más que nunca.

—¿Mamá?, ¿papá?

Al oír que su hija los llamaba desde la zona de recepción, Corrie se apresuró a contestar:

—¡Estamos aquí, Linnette! —lo dijo con entusiasmo, pero su voz reflejaba cierta tensión.

La joven entró de inmediato en el despacho, pero se detuvo y los miró un poco vacilante. Era menuda, como Corrie, y tenía tanto el pelo como los ojos oscuros. Había sido muy buena estudiante, al igual que su madre, y como era hija de un policía, siempre había estado muy protegida. Se había centrado tanto en los estudios, que apenas había tenido vida social, pero Corrie tenía la esperanza de que eso empezara a cambiar. Linnette nunca había tenido novio formal.

—¿Interrumpo algo? —la joven los miró con suspicacia, y añadió—: ¿Todo va bien?

—Muy bien —se apresuró a decirle Corrie.
Linnette era muy intuitiva, así que no resultaba nada fácil engañarla, pero, por suerte, no insistió en el tema y les dijo:
—He encontrado piso.
—¿Dónde? —Corrie rezó para que el piso estuviera en la ciudad. Su hija iba a empezar a trabajar como asistente médico en la nueva clínica, así que estaba entusiasmada porque iba a tenerla cerca.
—En la ensenada, justo enfrente del parque del paseo marítimo. En el edificio que hay al lado del hotel Holiday Inn Express.
Corrie pasaba casi a diario por aquella zona, cuando salía a pasear por la tarde. El edificio en cuestión estaba cerca del puerto y de la biblioteca. Tenía dos plantas, y unas vistas fantásticas de la ensenada, el faro, y el astillero de Bremerton. Le parecía un lugar perfecto para su hija.
—Espero que no vaya a costarte un ojo de la cara —dijo Roy, a pesar de que era obvio que también le gustaba la zona.
—Comparado con lo que pagaba en Seattle, el alquiler es una ganga —le contestó su hija.
—Perfecto.
Roy seguía siendo muy protector con su pequeña, pero por desgracia le costaba bastante expresar lo que sentía por sus hijos, sobre todo por Mack. Padre e hijo siempre estaban discutiendo, y Corrie estaba convencida de que aquella tirantez se debía a que eran muy parecidos. Mack sabía cómo irritar a Roy, pero éste tampoco se quedaba atrás; de hecho, siempre parecía dispuesto a criticar a su hijo. Debido a la tensión que había entre los dos, solían evitarse mutuamente, y ella se sentía atrapada justo en medio. Linnette tenía dos años más que su hermano, y por suerte, con ella no tenían aquel problema.
Mientras su hija les hablaba del piso, de la mudanza y del trabajo en la clínica, Corrie asintió en los momentos oportunos, pero no pudo centrarse en lo que estaba diciéndole;

finalmente, Roy se puso a trabajar de nuevo y las dos salieron del despacho.

En cuanto salieron a la zona de recepción, Linnette la miró con expresión de preocupación y le dijo en voz más baja:

—Mamá, ¿seguro que todo va bien entre papá y tú?

—Claro que sí, ¿por qué lo preguntas?

Linnette vaciló por un segundo antes de contestar.

—Cuando he entrado en el despacho, tú parecías a punto de echarte a llorar, y papá... no sé, su mirada me ha parecido muy dura. Nunca le había visto tan serio.

—Son imaginaciones tuyas.

—Ni hablar.

—No pasa nada, Linnette.

Estaba claro que su hija había heredado la obstinación de Roy, pero Corrie no quería contarle sus preocupaciones. Quizá, cuando la situación se solucionara, podrían charlar y reírse de todo aquello, pero de momento lo de los mensajes anónimos era un tema muy serio.

—Se te había caído una postal —le dijo Linnette, mientras le indicaba con un gesto su mesa.

Corrie se quedó helada, pero alcanzó a decir:

—¿Ah, sí?

—Sí, la he visto en el suelo al entrar. Te la he dejado encima de la mesa.

Roy debió de escucharla, porque salió de su despacho de inmediato.

—Dámela, Corrie —le dijo, mientras la miraba a los ojos.

Ella contuvo las ganas de protestar, se acercó a su mesa, y agarró la postal. Le dio la vuelta con cuidado, y la leyó antes de dársela a su marido. El mensaje estaba escrito en mayúscula, y ponía: *¿ESTÁS PENSANDO EN ELLO?*

—Mamá, será mejor que me digas qué está pasando —le dijo Linnette.

CAPÍTULO 2

Charlotte Jefferson Rhodes estaba muy atareada en la cocina preparando galletas de canela, las preferidas de Ben. Como había sido Charlotte Jefferson durante unos sesenta años, a veces le costaba creer que había vuelto a casarse. Una mujer de su edad no esperaba enamorarse a aquellas alturas de la vida, pero como tantas otras cosas durante los últimos años, el amor había llegado de forma inesperada, como una grata sorpresa.

—¡Qué bien huele! —comentó Ben.

Estaba sentado en la sala de estar, con los pies encima de la otomana. Tenía el periódico de Bremerton doblado a un lado, y estaba haciendo el crucigrama del *New York Times*. A Charlotte le impresionaban tanto su habilidad con las palabras como su dominio del lenguaje en general, y le gustaba mucho su falta de arrogancia... al fin y al cabo, no estaba completando el crucigrama con un bolígrafo, sino con un lápiz.

—La primera hornada estará enseguida.

Le encantaba cocinar, sobre todo cuando había alguien que pudiera apreciar su comida, y Ben disfrutaba de lo lindo con todo lo que le preparaba. A él le gustaban las galletas de canela sin pasas, pero como tanto a Jack, su yerno, como a ella le gustaban con pasas, había decidido preparar dos hornadas.

Hacía poco más de un mes que se había casado con Ben. Era un hombre muy atractivo, y se parecía un poco a César Romero. Tenía varios años menos que ella, pero a ninguno de los dos le importaba la diferencia de edad. Ella era una jovenzuela de setenta y siete años. Se había casado con Clyde Jefferson cuando aún era una adolescente, a finales de la Segunda Guerra Mundial; por aquel entonces, las mujeres se casaban muy jóvenes. Clyde y ella habían criado a sus hijos en Cedar Cove. Olivia era juez de familia y seguía viviendo en la ciudad, pero Will se había mudado a Atlanta.

Cedar Cove, la ciudad donde había pasado gran parte de su vida, estaba situada en la Península de Kitsap. El agua de Puget Sound la separaba de Seattle, que quedaba prácticamente enfrente, y se trataba de una comunidad muy próspera. Contaba con poco más de siete mil habitantes, así que era lo bastante pequeña para ser hospitalaria y acogedora, pero a la vez era lo bastante grande para tener su propio centro de salud.

Estaba previsto que la clínica de Cedar Cove abriera sus puertas a mediados de noviembre. Era algo que la enorgullecía, porque si no hubiera presionado junto con sus amigos del centro de mayores y con Ben, la clínica no se habría creado.

Ni siquiera Olivia, su propia hija, había creído necesario que la ciudad tuviera su propio centro de salud; según ella, el hospital de Bremerton estaba a menos de media hora de distancia, y en Cedar Cove había buenos médicos. Aquello era cierto, pero ella había considerado que la ciudad necesitaba unas instalaciones médicas más completas en las que pudieran tratarse casos urgentes; al fin y al cabo, media hora era mucho tiempo si alguien sufría un ataque al corazón, unos minutos podían marcar la diferencia entre la vida o la muerte. Ben compartía su opinión, y aquella causa común los había unido, sobre todo cuando los habían arrestado por organizar una manifestación pacífica en la calle. Se indignaba cada vez que recordaba lo que había pasado, pero cuando había sido juzgada junto a Ben y a sus amigos, casi toda la ciudad había ido al juzgado para apoyarlos. Se emocionaba sólo con recordar cómo los habían rodeado y los habían animado.

Pero todo aquello ya era agua pasada. Habían conseguido que se construyera la clínica, y el personal ya estaba contratado... incluyendo a Linnette, la hija de los McAfee, que era asistente médico.

Cuando el teléfono empezó a sonar, se sintió un poco molesta al ver que alguien llamaba tan pronto en un sábado por la mañana, pero se quedó atónita cuando le echó un vistazo al reloj de la cocina y se dio cuenta de que ya eran casi las diez.

—¡Yo contesto!

Mientras alargaba la mano para descolgar, se dio cuenta de que Harry, su gato negro, estaba acurrucado en el regazo de Ben. Era todo un avance, porque Harry la protegía mucho y no aceptaba a desconocidos. Había tardado casi la mitad de aquel primer mes en acostumbrarse a la presencia de Ben, pero por fin había empezado a acercarse a él.

—Buenos días —dijo con voz alegre al descolgar.

Clyde solía decir que era risueña y jovial desde la cuna, y lo cierto era que tendía hacia el optimismo de forma innata. Algunas personas consideraban que el mundo estaba lleno de tristeza y pesimismo, pero ella veía las cosas positivas de la vida a pesar de que había sufrido experiencias muy dolorosas.

—Hola, ¿podría hablar con mi padre? —le dijo una agradable voz masculina. Al cabo de un segundo, añadió—: Con Ben Rhodes.

—Sí, por supuesto. ¿Eres Stephen?

El hombre soltó una pequeña carcajada, y le dijo:

—No, soy David, desde California.

—Hola, David —le dijo con voz cálida—. Fue una pena que no pudieras venir a la boda, te echamos de menos.

Al hijo pequeño de Ben pareció sorprenderle su actitud afable.

—Me gustaría haber podido ir, pero supongo que mi padre te explicó que estaba muy liado con unos asuntos de trabajo.

Ben no le había explicado por qué ninguno de sus dos hijos había asistido a la boda, y ella no le había presionado con preguntas. Ni siquiera sabía cómo era la relación entre Ben y sus hijos, porque él apenas hablaba de ellos y eludía el tema cada vez que ella lo mencionaba. Pero aquel joven parecía bastante agradable y educado.

—Estoy deseando conocerte, David.

—Lo mismo digo, Charlotte. Mi padre es un viejo zorro. Primero se muda a Cedar Cove en vez de venir a vivir más cerca de Stephen o de mí, y después vuelve a casarse. La verdad es que ha sido toda una sorpresa para la familia... una sorpresa muy agradable, claro.

—Para mí fue maravilloso conocer a tu padre —le dijo.

Aquel joven le había caído muy bien. Al ver que ni Stephen ni él asistían a la boda, había pensado que quizás existía algún problema entre Ben y ellos, y sus temores se habían acentuado al ver que Ben parecía muy reacio a hablar de sus hijos. Pero quizás estaba equivocada y no había ningún problema, porque David parecía un joven muy agradable.

—¿Podría hablar con mi padre? —le dijo él.

—Sí, por supuesto. Perdona, suelo ser bastante parlanchina. Enseguida se pone —dejó a un lado el auricular, y al girarse vio que Ben estaba observándola—. Es tu hijo David.

Ben apartó a Harry con cuidado, dejó a un lado el periódico, y se puso de pie antes de preguntarle:

—¿Te ha dicho qué quiere?

Se sintió un poco desconcertada al ver su expresión ceñuda. David le había parecido amable y cordial, no había dicho nada que indicara que existía tensión en la familia. Al regresar a la cocina, no pudo evitar oír a Ben. No quería ser una entrometida, pero lo cierto era que tenía bastante curiosidad.

—Hola, David.

Se entristeció un poco al oír su tono de voz frío, porque su actitud confirmaba que no tenía una buena relación con su hijo. Se preguntó qué había pasado entre ellos... ¿un malentendido?, ¿alguna vieja rencilla?, ¿años sin el contacto suficiente? Además, ¿por qué no le había dicho nada Ben?

Su marido escuchó en silencio durante varios segundos después de saludar a su hijo con tan poco entusiasmo; por desgracia, ella sólo alcanzaba a oír su parte de la conversación.

—Ya hemos hablado de esto muchas veces, y la respuesta sigue siendo no. Por favor, no vuelvas a pedírmelo —tras aquellas palabras, volvió a escuchar en silencio durante un largo momento.

Ella se le acercó, y le rodeó con un brazo para ofrecerle su amor y su apoyo. Su marido debería sentirse feliz por la llamada de su hijo y por el hecho de que David y ella se hubieran conocido al fin, aunque hubiera sido por teléfono. La había tomado por sorpresa que sus respectivos hijos desaprobaran la boda; de hecho, las objeciones de Olivia habían creado el primer gran enfado que había habido entre las dos. Se había sentido muy dolida al ver que su hija tenía tan poca fe en ella; sin embargo, el hijo de Ben no parecía oponerse a la nueva boda de su padre.

—Espera un momento —Ben sujetó el auricular contra el hombro, y se volvió a mirarla—. David va a ir a Seattle a principios del mes que viene por asuntos de negocios, quiere saber si podemos quedar a cenar con él.

—Me encantaría —le contestó, sonriente.

Él volvió a fruncir el ceño, como si no estuviera seguro de lo que iba a decir, y volvió a acercarse el auricular al oído.

—De acuerdo.

Al ver su falta de entusiasmo, Charlotte tuvo que contener las ganas de darle un codazo. Era obvio que la relación entre padre e hijo no era buena, pero como David parecía estar esforzándose por arreglar las cosas, Ben también tenía que poner de su parte.

Su marido agarró el lápiz que estaba colgado de un cordel junto al calendario, anotó la fecha y la hora, y le dijo a su hijo:

—Tomaremos el transbordador de Bremerton, y después un taxi. Nos vemos en el restaurante a las siete —sin más, colgó el teléfono y se volvió de nuevo hacia ella—. Supongo que te has dado cuenta de que no tengo una relación demasiado buena con mi hijo.

—Me ha parecido un joven muy agradable.

—Puede serlo, sobre todo cuando quiere algo —le dijo, con una expresión impasible.

—Ah —al darse cuenta de que era posible que David hubiera llamado a su padre por alguna razón que ella desconocía, dijo con cautela—: ¿Te ha dicho qué quería? —no pensaba ser demasiado insistente, pero le parecía preocupante que Ben estuviera cerrándose en sí mismo y dejándola al margen.

—No suelo hacerle demasiadas preguntas. No le pedí explicaciones cuando abandonó a su mujer y a su hija recién nacida por su secretaria después de un año de matrimonio, ni cuando volvió a divorciarse por segunda vez —tras una breve pausa, añadió—: La verdad, David es una gran decepción para mí.

—Lo siento mucho.

Lo cierto era que ella también estaba decepcionada con su propio hijo. Ni Olivia ni la mejor amiga de ésta, Grace, le habían hablado del tema, pero gracias a algo que le había dicho su nieta había acabado enterándose de lo que había hecho Will. Justine había comentado como de pasada que Grace estaba intentando reconciliarse con Cliff después de la relación cibernética que había mantenido con Will; al parecer, no había sido la primera vez, al menos para Will, porque Georgia, su mujer, había insinuado que era un hombre infiel.

Ella no sabía si Will había tenido aventuras de verdad o si todas sus relaciones extramaritales habían sido a través de Internet, y no entendía a qué se debía aquel comportamiento. Clyde se habría horrorizado al ver el poco respeto que mostraba su hijo por los votos matrimoniales.

—Tendría que haberle dicho que no podíamos quedar con él —murmuró Ben.

—Quiero conocer a tu hijo.

—Es un joven muy egoísta... bueno, no es tan joven, ya tiene más de cuarenta años. Supongo que yo tengo la culpa de que sea así. Joan los malcrió a los dos desde pequeños, y yo estuve tan centrado en mi carrera en la Armada y pasaba fuera tanto tiempo, que no me di cuenta hasta que ya era demasiado tarde; por desgracia, mis dos hijos carecen de disciplina y de autocontrol. Cuando me di cuenta del tipo de personas en que se habían convertido, ya eran adultos.

—Seguro que lo pasamos bien en la cena —le dijo, con voz suave.

—Lo dudo, pero como ya nos hemos comprometido, no tendremos más remedio que ir a Seattle. Quiero que conozcas a mis hijos, pero tienes que saber de antemano cómo son.

—Mis hijos también me han decepcionado a veces —se había sentido mortificada al enterarse de que su propia hija había contratado a Roy McAfee para que investigara el pasado de Ben.

Su marido miró con expresión ausente por la ventana, y al final dijo con voz baja y pensativa:

—A veces, tengo la impresión de que mis hijos no quieren que sea feliz. Creo que preferirían que estuviera muerto —al oír que ella soltaba una exclamación ahogada, añadió—: Conociendo a David, seguro que cuenta con que su herencia le ayude a salir de otro desastre financiero.

—Ben, tendrías que haberle dicho que... —antes de casarse, su marido y ella habían cambiado sus respectivos testamentos, y se habían puesto como principales beneficiarios el uno al otro. Ben había dejado un tercio del resto para cada uno de sus hijos, y el último tercio para beneficencia–. Tenemos que ir a esa cena con una actitud positiva.

–Sí, ya lo sé –después de soltar un profundo suspiro, la abrazó con fuerza.

–Todo saldrá bien –le dijo en voz baja. Veía con optimismo aquella cena con David. Quería ser conciliadora, conseguir que Ben y sus hijos tuvieran una buena relación, y esperaba que David llegara a apreciarla con el tiempo.

Al oír que sonaba el temporizador del horno, Ben alzó la cabeza y le preguntó:

–¿Estás cocinando lo que yo creo?

–Galletas de canela. En cuanto se enfríen, te daré una.

–¿Sólo una?

–Falta poco para la hora de la comida, no quiero que se te quite el hambre.

–No se me quitará –parecía un jovencito suplicante.

–A veces, creo que te casaste conmigo por la comida –le dijo, en tono de broma.

Él la miró a los ojos, y le dijo con expresión seria:

–De eso nada, Charlotte. Me casé contigo porque nunca había amado tanto a una mujer.

CAPÍTULO 3

Cecilia Randall llegó a la gestoría Smith, Cox y Jefferson diez minutos antes de su hora el lunes por la mañana. Como su marido estaba fuera, se sentía un poco sola a pesar de la compañía de sus amigas. Lo más duro eran los fines de semana. Ian, su marido, trabajaba en la Armada, y había zarpado en el portaaviones USS George Washington. A pesar de que ella le había asegurado una y otra vez que estaba bien, él no podía evitar preocuparse, porque con Allison, su primera hija, la situación había sido idéntica, y la pequeña había nacido con un defecto cardíaco congénito.

Ian no había estado a su lado cuando había dado a luz a Allison, ni cuando la había enterrado. Tener que estar sola junto a aquella pequeña tumba la había destruido, y el matrimonio se había derrumbado. De no ser por una juez de familia que les había denegado el divorcio basándose en una legalidad, Ian y ella no estarían juntos en ese momento.

Posó una mano en su vientre, y le mandó a su bebé pensamientos de amor y tranquilidad. Se dijo que aquella vez las cosas iban a ser diferentes, pero lo cierto era que con Allison todo había parecido ir bien... se apresuró a dejar a un lado las dudas, con los temores de Ian bastaba y sobraba.

Estaba de cinco meses, y más feliz que en mucho tiempo. Quería a su bebé con todas sus fuerzas. Ian tenía tanto miedo, que habría preferido no tener ningún hijo más. Ella también tenía dudas, pero al final había prevalecido su deseo de tener una familia.

—Buenos días —le dijo Zachary Cox, su jefe, al pasar junto a su mesa, que estaba junto a la puerta de su despacho. Estaba centrado en revisar el correo que tenía en la mano, así que la saludó un poco distraído.

—Buenos días.

Él alzó la mirada, y le dijo:

—Allison va a venir esta tarde. Está ahorrando para comprarse un coche, su madre y yo le dijimos que doblaríamos la cantidad que consiguiera. Espero que haya bastante trabajo para mantenerla ocupada unos meses.

Cecilia asintió, y se alegró mucho al enterarse de que iba a volver a ver a la hija adolescente del señor Cox. Cuando ella había entrado a trabajar en la gestoría, su jefe estaba en pleno divorcio, pero la misma juez que había impedido que Ian y ella se divorciaran les había negado la custodia compartida al señor Cox y su esposa; al parecer, había alegado que los niños tenían que tener una vida estable, y había decretado que Allison y Eddie se quedaran en el hogar familiar y que fueran los padres los que fueran de una casa a otra cada pocos días. Todo había salido incluso mejor de lo esperado, y en poco tiempo Zach y Rosie Cox habían acabado reconciliándose.

Poco después de que ella consiguiera el empleo en la gestoría, el señor Cox había hecho que Allison empezara a trabajar allí unas horas al salir del instituto. La joven de quince años había empezado a dar algunos problemas y estaba pasando por una etapa de rebeldía, y aquel trabajo era una buena forma de evitar que se juntara con malas compañías. A pesar de todo, a Cecilia le había parecido una buena chica, y el hecho de que la joven tuviera el mismo nombre que su hija fallecida había cimentado el vínculo que se había creado entre las dos.

Se habían convertido en buenas amigas, y Allison solía

hacerle confidencias y pedirle consejo. La joven irracional y enfadada había pasado a ser una joven encantadora de diecisiete años, y la diferencia entre el antes y el después era asombrosa. Ella a veces fantaseaba pensando que su propia hija habría llegado a ser muy parecida si hubiera vivido.

—No hay problema, me encargaré de mantenerla ocupada —le dijo a su jefe. Siempre había un montón de pequeñas tareas pendientes, así que aquella colaboración extra la ayudaría a ponerse al día antes de empezar con la baja por maternidad.

—Perfecto. Gracias, Cecilia —le dijo él, mientras seguía revisando el correo.

La mañana fue bastante ajetreada, y Cecilia aprovechó el breve descanso que tuvo para hablar por teléfono con Cathy Lackey, su mejor amiga, cuyo marido estaba a bordo del George Washington junto a Ian. Las dos habían formado su propio grupo de apoyo, y se ayudaban la una a la otra mientras sus maridos estaban en alta mar; de hecho, hablaban casi a diario.

Allison Cox llegó a la gestoría a las tres de la tarde, poco después de que su padre se fuera a reunirse con un cliente. Era una joven delgada y atractiva de facciones clásicas, y su melena de pelo castaño oscuro le llegaba a media espalda. Cuando se quitó el abrigo de lana gris que llevaba, Cecilia notó que se había puesto una falda verde a cuadros y un jersey blanco de cuello alto. Era una ropa apropiada para la oficina, y muy diferente de las prendas negras que la joven solía ponerse cuando se habían conocido. Allison se había rebelado al ver que su familia se desmoronaba, y se había vengado poniéndose en contra de todos los que la rodeaban. A Cecilia le gustaba pensar que la amistad que había surgido entre las dos había ayudado a la joven, pero seguramente su gran cambio a mejor se había originado gracias a la reconciliación de sus padres.

Aquello había sucedido dos años atrás, y en ese momento Allison estaba ya en el último año de instituto.

—¡Me alegro mucho de verte! —le dijo la joven, a pesar de que no había pasado ni un mes desde la última vez que se habían visto. Le dio un abrazo, y le preguntó—: ¿Qué tal está el bebé?
—Dando patadas, ¿quieres comprobarlo por ti misma?
—Claro.
Cecilia hizo que posara la mano sobre su vientre, y Allison se quedó a la expectativa mientras se mordía el labio inferior; al cabo de unos segundos, negó con la cabeza y le dijo desalentada:
—No noto nada.
—A lo mejor es demasiado pronto —Cecilia intentó recordar de cuántos meses estaba cuando Ian había podido notar los movimientos de su hija durante su primer embarazo.
—Bueno, será mejor que me ponga a trabajar —Allison apartó la mano, pero era obvio que estaba decepcionada.
Cecilia le preparó una mesa. La gestoría había contratado personal extra durante la época de las declaraciones de renta, y los empleados temporales habían ocupado hasta el último rincón disponible. Entre junio y abril siempre era una época bastante caótica.
La recepcionista, Mary Lou, entró en la zona de trabajo una hora después de que llegara Allison, y le dijo:
—Un chico pregunta por ti —Mary Lou le lanzó a Cecilia una mirada llena de incertidumbre; era obvio que no sabía si había hecho bien al avisar a la joven.
—¿Te ha dicho quién es? —le preguntó Allison.
—No, me ha dicho que tú lo sabrías.
—¿Cómo va vestido?
Mary Lou se le acercó un poco más, y le dijo en voz baja:
—Tiene perilla, y lleva un abrigo negro largo con cadenas y una cruz bastante grande. La verdad es que da un poco de miedo.
—Es Anson —Allison se puso de pie, y salió a la zona de recepción. Cuando regresó al cabo de diez minutos, parecía muy contenta... bueno, más bien exultante.

—¿Qué pasa? —le preguntó Cecilia, que sentía una curiosidad enorme.

Se las había ingeniado para echarle un vistazo al tal Anson a través de una de las ventanas de la oficina, y los temores de Mary Lou le parecían justificados. El chico tenía el pelo largo, oscuro, y bastante grasiento, y por la forma en que su abrigo se abría a los lados, daba la impresión de que llevaba armas debajo. Era de suponer que no iba armado, claro, pero aun así... resultaba sorprendente que Allison se interesara por alguien como él.

—Apenas le conozco —dijo la joven—. Va a mi clase de francés, y se sienta a mi lado. Hemos charlado un par de veces, nada más.

—¿Cómo sabía que estabas aquí?

—No lo sé, a lo mejor se lo ha dicho una de mis amigas.

—¿Te ha dicho qué quería?

—No, me ha hecho algunas preguntas sobre los deberes de francés —esbozó una sonrisa tímida, y miró hacia la puerta—. Pero eso sólo era una excusa, porque después me ha preguntado si tenía planes para esta noche.

Cecilia asintió, pero le preocupaba un poco que Allison se sintiera atraída por aquel rebelde de aspecto tan peculiar.

—Vive con su madre —añadió la joven.

—Ah.

—Me parece que no se llevan demasiado bien —añadió, con expresión pensativa.

Cecilia no supo qué decir, y al final le preguntó:

—¿Saldrías con él si te lo pidiera?

Aunque Allison no lo admitiera, era obvio que se sentía atraída por aquel chico.

—Pues... no lo sé, pero da igual. No me lo ha pedido, y dudo que lo haga. Los chicos como él no tienen citas, salen con sus colegas.

Era obvio que el señor Cox no le conocía, y no costaba imaginar cómo reaccionaría si le encontraba con su hija.

—Ten cuidado, Allison —le dijo con voz suave.

—¿Por qué?

—Porque los chicos malos pueden resultar atractivos, y eso quiere decir que pueden ser peligrosos.

—No te preocupes, ya te he dicho que apenas nos conocemos —le dijo la joven, sonriente.

Cecilia no quiso poner en duda su palabra, pero estaba convencida de que se avecinaban problemas. Sólo cabía esperar que Allison supiera lo que estaba haciendo.

No tuvo tiempo para seguir hablando del tema con ella después del trabajo, porque había quedado con Cathy. Fue a casa de su amiga directamente, sin pasar por la suya. Estaban preparando los regalos de Navidad que iban a enviarles a Ian y a Andrew, el marido de Cathy. Tenía los de Ian en el maletero, y había acordado con Cathy que iban a pedir comida china para cenar. Seguro que iba a ser una velada muy entretenida.

—¿Tenías algún mensaje electrónico de Ian esta mañana? —le preguntó Cathy.

—No, a lo mejor encuentro uno cuando llegue a casa.

Ian no hablaba nunca de su trabajo en la Armada. Ella sabía que lo que hacía tenía que ver con sistemas de misiles guiados, con ordenadores y tecnología avanzada, pero aceptaba el hecho de que él no podía entrar en detalles por razones de seguridad nacional. Le daba igual el trabajo que la Armada de los Estados Unidos le diera a su marido, siempre y cuando se lo devolviera sano y salvo. Sabía que el George Washington estaba en el Golfo Pérsico en ese momento, pero desconocía su ubicación exacta.

Ian le mandaba un correo electrónico al día como mínimo. No tenía tiempo de escribir mensajes demasiado largos, pero ella se animaba sólo con leer unas cuantas palabras suyas; por su parte, su marido insistía en que necesitaba que ella le escribiera con la misma frecuencia.

Cathy era ama de casa, así que se había encargado de comprar todo lo necesario para enviar los paquetes. Mientras Andy, su hijo de tres años, se entretenía haciendo rompecabezas en el suelo, las dos se dedicaron a empaquetar los regalos.

—Ni te imaginas lo que tengo aquí —dijo Cathy, que tenía en la mano una cajita como las de las joyerías.

—¿Vas a enviarle un anillo a Andrew? —Cecilia la miró con perplejidad.

—No, es un picardías negro... con una tarjeta en la que le prometo que me lo pondré para él cuando vuelva a casa.

—Eso es una tortura cruel y maquiavélica —comentó Cecilia, con una carcajada. Lo cierto era que ella misma había hecho algo parecido con Ian.

Cathy se echó a reír también, y le dijo:

—Seguro que Andrew no piensa así. Estoy lista para tener otro hijo, Andy necesita una hermanita.

Cecilia consiguió sonreír, pero se apresuró a apartar la mirada y siguió preparando los paquetes. Su vida sería muy diferente si Allison hubiera vivido, y existía la posibilidad de que su segundo bebé naciera con el mismo problema cardíaco congénito.

Rezó con todas sus fuerzas para que el niño que llevaba en su vientre naciera sano.

CAPÍTULO 4

Maryellen Bowman acabó su jornada de trabajo en la galería de arte de Harbor Street, y puso rumbo a casa. Al ver que su marido, Jon, salía a recibirla, sonrió y sintió una profunda satisfacción. Su hija de dos años, Katie, estaba en su silla especial en el asiento trasero, y en cuanto vio a su padre soltó un gritito de placer y empezó a mover los brazos y las piernas.

Al ver la reacción de la niña, se echó a reír y le dijo:

—Ya lo sé, cielo, ya lo sé. Yo también me alegro de ver a tu padre.

En cuanto aparcó el coche, Jon abrió la puerta trasera y sacó a la pequeña, que empezó a retorcerse para que la dejara en el suelo; desde que había aprendido a caminar, era imposible controlarla. Sin soltar a la niña, Jon rodeó el coche y abrazó a Maryellen.

—Bienvenida a casa —hundió la mano que tenía libre en su melena de pelo oscuro, y la besó con pasión.

La niña estaba parloteando sin parar entre los dos para intentar llamarles la atención, ya que no le hacía ninguna gracia que la ignoraran, pero Maryellen apenas se dio cuenta.

—Haces que merezca la pena llegar a casa —susurró, con los ojos cerrados. Su marido sería capaz de ganar un concurso de besos... aunque ella no le dejaría participar en un evento así, claro.

Él le pasó el brazo por la cintura, y la condujo hacia la casa que había construido con sus propias manos. Su abuelo le había dejado en herencia aquella finca desde donde alcanzaba a verse Seattle al otro lado de Puget Sound, y Jon había pasado infinidad de horas arreglando el terreno. La casa era perfecta. Tenía habitaciones espaciosas, techos altos, chimeneas y terrazas, una amplia escalinata de roble que subía al segundo piso, y unas vistas impresionantes del agua y de la ciudad en la distancia. Jon era todo un artista, y se había encargado de diseñar y de construir la casa al mismo tiempo que iba ganando prestigio como fotógrafo profesional.

Maryellen le amaba con toda su alma, y se sentía orgullosa de su talento.

—La cena ya está en marcha —le dijo él, cuando entraron en la casa.

El olor a pollo asado hizo que a Maryellen se le hiciera la boca agua. Además de sus muchas virtudes, Jon era un gran chef, y a ella aún le costaba asimilar que un hombre tan extraordinario la amara.

—¿Qué tal te ha ido el día? —le preguntó, mientras ella colgaba el abrigo.

—No he parado, hemos tenido mucho trabajo.

—Me gustaría tenerte en casa todo el día.

—Ya lo sé, yo también preferiría quedarme aquí.

Jon ganaba una cantidad de dinero impresionante con sus fotografías, pero no les bastaba para cubrir todos los gastos; además, el empleo que ella tenía en la galería de arte les proporcionaba un buen seguro médico. Ya habían corrido un riesgo considerable meses antes, cuando él había dejado su trabajo de chef en el restaurante Lighthouse. Ella llevaba diez años dirigiendo la galería de arte de la ciudad, y los propietarios la valoraban mucho. Había intentado preparar a su ayudante, Lois Habbersmith, para que acabara sustituyéndola, pero al cabo de unos meses Lois le había dicho que no quería asumir la responsabilidad de dirigir la galería.

–Dejaré el trabajo a finales del año que viene –le dijo, mientras agarraba el correo que Jon había dejado sobre la encimera.

–¿El año que viene? –le preguntó, horrorizado.

–A mí tampoco me hace ninguna gracia, pero el tiempo pasará en un suspiro. Ya estamos en otoño –se quedó inmóvil al ver una carta sin abrir que estaba dirigida al señor y la señora Bowman. La giró para ver el remitente y vio que la habían enviado el padre y la madrastra de Jon, que vivían en Oregón. Cuando alzó la cabeza y vio que su marido estaba observándola, como esperando su reacción, le dijo–: Es de tu familia.

–Ya lo sé.

–No la has abierto.

–No, y no pienso hacerlo –le dijo él, con voz carente de emoción–. La habría tirado a la basura, pero también está dirigida a ti –a pesar de su aparente indiferencia, sus ojos reflejaban el enfado que sentía.

Los padres de Jon le habían traicionado años atrás, habían mentido para que su hermanastro no fuera a la cárcel. Al salvar a Jim le habían sacrificado a él, y a pesar de que era inocente, había pasado siete años en la cárcel. Su hermano pequeño había seguido drogándose, y al final había muerto de sobredosis.

Al salir de la cárcel, Jon se había ganado la vida trabajando de cocinero, y en su tiempo libre se había dedicado a fotografiar paisajes. Sus obras habían empezado a recibir críticas positivas y el interés de los compradores, y habían empezado a exponerse en varias galerías de arte, entre ellas la de Harbor Street. Era allí donde Maryellen le había conocido, y habían tenido un noviazgo largo y tempestuoso; de hecho, no se habían casado hasta después de que Katie naciera.

En la época en que había dado a luz a la pequeña, Maryellen estaba convencida de que ni quería ni necesitaba tener un marido. Ya había estado casada antes, cuando aún era muy joven, y el matrimonio había sido un desastre. Cuando se había quedado embarazada de Katie, había decidido arreglárselas sola. Se había dicho que muchas mujeres eran madres solteras, que ella también podía salir adelante, pero no había tardado en darse cuenta de lo equivocada que estaba. Katie quería estar con su papá, y ella había acabado admitiendo que necesitaba que él formara parte de su vida y de la de su hija. Se habían casado y habían vivido una breve etapa llena de felicidad, pero entonces ella había encontrado unas cartas sin abrir que habían enviado los padres de Jon.

A pesar de que sabía que su marido no estaría de acuerdo, se había puesto en contacto con los Bowman y les había enviado unas fotos de Katie; al fin y al cabo, eran los abuelos de la niña, y tenían derecho a saber cómo era su única nieta. Por desgracia, aquella carta les había alentado a intentar hacer las paces con Jon de nuevo, y él se había puesto furioso. No quería saber nada de su familia, y el hecho de que ella se hubiera puesto en contacto con ellos le había parecido una traición. Se había enfadado tanto, que se había negado con testarudez a perdonarla, y su matrimonio había estado a punto de irse a pique.

En aquella época ella acababa de enterarse de que volvía a estar embarazada, pero aún no se lo había dicho. Había sido incapaz, porque a pesar de sus esfuerzos por intentar razonar con él, Jon se mantenía distante. Como ya tenía un matrimonio fallido a sus espaldas, había creído que él ya no la quería, que aquella segunda relación también había fracasado. Y entonces, cuando más hundida estaba en el dolor y la angustia, había sufrido un aborto.

Ya habían pasado seis semanas, y en todo aquel tiempo los dos habían evitado hablar de los padres de Jon. Habían sufrido juntos por la pérdida del bebé y se habían apoyado el uno al otro, pero aún estaban reconstruyendo la confianza mutua.

Maryellen contempló la carta. El hecho de que Jon no la hubiera tirado a la basura ni la hubiera escondido, tal y como había hecho con otras anteriores, era un progreso. Durante las semanas previas habían mantenido numerosas conversaciones sobre el tema del perdón, y era obvio que por fin estaba dispuesto a escuchar. Aquella carta lo demostraba.

—¿Qué quieres que haga con ella?

Él se metió las manos en los bolsillos, alzó la mirada hacia el techo, y al final le dijo:

—¿Quieres que sea sincero?

—Sí.

—Quiero que la quemes.

—Pero... tú no lo has hecho —le dijo con calma. Había tenido la esperanza de que él hubiera superado al fin parte de su amargura.

—No —admitió a regañadientes.

Maryellen se dio cuenta de que en ese momento permanecía tan lejos de ella como podía.

—¿Por qué no? Si lo hubieras hecho, no me habría enterado, aunque también esté dirigida a mí.

Él soltó una carcajada carente de humor, y le dijo:

—Habrías acabado enterándote, no puedo ocultarte nada.

Maryellen dio un paso tentativo hacia él, y le dijo con voz suave:

—Dime qué debo hacer con la carta, Jon.

—No me mires así.

—¿Cómo?

—Como si estuvieras decepcionada conmigo.

—Eso nunca —le dijo en voz baja, antes de acercarse a él.

Le abrazó por la cintura, y apoyó la cabeza en su pecho. Las palabras no le hacían falta para expresar cuánto le amaba, lo orgullosa que se sentía de él. Jon era su mundo, su vida, y no quería arriesgar el remanso de paz y de felicidad que tenía a su lado por nada, ni siquiera por la relación que él pudiera tener con sus padres.

Él la abrazó también. La fuerza con la que la sujetó confirmó lo que Maryellen ya sabía... que tampoco estaba dispuesto a perderla; al cabo de un largo momento, él soltó un profundo suspiro y le dijo:

—Léela. Es lo que quieres, ¿verdad?

—Sí.

—Pero no me digas lo que pone.

Aquellas palabras la descorazonaron un poco, pero ya había cometido antes el error de intentar presionarle, y no estaba dispuesta a repetirlo.

Cuando Jon la soltó y tomó en brazos a Katie, que en ese momento pasaba junto a ellos con paso tambaleante, ella sentó a la niña en la trona, le dio una galleta, y agarró la carta. Él le dio la espalda, como si no pudiera soportar ver cómo abría el sobre.

La carta era bastante breve. El padre de Jon había sufrido una apoplejía, pero afortunadamente los servicios médicos habían llegado a tiempo y no había habido daños permanentes. La madrastra de Jon había supuesto que Maryellen querría saberlo, y sugería que quizá podría mencionárselo a Jon.

—Es sobre tu padre —le dijo, al dejar la carta boca abajo sobre la encimera.

—Te he dicho que no quiero saber nada.

—Ha tenido una apoplejía, Jon.

—¿Cuántas veces tengo que decirlo?, ¡me da igual! Mi padre ya no forma parte de mi vida, para mí está muerto. Perdió el derecho a ser mi padre cuando mintió en un estrado y me mandó a siete años de infierno.

Katie dejó a un lado la galleta, y miró a su padre con los ojos como platos.

—A ti no te cuesta hablar de perdón, porque no fuiste tú la que estuvo metida en aquella ratonera. Tú no tuviste que soportarlo —su voz fue endureciéndose con cada palabra, pero cuando Katie empezó a llorar, se apresuró a ir hacia ella y la tomó en brazos–. Lo siento, cariño. Papá no quería gritar.

La cena fue un poco tensa, pero los dos intentaron calmar la situación. Después de bañar a Katie, Maryellen se sentó con ella en la mecedora y le contó un cuento; en cuanto la acostó en la cuna, la niña se metió el pulgar en la boca y se quedó dormida.

Bajó a la sala de estar y se sentó junto a su marido, que estaba viendo la tele. Apoyó la cabeza en su hombro, y sonrió arrobada cuando él la rodeó con un brazo como si necesitara tenerla cerca y empezó a besarla en el cuello. No habían mantenido relaciones sexuales desde que había sufrido el aborto, porque habían tenido que esperar a que estuviera recuperada del todo. Le pasó una mano por el cuello, y le instó a que girara un poco la cabeza para que sus bocas pudieran encontrarse.

Él le metió una mano por debajo del jersey, la deslizó hasta uno de sus pechos, y suspiró de placer al notar que el pezón se endurecía.

–¿Estás segura de que estás lista para esto? –le preguntó, entre besos acalorados.

–Sí, y está claro que tú también.

Él sonrió y siguió besándola, pero, al cabo de unos segundos, Maryellen le tomó de la mano y subieron al dormitorio.

Hicieron el amor con una pasión desenfrenada. Después, mientras permanecían abrazados, Maryellen le acarició la espalda y se dio cuenta de que no podía arriesgar por nada el amor y la confianza que los unían. Esperaba que Jon pudiera volver a relacionarse con sus padres con el tiempo, pero no iba a obligarle a hacer nada que él no quisiese.

Cuando se apartaron un poco, él se colocó a su lado, se apoyó en un codo, y le apartó el pelo de la cara antes de volver a besarla. La ternura de sus gestos reflejaba lo mucho que la amaba.

—¿Está muy grave? —le preguntó al fin, con voz un poco ronca. Era obvio que se refería a su padre.
—No ha habido daños permanentes.
Él soltó un sonoro suspiro, y comentó:
—Bien.
Maryellen se dio cuenta de que era posible que su marido hubiera progresado más de lo que ella creía.

CAPÍTULO 5

Linnette McAfee estaba recorriendo con la mirada el piso vacío que iba a convertirse en su nuevo hogar. Desde allí había unas vistas espectaculares de la ensenada, incluso se veía el faro en la distancia. El astillero de Bremerton quedaba justo enfrente, al otro lado del agua. Bajo la luz de la tarde, el tono gris de los enormes acorazados contrastaba con el azul del cielo. Mudarse a una ciudad pequeña era un cambio bastante grande, pero como sus padres se habían aclimatado con mucha rapidez, estaba segura de que ella no iba a ser menos.

—¿Hay alguien en casa? —su madre dio unos golpecitos en la puerta abierta antes de entrar.

—Hola, mamá.

—He visto tu coche en la calle, y he decidido venir a ver si estabas.

—¿Cómo has sabido cuál era mi piso?

Corrie la miró sonriente, y le dijo:

—Después de todos los años que llevo casada con tu padre, sé alguna que otra cosa sobre cómo se investiga. He visto la puerta abierta, y he decidido arriesgarme.

Linnette abrió los brazos de par en par, y le preguntó:

—¿Qué te parece?

Estaba encantada con su nuevo piso. Mientras estudiaba

en la Universidad de Washington había vivido en el campus, y después había compartido piso con una amiga mientras completaba sus estudios de tercer ciclo.

—Es perfecto —Corrie entró en la cocina. No era demasiado espaciosa, pero estaba bien diseñada y resultaba muy práctica.

—Me gusta que tenga dos habitaciones —le dijo, mientras la conducía por el pasillo para enseñárselas. Las dos eran más grandes que la que había tenido en Seattle.

Con aquel piso nuevo, había conseguido el doble de espacio por la mitad de dinero. Lo cierto era que su sueldo era mucho menor que el que habría ganado en Seattle, pero jamás había tenido intención de trabajar en la gran ciudad. Desde que había decidido ser asistente médico, había pensado en trabajar en alguna pequeña comunidad rural, y aunque Cedar Cove no era lo que había tenido en mente, se trataba de una ciudad muy acogedora con la que estaba familiarizada; además, la cercanía de sus padres era un incentivo añadido, ya que siempre había estado muy unida a ellos.

—Esta habitación voy a usarla como despacho —comentó, mientras le enseñaba la más pequeña de las dos.

—¿Cuándo vas a mudarte oficialmente?

—A primeros de mes, Mack va a echarme una mano.

—Tu padre también... y yo, claro.

—Papá no puede ayudarme, no quiero que se le empeoren los problemas de espalda; además, las dos sabemos que es mejor mantenerlo alejado de Mack.

—No sé qué es lo que les pasa —comentó Corrie, entristecida.

—Que los dos son unos testarudos, se parecen demasiado.

—Mack se esfuerza cuando celebramos algo en familia, pero le cuesta mucho morderse la lengua.

Linnette pensaba que el problema radicaba en que su padre no aprobaba casi ninguna de las decisiones de su hermano. Mack había dejado los estudios y había empezado a trabajar en Correos, y daba la impresión de que estaba satisfecho con su decisión; sin embargo, su padre consideraba que podría haber aspirado a algo mejor, y su actitud enfurecía a Mack. Ella se mantenía al margen, pero estaba del lado de su hermano; en su opinión, Mack tenía derecho a hacer lo que le diera la gana con su propia vida.

—Un día de estos, vamos a tener que encerrarlos en una habitación para obligarlos a que arreglen la situación de una vez por todas.

—Ni hablar, no pienso inmiscuirme. No me gusta meterme entre los dos.

Linnette sentía lo mismo. Mientras regresaban a la sala de estar, empezó a planear dónde iba a colgar las fotos y los pósteres enmarcados que tenía. Pensaba colocar en un lugar destacado la fotografía de Jon Bowman que sus padres le habían regalado el año anterior. Era una panorámica de una montaña cubierta de abetos, pero la perspectiva espectacular la convertía en algo más que una simple imagen bonita. A lo mejor debería colgarla entre las dos ventanas, o...

—¿Has hablado ya con Cal Washburn? —le preguntó su madre.

—¿Con quién?

—Es el joven que compré para ti en la subasta de perros y solteros en julio... la que se organizó para recaudar fondos para la protectora de animales.

Linnette contuvo las ganas de protestar, de decirle a su madre que no estaba interesada en tener una cita a ciegas con un desconocido. Sí, su hermano adoraba a la perra que su madre había comprado en la subasta, un pastor australiano al que había llamado Lucky y que había salido a subasta emparejada con Cal, pero eso no quería decir que ella fuera a congeniar con aquel soltero.

—Estoy segura de que Cal es un buen hombre —le dijo su madre.

—Pues sal tú con él —le dijo en tono de broma, para ver si podía escabullirse de aquella situación.

—Por lo menos, llámale. Trabaja en el rancho de caballos

de Cliff Harding. No sé a qué se dedica exactamente, me parece que es una especie de adiestrador. La verdad es que no sé gran cosa sobre caballos.

—Yo tampoco —cuanto más sabía de él, menos entusiasmo sentía. Genial, iba a tener que pasar una velada con un hombre que se pasaba el día entre caballos.

Corrie frunció el ceño con impaciencia, y le dijo:

—No me mires así, a lo mejor te llevas una sorpresa agradable.

Linnette había estado evitando aquella conversación, pero al final admitió:

—Te comenté que los de la clínica habían contratado al doctor Chad Timmons, ¿verdad? Trabajamos juntos mientras yo aún estaba estudiando, y es fabuloso.

—¿Y qué tiene que ver eso con lo que estamos hablando?

—El doctor Timmons sería mi marido ideal. Es inteligente, ingenioso, muy guapo, amable, y considerado. Es el hombre perfecto.

Como le habían contratado en la clínica, creía que tenía más posibilidades que nunca de atraparlo. Se había puesto tan contenta al saber que iba a trabajar allí, que había tenido ganas de ponerse a saltar de entusiasmo en plena calle. El hecho de que Chad estuviera en Cedar Cove hacía que se alegrara más que nunca de que la hubieran contratado para trabajar en la clínica.

—En otras palabras... estás interesada en ese médico, ¿no?

—Ya veo que a mi madre no se le escapa ni una —le dijo, con una gran sonrisa.

—Qué graciosa. ¿Y qué pasa con Cal Washburn?

Linnette estaba decidida a mostrarse firme, y no pensaba permitir que sus padres se inmiscuyeran ni en su vida ni en sus relaciones sentimentales. Ya había tenido que aguantar bastante cuando aún vivía con ellos, y su padre se dedicaba a acribillar a preguntas a todos los chicos con los que salía. Había sido un milagro que encontrara a uno dispuesto a acompañarla al baile de graduación del instituto.

—Supongo que puedo salir con él una vez, pero ya está.
—Te lo agradecería, teniendo en cuenta el dinero que pagué por la cita.
—Vale, muy bien, ya te dije que lo haría —lo había pospuesto al máximo, pero pensaba contactar con él tarde o temprano.
—¿Le llamarás?
—¿Puedo acabar de mudarme antes?
—Podríais concertar la cita ahora —Corrie se sacó del bolso el sobre que contenía la información de contacto de Cal y el recibo de la subasta, y comentó—: Ya te di su número de teléfono, ¿verdad?
—Sí, pero lo he perdido —era cierto, lo había perdido... accidentalmente a propósito.
—Sí, claro —dijo Corrie, mientras anotaba el número en el reverso del recibo.
Linnette tuvo ganas de gemir de frustración, porque era obvio que su madre no iba a ceder.
—Hazlo de una vez, Linnette. Sólo es una cita, y significaría mucho para mí que hicieras este pequeño esfuerzo.
—Vale, de acuerdo —volvió a decir, a regañadientes. Aquella situación no le hacía ninguna gracia, pero a lo mejor se llevaba una sorpresa agradable.
—Prométeme que le llamarás cuanto antes.
—Eh...
—Linnette, ¿cuántas veces te pido algo?
Era el viejo truco de hacer que se sintiera culpable, y funcionaba siempre.
—Vale, te prometo que quedaré con él lo antes posible.
—Seguro que te cae muy bien. Por cierto... —su madre vaciló y se mordió el labio, como si no supiera cómo seguir.
—¿Qué pasa?
—Pues que Cal Washburn tiene un ligero... problema a la hora de expresarse.
Linnette la miró boquiabierta. No sólo iba a tener que

pasar una velada con un tipo que olía a caballo, encima no iba a poder entenderle. Aquello era mucho peor de lo que esperaba.

—Mamá...

—Recuerda que me lo has prometido —le dijo, mientras empezaba a retroceder hacia la puerta principal.

Linnette sacudió la cabeza al verla salir. Iba a mudarse a Cedar Cove en una semana, y quería quitarse de encima cuanto antes el problema de la cita. Lo único que esperaba era que Chad no se enterara.

Sacó el móvil del bolso, y marcó el número que su madre le había anotado. Si seguía aplazando aquello, lo único que iba a conseguir era crear un conflicto innecesario con su madre.

Le contestó un hombre, aunque no parecía tener problemas a la hora de hablar.

—Hola, soy Linnette McAfee. ¿Podría hablar con Cal Washburn?

—Hola, Cal ha estado esperando tu llamada. Soy Cliff Harding, su jefe.

—Hola, Cliff. ¿Está Cal ahí?

—Sí, está sentado aquí mismo. Ya te lo paso.

Al cabo de un instante, Cal se puso al teléfono.

—Ho... hola.

Tartamudeaba un poco, pero hablaba con voz clara e inteligible.

—Hola, soy Linnette McAfee. Mi madre me compró una cita contigo en la subasta de perros y solteros que se celebró en julio —antes de que él pudiera responder, añadió—: Quería preguntarte cuándo te va bien quedar.

—Cua... cuando quieras tú.

—El fin de semana que viene me vengo a vivir a la ciudad, pero podríamos quedar antes.

—¿Te va bi... bien el viernes que viene?

—Perfecto, nos vemos en el restaurante Lighthouse a las siete.

Supuso que tendría que ser ella la que llevara las riendas de la conversación, porque parecía bastante tímido... seguro que debido al tartamudeo. Y lo más probable era que también tuviera que pagar ella la cena.

–Va... vale, hasta el viernes.

Cuando colgó el teléfono, Linnette se dijo que era la última vez que permitía que su madre hiciera algo así. La última.

CAPÍTULO 6

Grace Sherman llevaba tiempo deseando que llegara aquel viernes por la noche. Cliff Harding la había invitado a cenar a su casa, y era el primer detalle en meses que indicaba que aún sentía algo por ella. Era justo lo que necesitaba para sentirse un poco más esperanzada. A pesar de que amaba a Cliff, había cometido el error absurdo de entablar una relación a través de Internet con otro hombre, y había puesto en peligro su futuro.

Todo había empezado cuando había desaparecido el hombre con el que había estado casada durante treinta y cinco años. Vietnam había cambiado a Dan, y al volver de la guerra ya no era la persona con la que se había casado. Su marido se había pasado la vida descorazonado y triste, y en bastantes ocasiones había caído en un estado depresivo. Cuando había desaparecido, se había pasado un año buscándolo y se había gastado los ahorros que tenía, y al final había descubierto que Dan se había adentrado en un bosque con una caravana que se había comprado sin que ella lo supiera y que había acabado suicidándose.

Meses antes de que se enterara de lo que le había pasado a su marido, había conocido a Cliff Harding, que la había conquistado gracias a la paciencia y a la consideración con la que la había tratado. No habían empezado a salir juntos hasta que ella había descubierto lo que le había pasado a Dan. Cliff se había divorciado recientemente después de veinte años de matrimonio, y lo de salir con alguien era una experiencia nueva para los dos.

Conforme iba conociendo mejor a Cliff, se había enterado de que su ex mujer le había sido infiel en incontables ocasiones a lo largo del matrimonio. Su relación con él se había ido asentando hasta tal punto, que la había invitado a pasar las fiestas de Acción de Gracias en Connecticut para que conociera a su hija Lisa y a la familia de ésta. Ya habían pasado casi dos años desde aquello.

Will Jefferson, el hermano de su mejor amiga, había empezado a enviarle correos electrónicos por aquella época. Se había sentido halagada, porque de adolescente había estado enamoriscada de él. Aún no alcanzaba a entender cómo había pasado, pero al poco tiempo estaba conectándose a Internet día y noche para chatear con él. Se había convertido en una adicción, y se sentía mortificada al tener que admitir que había sabido desde el primer momento que estaba casado. Él le había dicho una mentira tras otra, y ella se las había tragado todas porque estaba deseando creerle.

A pesar de aquella relación cibernética con Will, había seguido viéndose con Cliff, pero la situación había acabado estallándole en la cara. Cliff se había enterado de lo que pasaba, y ella se había enterado de que Will seguía viviendo con su esposa Georgia y de que no tenía intención alguna de divorciarse de ella.

Cliff no había querido saber nada más de ella. Ya había vivido con una mujer infiel, y como no estaba dispuesto a volver a cometer aquel error, le había dejado claro que la relación se había acabado. Ella se había quedado destrozada, pero no había tenido más remedio que aceptar su decisión.

Siempre le estaría agradecida a Lisa, porque la joven había ido a ver a su padre en agosto y había aprovechado para ir a hablar con ella a la biblioteca. La hija de Cliff le había asegurado que su padre seguía amándola, y la había animado a que no se rindiera.

Había sido entonces cuando había iniciado una campaña para recuperar a Cliff Harding. Había empezado a enviarle postales y correos electrónicos, y a pasarse alguna que otra vez por el rancho sin avisar. Poco a poco había ido ganándoselo de nuevo, y al final él había ido a verla por primera vez en más de un año.

Cuando salió del trabajo y llegó a casa, se probó tres vestidos diferentes y se los enseñó a Buttercup, su golden retriever, y a su gato Sherlock; por desgracia, la opinión de sus mascotas no le resultaron demasiado útiles, pero se echó a reír cuando la perra soltó un profundo suspiro. Sherlock ni siquiera se molestó en abrir los ojos. Al final, se decidió por un pichi vaquero de color azul con un estampado de margaritas amarillas en la pechera y un suéter amarillo debajo. Era una ropa parecida a la que llevaba puesta el día en que había conocido a Cliff, y la eligió a propósito para intentar transmitirle que quería que aquél fuera un nuevo comienzo para los dos.

Para cuando subió al coche y puso rumbo al rancho que Cliff tenía en Olalla, estaba con los nervios de punta. Quería formar parte de la vida de Cliff, así que tenía que lograr que él se diera cuenta de que no era como su ex mujer. Le había sido fiel a Dan durante los treinta y cinco años que había durado su matrimonio, y también le sería completamente fiel a Cliff... si él le daba una oportunidad. Quería que él supiera que había aprendido la lección, que no iba a volver a correr el riesgo de perderle. Sólo necesitaba que él le diera otra oportunidad...

No vio a nadie por los alrededores cuando entró en el rancho, pero había una furgoneta junto al establo que Cliff había construido recientemente. Vaciló por un momento después de aparcar cerca de la casa, ya que no sabía adónde ir. Llamó varias veces a la puerta, pero al ver que Cliff no contestaba, fue hacia el establo. Cal vivía en la segunda planta de la construcción, a lo mejor él podría decirle lo que estaba pasando.

Cuando estaba a medio camino, Cliff salió a toda prisa del establo, se detuvo en seco al verla, y se quedó mirándola con desconcierto. Era un hombre corpulento, alto y musculoso. Llevaba un sombrero de vaquero, y parecía un ranchero de pies a cabeza.

—¿Cliff? —le dijo, con voz tentativa.
—¿A qué día estamos?
—A viernes.
—¿El viernes en que quedamos para cenar?

Asintió mientras sentía que el alma se le caía a los pies. Era obvio que se le había olvidado que tenían una cita. Se obligó a sonreír, y le dijo:

—Sí, eso me temo.
—Lo siento muchísimo, Grace. No me había dado cuenta de que era este viernes... como puedes ver, tenemos un problema.
—¿Qué pasa?
—Midnight tiene un cólico.
—¿Un cólico?

Que ella supiera, los cólicos eran algo que sufrían los bebés durante los primeros meses de vida; de hecho, ella misma había tenido que pasear de un lado a otro a Kelly, su hija pequeña, mientras la niña lloraba de dolor.

—En los caballos puede llegar a ser mortal. Ha venido la veterinaria, y estamos haciendo todo lo posible por salvarlo. Puede que incluso tengan que operarle —Cliff se quitó el sombrero, y se secó el sudor de la frente con el antebrazo—. Lo siento, vamos a tener que dejar la cena para otro día.

—¿Puedo ayudar en algo? —estaba dispuesta a remangarse y a hacer lo que hiciera falta.

—Estaba a punto de preparar café.
—Ya me ocupo yo, os lo llevo en cuanto esté listo.
—Genial, muchas gracias.
—No hay problema.

Grace fue a la cocina, y empezó a rebuscar en los armarios hasta que encontró el café. Después de poner la cafetera al fuego, preparó unos cuantos bocadillos con el jamón dulce y el queso que había en la nevera. No sabía cuánto iban a tardar con el caballo, pero supuso que tanto a Cliff como a Cal y a la veterinaria les iría bien comer algo.

Cuanto lo tuvo todo listo, fue al establo con el café y los bocadillos en una bandeja. La doctora Newton fue la primera en darse cuenta de su presencia. La miró sonriente mientras se ponía de pie, y le dijo:

—Una taza de café me va a venir muy bien... con leche, por favor.

Grace empezó a llenarle una taza. Cliff estaba de rodillas junto al caballo, y apenas la miró por encima del hombro. El animal tenía un tubo en la boca, y parecía estar bastante mal. Cal estaba al otro lado, acariciándole el morro y hablándole con voz suave, y ella se dio cuenta de que era la primera vez que no le oía tartamudear; al parecer, le resultaba más fácil comunicarse con caballos que con seres humanos.

Le llenó una taza de café a Cliff, que la aceptó con un gesto de asentimiento casi imperceptible. Le preguntó a Cal si quería un poco, pero él le indicó que no con la cabeza.

La doctora Newman se volvió a mirarla, y le dijo:

—Sólo queda esperar.

—¿Va a curarse?

—La verdad es que no lo sé.

Grace sabía que Cliff había invertido mucho dinero en aquel semental, pero al margen de eso, era consciente de que él adoraba a aquel animal. Había hablado con ella a menudo de los sueños que tenía en cuanto al rancho, y era obvio que Midnight era la base del futuro de Cliff como ranchero. En caso de perder al animal, tardaría años en recuperarse, pero sería una pérdida tanto personal como económica.

Como no podía hacer nada por ayudar, se apartó a un

lado y esperó. No le parecía bien marcharse en ese momento, y quería que Cliff supiera al menos que se preocupaba por él y le apoyaba.

Al cabo de una hora, se dio cuenta de que no estaba contribuyendo en nada. Como nadie quería más comida, regresó a la casa, pero sólo tardó unos cinco minutos en limpiar la cocina. Puso la tele para distraerse un rato, pero no encontró nada interesante y fue cambiando de canal cada pocos minutos. Fue al establo cada media hora para ver cómo iba la cosa, pero apenas había progresos; tal y como había dicho la doctora Newman, había que esperar.

Se quedó dormida a las diez delante de la tele, y se despertó sobresaltada poco después de las once. Cuando miró hacia fuera y vio que la furgoneta de la veterinaria ya no estaba, se apresuró a volver al establo, pero todo seguía igual. Cliff y Cal estaban con Midnight, y como ni siquiera parecieron darse cuenta de su presencia, volvió a salir con sigilo y fue a la casa a por sus cosas.

Como no quería molestar a Cliff, regresó a casa sin decirle nada. Se sentía bastante alicaída. Estaba preocupada por lo del caballo, por supuesto, pero la forma en que la había tratado Cliff la había desmoralizado bastante, y empezaba a preguntarse si lamentaba haberla invitado a cenar. Al margen de lo del caballo, era obvio que Cliff ni siquiera se había acordado de que aquélla era la noche en que se suponía que iban a cenar juntos. No tenía nada preparado, y tampoco había mostrado el más mínimo interés en verla; de hecho, se había mostrado decidido a evitarla.

Buttercup y Sherlock estaban esperándola, y se sintió reconfortada al ver lo contentos que se pusieron al verla llegar a casa. La luz encendida del contestador automático indicaba que había un mensaje, así que dejó el bolso encima de la lavadora y se sentó en la pequeña mesa de la cocina con un bolígrafo en la mano.

Sonrió al oír la voz de Olivia, su mejor amiga, que quería saberlo todo sobre su «excitante» cita con Cliff.

—Llámame en cuanto llegues a casa, a la hora que sea.

Grace la llamó a regañadientes, y Olivia contestó de inmediato.

—¿No tienes nada mejor que hacer en un viernes por la noche que estar sentada al lado del teléfono?

—Jack aún no ha vuelto del trabajo.

A juzgar por su tono de voz, era obvio que estaba un poco molesta con su marido, y a Grace le resultó comprensible.

—¡Pero si son casi las once y media!

—Sí, ya lo sé. Bueno, no me has llamado para oír cómo me quejo de mi marido. ¿Qué tal te ha ido con Cliff?

—Fatal —le contó lo que había pasado, y terminó admitiendo que tenía la impresión de que Cliff se arrepentía de haberla invitado.

—¿Qué piensas hacer? —le preguntó Olivia, tras un breve silencio.

—¿Qué me aconsejas? —le preguntó, descorazonada y desconcertada por el comportamiento de Cliff.

—No vas a rendirte, ¿verdad?

—No —le dijo, sin demasiado entusiasmo—. Supongo que no, pero si él no...

—Seguro que te llama mañana por la mañana.

Grace no estaba tan segura, porque era como si Cliff la hubiera apartado de su mente por completo.

CAPÍTULO 7

Jack Griffin estaba cansado y hambriento. Eran más de las nueve del martes, y aún estaba en el despacho. Seguro que Olivia estaba molesta con él, pero a pesar de lo mucho que la amaba, le encantaba el desafío que suponía trabajar como editor en el *Cedar Cove Chronicle*. Seguramente, su mujer tenía razón al decir que por las venas le corría tinta en vez de sangre, porque de no ser así, estaría irritado por todas las horas que tenía que trabajar para conseguir publicar cinco ediciones a la semana.

Cuando le habían ofrecido el puesto de editor cuatro años atrás, el periódico publicaba un solo número semanal, pero ya había planes de pasar a dos números semanales. En aquel entonces trabajaba un montón de horas en el periódico diario de Spokane, pero como ya estaba en los cincuenta y estaba listo para bajar un poco el ritmo de trabajo, había aceptado aquel puesto que suponía menos horas... y un salario más bajo. Pero la idea de mudarse a Cedar Cove no sólo le había atraído por lo del trabajo en el *Chronicle*; de hecho, el mejor incentivo era estar cerca de su hijo Eric, que vivía en la zona de Seattle, y de su amigo Bob Beldon. Lo más irónico era que Eric y su familia habían acabado mudándose a Reno.

Bob Beldon era su padrino en Alcohólicos Anónimos, y

su mejor amigo. Varios años atrás, Bob había regresado a la zona junto a Peggy, su mujer, y habían comprado una casa bastante destartalada situada en Cranberry Point. Como era todo un manitas, en poco tiempo había transformado aquella casona enorme en una pensión llamada Thyme and Tide. Peggy había plantado en el jardín toda clase de hierbas para cocinar, árboles frutales, verduras y flores, y sus magdalenas de arándanos era legendarias.

La primera vez que había ido a Cedar Cove, se había enamorado de aquella pequeña ciudad, así que había ido a una entrevista de trabajo para optar al trabajo en el *Chronicle* y lo había conseguido. Había encontrado un piso de alquiler por un precio razonable, y había creído que iba a empezar a disfrutar de un ritmo de vida más calmado. Estaba satisfecho con la decisión que había tomado, y tenía ganas de darle un giro a su vida.

Lo cierto era que su vida había cambiado, pero no como él esperaba. Poco después de mudarse a Cedar Cove, había conocido a Olivia Lockhart, y aquella mujer había puesto su mundo patas arriba.

Un día, había ido al juzgado para intentar familiarizarse con la comunidad, y la había visto dictar sentencia en varios casos. Le había llamado la atención el caso de una joven pareja que había perdido a su hija, y que quería divorciarse. Mientras casi todos los presentes en la sala escuchaban los alegatos de los abogados, él había centrado su atención en Olivia, que le había parecido fascinante. Había notado que ella miraba a la pareja con un brillo de dolor en la mirada, y posteriormente se había enterado de que ella también había perdido un hijo. Su hijo de trece años había muerto ahogado en 1986, y su matrimonio se había derrumbado bajo el peso del dolor y la pérdida.

Al ver que ella le negaba el divorcio a la pareja basándose en un tecnicismo, había decidido escribir un artículo sobre el tema, pero Olivia no se lo había tomado nada bien. Habían coincidido un sábado por la mañana en el supermercado, y aquél había sido el inicio de su relación... aunque seguro que ella no se había dado cuenta hasta más tarde. Había caído rendido a los pies de aquella mujer, y aún no se había recuperado; de hecho, no pensaba hacerlo. Llevaban casados un año más o menos, y nunca en su vida se había sentido tan satisfecho.

A veces, aún le costaba creer que una mujer con tanta clase se hubiera casado con un periodista que había sido alcohólico y que no sabía qué cubierto había que usar cuando le ponían más de uno. Pero se había casado con él, así que se consideraba el hombre más afortunado del mundo.

Como era de esperar, Olivia se había propuesto educarlo, ya que consideraba que era un poco basto en algunos aspectos y había que pulirlo. Habían pasado por unos cuantos meses difíciles al principio, mientras se acostumbraban a vivir juntos. Él sabía que era bastante dejado, y su actitud descuidada había puesto de los nervios a su pobre mujer, que era una persona que valoraba el orden y la pulcritud.

La verdad era que no entendía por qué era tan importante colgar los pantalones en el armario cada noche, teniendo en cuenta que iba a tener que sacarlos a la mañana siguiente para volver a ponérselos. Se esforzaba porque sabía que así la complacía, y pasaba lo mismo con el bote de mantequilla de cacahuete; según Olivia, la casa se llenaba de gérmenes cuando se dejaba encima de la encimera el bote abierto y con el cuchillo dentro, así que él se aseguraba de sacar el cuchillo, tapar el bote, y meterlo en la nevera. Y por si eso fuera poco, también se había acostumbrado a colgar la toalla en su sitio cuando terminaba de secarse. Era incapaz de colocarla tal y como ella quería, pero eso no parecía molestarla; además, después de cenar metía su plato en el lavavajillas. Era increíble lo mucho que el amor podía cambiar a un hombre.

A pesar de todo, aún seguían sin ponerse de acuerdo por el tema de la dieta que ella quería imponerle. Sí, era cierto que tenía un poco de barriga y que le iría bien perder unos kilos, pero tampoco estaba tan gordo. Un hombre necesitaba de vez en cuando una hamburguesa doble de beicon y queso... acompañada de una buena ración de patatas fritas, y de un batido de vainilla.

Se le hizo la boca agua al pensar en su comida favorita mientras ponía rumbo a casa en su coche. No recordaba la última vez que había comido. Había desayunado un yogur de arándanos con algo dentro... seguro que era germen de trigo. Como no soportaba el sabor que tenía, su adorada mujercita había empezado a dárselo con disimulo escondido entre otros alimentos, y él había optado por no decirle que se había dado cuenta de su truco.

En cuanto vio el cartel de su restaurante de comida rápida preferido, la decisión estuvo tomada. Al ver que la ventanilla de servicio rápido estaba abierta, pasó por allí y devoró la hamburguesa en el aparcamiento sin pararse apenas a saborearla. Entonces se bebió el batido y se comió las patatas fritas. Sabía que iba a meterse en un problema de los gordos si Olivia se enteraba de aquello, pero habría valido la pena.

Bueno, lo cierto era que ya se había metido en un problema, porque le había dicho que llegaría a casa a eso de las siete y ya casi eran las diez. Como sabía que lo más probable era que ella intentara llamarlo, había apagado el móvil, y se sentía culpable. El sistema informático de la redacción había fallado, y había tenido que quedarse hasta que todo había quedado arreglado. El periódico tenía que publicarse, y no había tenido más opción que solucionar el problema.

Cuando aparcó el coche delante de la casa, vio que las luces de la sala de estar estaban encendidas. Le encantaba la casa de Olivia, que estaba situada en Lighthouse Road y tenía unas vistas fantásticas de la ensenada. Le encantaba sentarse con ella en el porche delantero, y ver la puesta de sol en los días veraniegos.

Cuando se habían casado, no sabía si se sentiría cómodo viviendo en la casa que Olivia había compartido con su ex marido, pero sus miedos habían acabado siendo infundados. Olivia y Stan llevaban divorciados más años de los que habían estado casados, y en la casa apenas quedaba nada que recordara a aquel primer matrimonio. Había alguna que otra foto de familia, pero no le molestaba.

Entró en la cocina con sigilo, con la esperanza de que estuviera dormida, pero ella le llamó en cuanto el suelo crujió un poco.

—Hola, cariño —le contestó, resignado.

Olivia entró en la cocina con paso airado. Llevaba puestas una gruesa bata de lana y unas zapatillas, tenía los brazos cruzados, y lo fulminó con la mirada antes de decir:

—Tienes el móvil apagado.

—Sí, ya lo sé... lo siento.

—No me vengas con disculpas.

—Te he dejado un mensaje, las cosas se han complicado —en el mensaje le había explicado lo que había pasado con el sistema informático, pero volvió a hacerlo para que comprendiera que no había tenido tiempo de pararse a hablar con ella cuando estaba intentando solucionar el problema.

Al verla vacilar, supo que estaba convenciéndola.

—A veces me pregunto por qué nos casamos, Jack. Te veo menos ahora que cuando salíamos juntos.

Sí, a veces él sentía lo mismo.

—Tienes razón, parece que apenas tenemos tiempo de estar juntos —le dijo, mientras la rodeaba los brazos e inhalaba con fuerza. Le encantaba cómo olía, aquel aroma que era propio de ella—. Pero el matrimonio tiene sus ventajas —susurró, mientras deslizaba la mano por debajo de la bata. Sonrió al comprobar que no llevaba el camisón largo de franela, sino el de seda que le permitía fácil acceso a sus pechos.

—Jack... —su amago de protesta no fue demasiado convincente.

—Estoy cansado, cariño. Venga, vamos a la cama.

—¿Tienes hambre?

—Sí, estoy hambriento —sintió una oleada de deseo al acariciarle los pezones, que ya estaban erguidos. Diez minutos antes, sentía que apenas le quedaban fuerzas y estaba deseando acostarse, pero en ese momento no estaba pensando en dormir. Olivia siempre tenía aquel efecto en él.

—Puedo calentarte la cena en el microondas.

—He comido de camino a casa —susurró contra su cuello, antes de deslizar los labios hasta su boca.

Fue un beso largo y profundo, y fue Olivia la que lo cortó al decir:

—¿Qué es lo que has cenado?

—Eh... —al ver que se apartaba de él y lo miraba con desaprobación, le dijo con tono suplicante—: Venga, cielo...

—De cielo nada. ¿Es que no te das cuenta de lo que estás haciendo?

—Tenía hambre, y me apetecía comerme una hamburguesa —como ella se negaba a mirarlo a la cara, volvió a abrazarla y añadió—: Tengo una idea que puede hacer desaparecer hasta el último rastro grasiento de mi cena.

—Dime.

Volvió a meter las manos por debajo de la bata, y las deslizó hacia arriba hasta llegar a sus senos. Su deseo se reavivó de inmediato.

—Seguro que me viene bien hacer un poco de ejercicio —cuando ella cerró los ojos y soltó un pequeño suspiro, añadió—: Siempre estás diciéndome que hacer ejercicio es muy saludable.

—Sí, es verdad, pero... ¿no estabas cansado?

—Lo estaba —admitió con voz susurrante, mientras la conducía hacia el dormitorio.

—Oh, Jack... estaba tan enfadada contigo, y mírame ahora. Me derrito en tus brazos —le dijo ella en voz baja, mientras se metía en la cama.

Por eso la amaba tanto, porque eran igual de vulnerables el uno con el otro. Después de arrodillarse en la cama delante de ella, le quitó el camisón y contempló extasiado su cuerpo desnudo bajo la luz tenue.

Estaba preparado, dolorosamente preparado. Se quitó los pantalones, y los tiró al suelo. Seguro que a Olivia no le molestaba que esa noche no los colgara en el armario.

CAPÍTULO 8

—Deja que te vea —dijo Corrie McAfee, cuando Linnette estaba a punto de salir de la casa de Harbor Street para ir a cenar con Cal Washburn.

La joven había pasado los últimos días en casa de sus padres.

—Mamá... —le daba igual causar una buena impresión en aquella cita a ciegas. Tener que pasar la velada con Cal ya le resultaba bastante irritante, no tenía ganas de soportar también la presión de su madre.

Corrie retrocedió unos pasos para poder verla bien, y sonrió con aprobación. Entonces pareció notar que Linnette tenía una mota de polvo en el hombro, porque se acercó a ella y le pasó la mano para quitársela.

—Estás preciosa.

—Gracias, mamá.

No se había esmerado demasiado a la hora de arreglarse. Ni la falda negra y larga ni el jersey blanco eran nuevos, las botas altas se las había comprado el año anterior, y como complemento sólo llevaba un colgante y unos pendientes de oro. Le bastaba con estar presentable, no quería impresionar a aquel vaquero.

Estaba decidida a cumplir con su obligación y a disfrutar de la cena en la medida de lo posible, pero si Cal la invitaba a volver a salir, le diría que necesitaba tiempo para aclimatarse a su nuevo hogar... en otras palabras, que ya se pondría en contacto con él si le apetecía, y cuando a ella le diera la gana. No quería darle falsas esperanzas, ni volver a salir con él.

—Pásatelo bien.

—¡Ni se te ocurra, mamá! No soporto que me mires así.

—¿Cómo? —le preguntó su madre, desconcertada.

—Estás deseando que empiece a salir con Cal, y es injusto.

—¿Qué es injusto? —le preguntó su padre, al entrar en la sala de estar.

—¡Vosotros dos!

—¿Qué he hecho? —le preguntó Roy a su mujer.

—Es como si ya me vierais casada con un tipo al que ni siquiera conozco, es normal que no quiera ir a esta estúpida cita —les dijo Linnette.

—Pues no vayas —le contestó su padre con tranquilidad, mientras agarraba el *Cedar Cove Chronicle*.

Corrie soltó una exclamación llena de indignación, y se apresuró a decir:

—Me gasté un dineral por esta cena. Sal con él, aunque sólo sea esta única vez. Sería de mala educación llamarle a última hora para cancelar la cita.

Linnette ya había llegado a aquella conclusión. Por mucho que le disgustara aquella situación, no quería ser descortés; sin embargo, decidió aprovechar que sus padres estaban allí para sacar a colación un tema del que quería hablar.

—Quiero saber qué pasa con lo de los mensajes que habéis estado recibiendo —al ver que su padre miraba a su madre con expresión acusadora, se apresuró a decirle—: Encontré uno, papá, así que no te enfades con ella. Mamá intentó mantenerlo en secreto, pero leí una de esas postales.

—No hemos recibido ninguna más desde hace una semana –le dijo Corrie. Vaciló por un segundo, y se volvió hacia su marido–. ¿Verdad que no?

Roy frunció el ceño, y le contestó:

–No, no hemos recibido ninguna más, y el tema está zanjado –sin más, se sentó y se ocultó tras el periódico.

–Pero, papá...

–No te va a decir nada, no insistas –le dijo su madre en voz baja, mientras le rogaba con la mirada que dejara a un lado el tema.

Linnette era consciente de que su padre podía ser testarudo y poco razonable, pero la enfurecía que la hubiera mantenido al margen de lo que pasaba. Se comportaba igual con Mack. Le parecía inaceptable que su propio padre la ignorara, que se cerrara en banda cuando ella estaba pidiéndole explicaciones para sentirse más tranquila; al parecer, él no se daba cuenta de que no estaba preguntándole por aquel tema para inmiscuirse en sus asuntos, sino porque estaba preocupada de verdad.

–Será mejor que me vaya –comentó, mientras agarraba la chaqueta que iba a juego con la falda.

Había quedado con Cal a las siete en el Lighthouse, el mejor restaurante de la ciudad. Estaba dispuesta a pagar por la cena si hacía falta, pero como aún no había empezado a trabajar en la clínica, tenía la esperanza de que Cal la invitara. Su madre había pagado una buena suma de dinero por él, aunque desconocía la cifra exacta. Sabía que eran más de cuatrocientos dólares por él y la misma cifra por la perra, así que lo correcto sería que Cal pagara la cena; en todo caso, llevaba suficiente dinero para pagar si tenía que hacerlo, a menos que él pidiera alguna bebida cara.

–Que te lo pases bien –le dijo su madre.

Linnette estaba convencida de que iba a resultarle imposible disfrutar de la velada, pero dijo con resignación:

–¿Puedes darme algún consejo útil?

–La verdad es que no sé gran cosa sobre Cal. Grace Sherman, la bibliotecaria, dice que es un hombre encantador pero tímido, así que a lo mejor tienes que encargarte tú de llevar la conversación.

Linnette ya había pensado en eso, pero como era tartamudo, no sabía hasta qué punto iban a poder mantener una conversación. Estaba convencida de que aquella velada iba a ser una tortura. Sabía que iba a tener que aguantar las ganas de acabar las frases por él, hacerlo sería de muy mala educación y Cal estaría en su derecho de sentirse molesto.

Por si eso fuera poco, sabía que su madre estaría esperándola para saber cómo había ido la velada, pero pensaba aprovechar para sacarle información sobre lo de los mensajes anónimos. Quería sacarle toda la información posible para poder contarle a su hermano lo que pasaba, ya que consideraba que los dos tenían derecho a estar al tanto de la situación si sus padres corrían peligro.

A juzgar por cómo había reaccionado su padre ante una simple pregunta, era obvio que no iba a poder sacarle ninguna información, pero a lo mejor conseguía que su madre le contara algo.

Al llegar al restaurante, aparcó en la única plaza que quedaba libre y salió del coche. No se le había ocurrido preguntarle a Cal por su aspecto, así que cuando entró en el local y vio la enorme cantidad de gente que estaba esperando a que les tocara sentarse, miró a su alrededor para ver si conseguía reconocerlo, pero había varios hombres sin acompañante.

Como le daba un poco de vergüenza preguntarles a unos desconocidos cómo se llamaban, decidió que tenía que haber alguna forma lógica de encarar el problema. Seguro que Cal llevaba botas de vaquero... por desgracia, no le quedó más remedio que empezar a recorrer el local con la cabeza gacha, mirando los pies de la gente.

Al ver un par de botas de hombre, alzó la mirada y supo de inmediato que no era él, porque era demasiado viejo. Siguió buscándolo. Botas desgastadas... demasiado joven. Botas de piel de serpiente... no, demasiado urbano.

—¿Linnette?

Levantó la cabeza de golpe, y estuvo a punto de chocar con un hombre delgado de unos treinta y cinco años. Llevaba un sombrero de vaquero, una chaqueta de estilo tejano con parches de cuero en las mangas... y botas de vaquero. No esperaba gran cosa, pero si aquél hombre era Cal Washburn, la verdad era que estaba muy gratamente sorprendida. Era atractivo sin llegar a ser un guaperas, y era obvio que estaba en buena forma. Tenía los ojos marrones, el pelo castaño, unos pómulos prominentes, una mandíbula firme, y una sonrisa cálida.

—¿Cal?

—Sí. He re... reservado mesa —posó una mano en su espalda, la condujo hacia el mostrador de la entrada, y le dijo a la recepcionista—: Wa... Washburn.

La mujer comprobó la lista de reservas, tachó su nombre, y les dio dos menús.

—Su mesa está lista.

Linnette no sabía que el Lighthouse tenía tanto éxito, así que ni se le había ocurrido reservar mesa. Era una suerte que Cal lo hubiera hecho.

Cuando estuvieron sentados, le echó una ojeada al menú y decidió pedir *fettuccini* con almejas, vieiras, y gambas. Sonaba bien, y tenía un precio razonable. De aperitivo se contentaría con los panecillos gratuitos que se ofrecían a todo el mundo.

Cuando el camarero fue a preguntarles lo que querían de beber, optó por un té frío. Al ver que Cal pedía un cóctel de whisky, volvió a abrir el menú para ver si estaban anotados los precios de las bebidas, y se quedó horrorizada al ver que el whisky en cuestión valía casi diez dólares.

Después de que les sirvieran las bebidas, empezaron a charlar; tal y como esperaba, era ella la que llevaba el peso de la conversación, y como Cal se mostró interesado en su trabajo de asistente médico y pareció impresionado al enterarse de que podía recetar medicamentos y tratar heridas leves, le contó lo nerviosa que se había puesto las primeras veces que había tenido que suturar una herida o poner una escayola.

Cuando el camarero fue a tomarles nota, Cal pidió un entrante de cangrejo y alcachofas, y una ensalada con gambas. El marisco tenía un coste adicional. De primero pidió unas chuletas.

Linnette le echó otra ojeada al menú para ver cuánto costaba todo aquello, y se dio cuenta de que lo que había pedido él ya iba a costarle todo el dinero que llevaba.

—¿Pa... pasa algo? —le preguntó él.

Se inclinó un poco hacia delante mientras intentaba encontrar la forma de explicarle que iba un poco corta de dinero, pero le resultó demasiado humillante.

—No, na... nada.

—¿Tartamudeas? —la miró con los ojos como platos, como si acabara de encontrar a su pareja perfecta.

—No. Cal, he... —iba a explicarle que iban a tener que pagar a medias, pero se calló al ver que el camarero llegaba con los entrantes.

Al contrario de lo que esperaba, disfrutó de la velada, y empezó a relajarse en cuanto empezó a comer. Cal insistió en que tomara un vaso de vino, y acabó cediendo a pesar del precio. Se alegró de haber sucumbido en cuanto probó el chardonnay, ya que además de que estaba delicioso, la ayudó a calmarse.

No debería haberla tomado por sorpresa el hecho de que Cal pidiera postre... y encima, pastel de queso al estilo neoyorquino. Al ver que pedía dos tenedores y que le ofrecía uno, se llevó las manos al estómago y le dijo:

—No puedo comer más.

—Venga, pruébalo al menos.

—Lo hacemos en el restaurante, es nuestro postre más popular —apostilló el camarero.

—Vale, lo probaré.

Al final, acabó comiéndoselo casi todo. No solían gustarle los postres pesados, pero aquél estaba delicioso.

Siguieron charlando mientras tomaban café, y entonces el camarero les llevó la cuenta y la colocó en medio de la mesa. Según sus cálculos... había ido sumando de cabeza hasta que se había bebido el vino, a partir de ese momento se había descontado... lo que tenía no llegaba para pagar. Llevaba su tarjeta de crédito, pero ya casi había llegado al límite mensual. Se quedó mirando la carpetita de cuero que contenía la cuenta, y rezó para que aquel hombre al que su madre consideraba un verdadero parangón tuviera el detalle de pagar.

Al ver que no alargaba la mano para pagar la cuenta, empezó a preocuparse y acabó diciendo:

—¿Pagamos a medias?

Cal tomó la cuenta, le echó un vistazo, y en vez de decir a cuánto tocaba cada uno, se limitó a comentar:

—Me en... encargaré al salir —al ver que ella asentía, añadió—: Me lo he pa... pasado muy bien —parecía tan sorprendido como ella.

—Yo también.

—No e... eres como es... peraba.

—Lo mismo digo.

—¿Puedo a... compañarte a tu ve... vehi... a tu coche?

—No hace falta, vete tú mientras yo pago mi parte de la cena. Gracias por una velada tan agradable, Cal.

—De na... nada —dejó la servilleta sobre la mesa, y se puso de pie.

El restaurante ya no estaba tan lleno como antes, y al ver a varias parejas acarameladas, Linnette se preguntó si algún día Chad Timmons y ella estarían así.

Cuando vio que Cal salía del restaurante, respiró hondo y decidió averiguar de una vez cuánto iba a tener que pagar. Agarró la cuenta, y se quedó atónita al ver que ya estaba pagada. Le indicó al camarero que se acercara, y le preguntó:

—¿Está todo pagado?, ¿incluso la propina?

—Sí. El caballero se encargó de todo antes de que usted llegara, le dejó la tarjeta de crédito a la recepcionista.
—Ah.
Cal podría habérselo comentado. Se dijo que lo correcto era darle las gracias, así que se apresuró a salir del restaurante, pero él ya se había marchado.

CAPÍTULO 9

Había llegado el primer martes de noviembre, el día en que Charlotte y Ben iban a cenar con el hijo de éste. Ella se había pasado la tarde decidiendo lo que iba a ponerse, y al final había optado por el vestido rosa y blanco que se había comprado para la celebración de después de la boda. El cuello estaba ribeteado de pequeñas rosas de encaje, y la prenda hacía que se sintiera femenina y atractiva. Aunque era más adecuada para la primavera que para el otoño, quería causarle buena impresión a David.

–¿Cómo estoy? –le preguntó a Ben, al salir del dormitorio. Se alisó la falda mientras esperaba la aprobación de su marido, que estaba viendo la tele. Al ver que él fruncía el ceño al mirarla, se le cayó el alma a los pies. Quería que se sintiera orgulloso de ella–. ¿Qué pasa?

–Te has esmerado demasiado, no te hace falta impresionar a David.

–Pero... quiero causarle una buena impresión a tu hijo.

–Ya lo sé, cariño. Te lo agradezco, pero no hace falta. Seguro que nos ha invitado a cenar para pedirme otro préstamo –su expresión se endureció–. No pienso volver a dejarle dinero, se lo dije la última vez y no pienso cambiar de opinión. Seguro que nos toca pagar la cena.

–Ya verás como no, ha sido él el que nos ha invitado a cenar.

—Sí, pero apuesto a que me toca pagar a mí.
—No seas tan pesimista, Ben.

Él no insistió en el tema, pero era obvio que estaba nervioso y que se arrepentía de haber aceptado aquella invitación. Ni el hecho de ver a su hijo ni la idea de pasar una velada en Seattle parecían entusiasmarle.

Fueron a Bremerton en coche, y subieron al transbordador que llevaba a Seattle. Ben apenas habló durante la hora que duró el trayecto. Mientras tomaban un café agarrados de la mano, Charlotte vio cómo desaparecía en la distancia la isla de Bainbridge conforme iban acercándose a Seattle. Era una época del año muy agradable en la zona de Puget Sound. Las decoraciones navideñas empezarían a aparecer a finales de mes, y el espíritu festivo reinaría en Cedar Cove.

Cuando el transbordador llegó a Seattle, bajaron por la rampa hasta la terminal y tomaron un taxi para que los llevara al Martini's Steakhouse, el restaurante que David había elegido.

Bajaron en ascensor a la planta baja, y al salir Charlotte miró con interés las fotografías autografiadas de los personajes famosos que habían cenado allí. Al ver a un hombre sentado en el vestíbulo, supo sin ninguna duda que era el hijo de Ben, porque era igual que él pero en joven. Tenía el mismo pelo oscuro, la misma presencia fuerte.

El hombre en cuestión alzó la mirada, y sonrió al verlos.

—Hola, David —le dijo Ben, sin inflexión alguna en la voz.

—Hola, papá —se puso de pie, abrazó a su padre y le dio unas afectuosas palmaditas en la espalda, y entonces miró a Charlotte con una sonrisa cálida.

—Te presento a Charlotte —Ben se acercó un poco más a ella, y le pasó el brazo por los hombros en un gesto protector.

David la abrazó con entusiasmo, y le dijo:

—Me alegro de conocerte al fin, mi padre es un hombre muy feliz gracias a ti.

Aquello la conquistó de inmediato. Estaba convencida de que Ben no tenía de qué preocuparse y de que iban a pasar una velada muy agradable, pero cuando miró a su marido y vio que estaba muy ceñudo, se preguntó por qué estaba comportándose con tanta animosidad.

David miró a su padre, y su sonrisa flaqueó un poco.

—Venga, papá, relájate. Vamos a disfrutar de la velada.

—Estoy de acuerdo. Acabo de conocer a tu hijo, y estamos a punto de disfrutar de una buena cena. Anda, vamos a pasarlo bien.

David se centró en ella mientras el maître sentaba a la pareja que les precedía.

—No sabes lo mal que me supo no poder ir a la boda —le dijo, mientras evitaba mirar a su padre a los ojos.

—Estoy deseando presentarte a mis hijos, seguro que podréis conoceros pronto —comentó Charlotte con entusiasmo.

—Seguro que sí. Sentí mucho no poder asistir a la boda, pero en verano siempre tengo mucho trabajo.

Charlotte decidió no mencionar que se había casado con Ben en la primera semana de mayo, y que por tanto había sido en primavera, y se limitó a preguntarle:

—¿A qué te dedicas?

—Estoy en el campo de los seguros. Es difícil de explicar, trabajo con actuarios y estadísticas.

—Ya veo. La verdad es que no sé casi nada de ese tema. Clyde, mi primer marido, siempre se ocupaba de esos asuntos.

Ya habían pasado casi veinticinco años desde su muerte, pero Clyde lo había arreglado todo para que a ella jamás le faltara nada a nivel económico, así que le estaría agradecida de por vida.

—Nuestra mesa está lista —comentó Ben, al darse cuenta de que el maître parecía estar esperando a que acabaran de hablar.

Cuando se sentaron, Charlotte aprovechó para mirar a su

alrededor, y se dio cuenta de que era uno de los restaurantes más selectos en los que había estado; de hecho, el local más elegante que conocía era el que su propia nieta tenía en Cedar Cove. Justine y su marido eran los propietarios del Lighthouse, y habían conseguido que fuera todo un éxito. Se sentía muy orgullosa de su nieta, que había tenido el sentido común de casarse con Seth Gunderson, un hombre de pies a cabeza. Cuando David fuera a Cedar Cove, lo llevaría a cenar al Lighthouse.

Uno de los camareros se les acercó con un carrito, dejó al descubierto un menú entero con un gesto un poco grandilocuente, y empezó a describirles cada plato; cuando acabó y les dio una lista de precios, Charlotte no pudo evitar soltar una pequeña exclamación ahogada, pero la verdad era que todo parecía delicioso. Tomó nota mental de contarle a Justine hasta el último detalle. Se decidió por pez espada a la parrilla, y tanto Ben como su hijo pidieron filete.

Tanto la comida como el servicio eran fantásticos, y la conversación resultó bastante amena. David se mostró muy agradable, y fue el que más habló. Charló sobre el tiempo, sobre los últimos estrenos cinematográficos, y comentó que tenía pensado ir a Las Vegas en Navidad.

Fue ella la que tuvo que contestar a sus preguntas y a sus observaciones, porque Ben siguió bastante callado. La única nota discordante la puso el móvil de David, que sonó varias veces durante la cena.

Cuando sonó por cuarta vez, Ben miró a su hijo y le espetó con voz seca:

—Apaga ese dichoso cacharro.

—Perdón —con actitud contrita, David le dio a un botón y el móvil se apagó.

Charlotte suspiró aliviada. Miró con una sonrisa al camarero que se les acercó con el café, y cuando el hombre les dio a elegir entre varias clases de azúcar, se quedó asombrada al ver unas barras de caramelo que parecían dignas de una confitería.

Mientras tomaban el café, David se quedó pensativo durante un largo momento y al final comentó:

—Supongo que te imaginas por qué quería hablar contigo, papá.

—Si se trata de dinero...

—Estoy pasando por una situación bastante difícil.

—No puedo ayudarte.

—¿No puedes, o no quieres? —le preguntó, con una furia apenas contenida.

Ben inhaló profundamente. Era obvio que estaba intentando controlar su propia irritación.

—De acuerdo, no quiero. No pienso darte ni un centavo más, David. Aún no me has devuelto los últimos dos préstamos, sería un tonto si te diera más dinero.

—Esta vez te lo devolveré, te lo prometo.

—Eso fue lo que me dijiste las dos últimas veces, ¿por qué tengo que creerte?

—Porque es la verdad. ¿Crees que me resulta fácil pedírtelo?, ¿crees que lo haría si tuviera otra opción?

Era obvio que iba a añadir algo más, pero se calló al ver que sus palabras irritaban aún más a su padre.

—¿Cuánto necesitas? —Charlotte no quería inmiscuirse, pero era posible que Ben estuviera dispuesto a ceder si se trataba de una cantidad razonable.

—Cinco mil —admitió, al cabo de unos segundos, antes de añadir con expresión esperanzada—: Es mucho menos que la última vez.

—¿Para qué lo necesitas? —quería ayudarle, pero no sabía cómo. Era obvio que sus preguntas no le hacían ninguna gracia a Ben, pero se sentía mal por David.

—Es complicado.

—Seguro que es lo de siempre —apostilló Ben—. Ha usado al máximo las tarjetas de crédito, no ha pagado los impuestos, y tiene que pasarle la pensión a sus dos ex mujeres.

—En Navidad me darán la paga extra, sólo necesito el dinero para aguantar un par de meses. Sabes que no te lo pediría si no estuviera desesperado, pero la presión está acabando conmigo. No puedo conciliar el sueño, y apenas como.

—Pues esta noche has cenado sin problemas —le dijo su padre.

Teniendo en cuenta los precios, Charlotte se alegraba de que David hubiera disfrutado de la cena. Cincuenta años atrás, ella habría tenido bastante para alimentar a su familia durante una semana por el precio de uno de aquellos filetes.

—Es la primera comida en condiciones que tengo desde hace tiempo, papá. Esto no es nada fácil para mí, pero eres la única persona a la que puedo pedírselo.

—Pedir dinero debe de ser muy doloroso —comentó Charlotte con voz suave.

David le agradeció su comprensión con una sonrisa antes de decir:

—Te juro que te devolveré el dinero, papá. No sé lo que pasará si no me lo prestas.

—¿Cuántos años tienes, David? —le preguntó Ben.

—Cuarenta y tres.

—¿En serio?, pareces mucho más joven —comentó Charlotte.

David no hizo caso de su comentario, y le sostuvo la mirada a su padre.

—Ya tienes edad suficiente para salir adelante sin necesidad de que alguien te saque de los problemas en que te metes —le dijo Ben.

Charlotte se sintió fatal al ver la expresión de derrota de David, pero no podía entrometerse en las decisiones que Ben tomara respecto a su propio hijo. Tomó la mano de su marido por debajo de la mesa, y él la agarró con fuerza.

—La última vez te dije que no te daría ni un centavo más, y lo mantengo. No tengo otra opción, David. Siento que tengas problemas económicos, pero está claro que no aprendiste la lección.

—¿Estás diciendo que no vas a prestarme el dinero?

–Exacto. Y no te molestes en insistir, porque no vas a conseguir que cambie de idea.

En vez de protestar o de enfadarse, David asintió como si entendiera la decisión de su padre.

–Lo único que te he enseñado hasta ahora es que puedes acudir a mí cuando tienes problemas de dinero, y eso no es bueno para ninguno de los dos.

–Tienes razón –admitió su hijo a regañadientes.

–Cuando me pagues los dos préstamos que me debes, hablaremos sobre futuras posibilidades.

David apretó los labios, y volvió a asentir. Entonces se puso de pie, y les dijo:

–Si me disculpáis, será mejor que vuelva al hotel. Gracias por esta cena tan agradable. Charlotte, me parece que casarse contigo es lo más inteligente que ha hecho mi padre en quince años.

Charlotte se ruborizó, y le dijo:

–Gracias, David.

Él se despidió con una ligera inclinación de cabeza, y se fue del restaurante; al cabo de unos segundos, el camarero se acercó a la mesa y les dio la cuenta.

CAPÍTULO 10

Cecilia Randall había salido pronto del trabajo porque tenía hora con el médico, así que llegó a casa antes que de costumbre y encendió de inmediato el ordenador. Atesoraba todos los correos electrónicos que le había mandado Ian, y se sentía desilusionada cuando llegaba a casa y no encontraba ninguno nuevo. Sonrió encantada al ver que había dos, pero antes de que pudiera abrir el primero, el teléfono empezó a sonar.

Miró por encima del hombro con impaciencia. Seguro que era Cathy, que quería saber cómo le había ido en el médico. El embarazo iba genial y estaba deseando contarle a Ian la última novedad, pero no podía decírselo a Cathy antes que a su marido. Él tenía derecho a ser el primero en saberlo, pero si contestaba al teléfono y la que llamaba era Cathy, no iba a poder contener las ganas de decírselo.

El teléfono siguió sonando, y al final no pudo seguir aguantándolo y fue corriendo a la cocina para descolgar antes de que saltara el contestador automático.

—¿Diga? —dijo, mientras luchaba por recuperar el aliento.
—¿Cecilia?
—¡Ian!
—No sabes cuánto me alegro de que estés en casa, cariño. Ni te imaginas lo que me ha costado conseguir que me permitan llamar.

—Dios, es fantástico oír tu voz —los ojos se le llenaron de lágrimas. Adoraba a su marido, y siempre que zarpaba le echaba mucho de menos.

—¿Cómo te ha ido en el médico? La visita era hoy, ¿verdad? —su voz reflejaba lo preocupado que estaba.

—Sí, todo ha ido muy bien —estaba loca de felicidad por la noticia que había recibido.

—¿Te han hecho la ecografía?

—Sí.

—¿El bebé está bien?

Era lógico que estuviera preocupado. Si hubieran hecho más ecografías cuando estaba embarazada de Allison, los médicos habrían descubierto antes del parto el defecto cardíaco que tenía.

—¿Han visto algo en la ecografía? —insistió él.

Estaba tan emocionada, que tuvo que apoyarse en la pared de la cocina antes de decirle:

—Sí, han visto algo —al oír su exclamación ahogada, se apresuró a añadir—: No, Ian, no hay ningún problema... ¡vamos a tener un niño!

—¿Qué?

—La doctora ha podido verlo con claridad esta vez, y no hay duda de que tiene pene. ¡Vamos a tener un hijo!

Ian permaneció en silencio durante unos segundos, y entonces soltó un grito de alegría que debió de oírse a cientos de kilómetros a la redonda. Seguro que le había oído la tripulación entera del portaaviones. Su reacción era comprensible: aquella noticia era la prueba que necesitaba para convencerse de que aquel embarazo era diferente del primero.

Cecilia se echó a reír. Cuando les habían dicho que seguramente iban a tener otra niña, los temores de Ian se habían acrecentado; tal y como él había repetido una y otra vez, todo estaba sucediendo igual que con Allison, ya que ella iba a volver a dar a luz a una niña mientras él estaba en alta mar. Su marido estaba aterrado, y si perdían otro bebé... Cecilia se obligó a apartar aquella posibilidad de su mente.

—¿Están seguros de que es un niño?
—Lo he visto con mis propios ojos, Ian.
—¿Cómo estás?
—Genial, entusiasmada... y loca por mi marido.
—Te amo, Cecilia. Pienso en ti día y noche —le dijo, con voz ronca.
—Yo también.
—¿Cómo llevas lo del trabajo?, ¿no te cansas demasiado?
—Claro que no.

Ian se preocupaba por todo, pero para ella el trabajo era muy importante; de no ser por su empleo, se pasaría el día en casa sin saber qué hacer. Utilizar sus conocimientos de contabilidad y aportar dinero a casa no eran las únicas razones por las que había decidido seguir trabajando.

—El señor Cox es muy considerado conmigo, y Allison viene a la oficina cada día al salir del instituto.

Ian ya estaba al corriente de todo aquello. Ella le contaba al detalle su vida cotidiana en los correos electrónicos que le enviaba, porque aquello parecía tranquilizarlo.

—Ah, sí, Allison Cox. Estás preocupada por ella, ¿verdad?
—Tiene un novio nuevo...
—Que no te gusta.
—La verdad es que no le conozco, pero me preocupa un poco. ¿Te conté que se llama Anson? Es un nombre un poco raro, ¿no? No es el chico adecuado para Allison, es uno de esos góticos que van vestidos de negro y...
—Tu padre decía que yo no era el hombre adecuado para ti, ¿te acuerdas?

Cecilia hizo una mueca. Se había mudado a Cedar Cove cuatro años atrás para intentar conocer un poco mejor a su padre, que se había divorciado de su madre cuando ella tenía diez años. Los escasos recuerdos que tenía de él eran difusos y se entremezclaban con la amargura de su madre, así que había decidido llegar a conocerlo para poder formar su propia opinión; por su parte, él también se había mostrado deseoso de llegar a conocerla.

Su madre le había avisado que no se hiciera ilusiones respecto a Bobby Merrick, pero aquello era algo que tenía que aprender por sí misma. No había tardado en darse cuenta de que su padre era un irresponsable en el que no se podía confiar. Tras la muerte de Allison, se había limitado a enviarle por correo una tarjeta de condolencias en la que se limitaba a decirle que sentía su pérdida, pero no había ido a ver a la niña al hospital ni una sola vez ni se había ofrecido a ayudarla económicamente. Ni siquiera se había molestado en ir al funeral de Allison. Lo único que su padre había hecho por ella había sido conseguirle un empleo en el restaurante El Galeón del Capitán, y había sido allí donde había conocido a Ian. Aquello era algo por lo que siempre le estaría agradecida.

—Eres el hombre perfecto para mí —le dijo con firmeza. No quería hablar de su padre—. Ian, te echo mucho de menos.

—Ya falta poco para que vuelva a casa.

Para cuando él volviera, el bebé ya habría nacido, pero Cecilia no quería pensar en eso. En esa ocasión no iba a estar sola, Cathy Lackey se había comprometido a estar con ella durante el parto; además, también iba a acompañarla a las clases de preparación al parto que iba a empezar en breve.

Había dado a luz a Allison sin nadie que la apoyara, porque su padre era la única persona a la que conocía en aquella zona. Su madre había reservado un billete de avión para estar con ella, pero el parto se había adelantado varias semanas y no había llegado a tiempo; al final, había ido sola y aterrada al hospital.

—Tenemos que pensar en nombres de niño, Ian —le dijo, mientras intentaba dejar de pensar en aquellos recuerdos tan dolorosos.

—A ver... ahora mismo no se me ocurre ninguno, te mandaré un correo electrónico con algunas sugerencias.

—Vale, pero me parece que nuestro hijo debería llamarse como su padre.

—Eso sería un lío... podríamos ponérselo de segundo nombre.

—De acuerdo.

—Tengo que irme, cariño, pero tengo que pedirte un favor: un amigo mío me ha preguntado si podrías contactar con una chica que conoce.

—Claro que sí.

—Se llama Rachel Pendergast y trabaja en un centro de belleza de Cedar Cove, el Get Nailed.

—Lo conozco, todo el mundo se hace la manicura allí.

—Salieron juntos un par de veces y me parece que Nate está bastante interesado en ella, pero Rachel no tiene ordenador. Le escribe un montón de cartas, pero no es lo mismo que poder comunicarse por Internet.

—¿Por qué no usa los ordenadores de la biblioteca?

Era lo que ella había hecho al principio, cuando Ian y ella estaban separados y tenía que ponerse en contacto con él. Después de pagar el entierro de Allison y a los abogados que se habían encargado de lo del divorcio, no le había quedado dinero para caprichos.

—Nate me ha dicho que Rachel no se ha conectado nunca a Internet, y que no sabe cómo funciona. Todo esto es muy nuevo para ella.

—Vale, yo me encargo de enseñarle.

—Gracias, cielo.

—De nada, adorado y maravilloso maridito mío.

—¿Cuánto hace desde la última vez que te dije que te amo?

—Demasiado tiempo —le dijo ella, con una sonrisa llena de ternura.

—Te amo —cuando ella soltó una risita que reflejaba lo feliz que se sentía, añadió con un susurro reverente—: Un hijo, Cecilia... un hijo.

CAPÍTULO 11

Había llegado el día de la mudanza de Linnette, y su hermano estaba echándole una mano. Mack había llegado a primera hora de aquel sábado a su piso de Seattle, acompañado de su perra Lucky y de dos amigos suyos que también trabajaban como bomberos voluntarios. Sólo quedaban por sacar los muebles y algunas de las cajas más pesadas. Ella ya había ido trasladando poco a poco todo lo que había podido, pero había tenido que alquilar una furgoneta para poder llevarse las cosas más grandes.

—Muchas gracias por ayudarme, Mack —le dijo, cuando sus amigos y él acabaron de cargar la furgoneta.

Bryan y Drew estaban acabando de bajar las sillas del comedor. La chica con la que había compartido el piso se había ido un mes antes, así que se había quedado vacío.

—De nada —su hermano se secó el sudor de la frente, y le preguntó—: ¿Estás lista? —era obvio que estaba deseando ponerse en marcha.

Drew entró en ese momento en el piso, canturreando:

—¡Ele, ele, ele, listos para el despegue!

—Ahora mismo bajo —le dijo Mack.

—Ya tendremos tiempo de hablar, hermanito —le aseguró Linnette.

—Perfecto. Podríamos charlar cuando descarguemos la furgoneta, y después me encargaré de devolverla.

El alquiler salía más barato si se devolvía el vehículo a su ubicación inicial, y Mack se había ofrecido a llevarla de vuelta a Seattle.

Sus amigos y él vaciaron la furgoneta con la misma eficiencia con la que la habían cargado. Lo subieron todo por las escaleras exteriores hasta su nuevo piso, que estaba en la primera planta del edificio. El sofá, las sillas, la lámpara, la mesita baja y la televisión se quedaron en la sala de estar, la cama, el colchón, el tocador y la mesita de noche fueron a parar al dormitorio más grande, y en el más pequeño colocaron la mesa de oficina, la silla correspondiente y el ordenador.

Linnette tenía pensado comprar un sofá cama y una pequeña mesa de trabajo, porque cuando estaba en la universidad no había tenido tiempo para los trabajos manuales y la artesanía, y quería retomar aquel pasatiempo. La mesa de la sala de estar era de segunda mano y estaba bastante estropeada, pero pensaba reemplazarla en cuanto pudiera. Cuando empezara a recibir un sueldo mensual, tendría más opciones.

Cuando Mack y sus amigos terminaron, fue a comprarles unas hamburguesas con patatas fritas y refrescos. Drew y Bryan devoraron la comida, y cuando se disponían a regresar a Seattle, les dio de nuevo las gracias por su ayuda.

Mack siguió sentado en el sofá, y cuando se acabó la hamburguesa, dejó el envoltorio sobre la mesita baja. Lucky estaba tumbada junto a él. Era una perra muy obediente, y se había mantenido a un lado mientras colocaban los muebles.

Al cabo de unos segundos, Mack la miró y le preguntó:

—¿Sabes qué es lo que les pasa a mamá y a papá?

No había duda de que su hermano era un hombre muy observador.

—¿Por qué crees que les pasa algo? —tenía interés en saber cómo había averiguado tan pronto que había un problema;

que ella supiera, no mantenía una comunicación regular con sus padres.

—Mamá lleva un tiempo llamándome todos los domingos por la tarde sin falta. No me ha dicho nada en concreto, pero lleva unas semanas haciendo algún que otro comentario que no me cuadra.

—¿Como qué?

—Por ejemplo, me dijo como si nada que, si a papá llegara a pasarle algo, no dudara nunca lo mucho que él me quiere. Le pregunté si estaba enfermo o si había algo que yo debiera saber, y me contestó que no. Tuve la impresión de que no estaba mintiéndome, pero estoy convencido de que no está diciéndome toda la verdad.

—¿Qué más?

Quería saber lo que había averiguado, porque su hermano solía tener muy buenos instintos.

—Cada vez que me llama, mamá me dice que todo va bien, así que empecé a pensar que a lo mejor estaba imaginándome cosas.

—De eso nada.

Cuando ella le explicó lo de los anónimos que estaban recibiendo sus padres, la miró ceñudo y le preguntó:

—¿No son mensajes amenazantes?

—No lo sé. En el que vi ponía «¿Estás pensando en ello?»

—¿En qué?

—Según mamá, papá cree que todo esto tiene algo que ver con su trabajo en la policía.

—A lo mejor es un criminal al que encerraron gracias a él.

—Sí, o alguien que quiere vengarse de él por algo; sea quien sea, parece decidido a machacarle psicológicamente.

—Pues no va a conseguirlo a base de mensajes —comentó Mack, sonriente—. Si esa persona quiere atormentar a papá, sólo tiene que dejarse el pelo largo, negarse a jugar al rugby, dejar los estudios, y conseguir un trabajo en Correos. Eso bastará para enloquecer al gran Roy McAfee.

Linnette se echó a reír. En su opinión, su hermano era

un hombre muy atractivo. Tenía la misma constitución física que su padre, pero se parecía más al abuelo materno.

—¿Crees que corren peligro de verdad? —le preguntó, muy serio.

—No lo sé, Mack. He intentado sonsacarle información a mamá para saber al menos cuándo empezaron a recibir los mensajes, pero ella no quiere preocuparme, y al negarse a hablar del tema sólo consigue que me preocupe aún más. Cuando se lo dije, se echó a llorar y admitió que papá se niega a dar su brazo a torcer.

—¿Y eso te extraña? —le dijo él, en tono de broma.

—Al parecer, ha habido algo más que postales —se sentó en el sofá junto a él, y acarició a Lucky antes de añadir—: Mamá mencionó algo sobre una cesta de fruta.

—No se comieron nada, ¿verdad?

—No tengo ni idea de lo que hicieron, supongo que la tiraron. Pero mamá se asustó de verdad.

—No me extraña. A lo mejor forma parte de la metodología de esa persona... abrumarlos con su amabilidad, confundir al enemigo antes de pasar a la acción.

Linnette no había pensado en eso, y comentó:

—Papá y tú no os lleváis bien, pero os parecéis más de lo que crees.

—No me digas eso, no quiero parecerme en nada a él.

—No es tan malo... y tú tampoco. Un día de éstos, haréis las paces.

—Puede —le dijo él, sin demasiada convicción—. Me gustaría, pero no me parece demasiado probable.

En ese momento, alguien llamó al timbre. Lucky se puso alerta de inmediato, y soltó un ladrido mientras miraba hacia la puerta.

Los dos hermanos intercambiaron una mirada, y Linnette se levantó del sofá. Cuando fue a abrir, vio a una mujer vestida con el uniforme marrón de la oficina del sheriff. La desconocida tenía en la mano un pequeño jarrón con crisantemos de color bronce.

—Hola. Soy Gloria Ashton, tu vecina —le dijo, mientras le daba el jarrón.

—Hola, soy Linnette McAfee. Mi madre ya me había dicho que la gente de Cedar Cove era muy amable, te agradezco el detalle. Pasa, por favor —se apartó para dejarla pasar, y le dijo—: Éste es Mack, mi hermano. Mack, te presento a Gloria Ashton, mi nueva vecina.

Después de soltar el collar de la perra, Mack se puso de pie y alargó la mano hacia Gloria, que se acercó y se la estrechó.

—Hola, te presento a Lucky.

La perra movió el rabo varias veces, y entonces volvió a tumbarse junto al sofá.

—Estoy en el piso 216, a dos puertas de aquí. He visto a tu hermano y a dos chicos más metiendo los muebles, y he decidido pasar por aquí antes de irme a trabajar para presentarme. Perdón si os interrumpo, pero no sabía cuándo podríamos volver a coincidir.

—¿Trabajas en la oficina del sheriff de la ciudad? —le preguntó Linnette.

Gloria permanecía con los pies un poco separados y las manos en el cinturón. Era una mujer baja y delicada, tenía el pelo oscuro, y el cinturón con el arma y el resto de parafernalia enfatizaba su feminidad.

—No, trabajo en Bremerton. Hace poco menos de un año que me vine a vivir a esta zona.

Mack la miró con los ojos entornados, como si estuviera intentando ubicarla, y comentó:

—Me resultas familiar, ¿nos conocemos?

Gloria lo observó con atención, y al final negó con la cabeza y le dijo:

—No, me parece que no.

—Serán imaginaciones mías. No vengo demasiado a menudo, pero cuando lo hago, respeto siempre los límites de velocidad.

—Sí, claro —Linnette soltó una risita burlona, y él le dio un codazo.

—¿No vives en Cedar Cove? —le preguntó Gloria.

—No me gusta estar demasiado cerca de mi familia, prefiero ir a mi aire —le dijo él, mientras volvía a sentarse.

—¿Puedes quedarte un rato? Aunque aún no he salido a comprar, así que no puedo ofrecerte nada de beber.

—Tengo que irme, pero gracias de todas formas —Gloria miró su reloj de pulsera, y añadió—: Sólo quería aprovechar para darte la bienvenida. Si tienes alguna pregunta sobre la ciudad, estaré encantada de ayudarte en lo que pueda.

—Muchas gracias, te tomaré la palabra.

—Eso espero.

Volvió a despedirse de los dos, y se marchó.

Linnette esperó a que la puerta se cerrara antes de volverse hacia su hermano.

—¿Cómo se te ocurre preguntarle si ya os conocíais? Es una estrategia muy manida para ligar, Mack.

—No estaba intentando ligar con ella.

—Venga ya, saltaba a la vista.

—Bueno, la verdad es que es muy atractiva.

—Madre mía, eres muy predecible.

—Oye, ¿así me agradeces que haya dedicado un sábado entero a echarte una mano?

—Vale, tienes razón, lo siento. Si estás interesado en Gloria y quieres que te ayude a salir con ella algún día, sólo tienes que decírmelo; al fin y al cabo, ahora estás libre y sin compromiso.

—Me lo pensaré... pero la verdad es que sigue resultándome familiar.

CAPÍTULO 12

El sábado por la noche, Allison se despertó al oír unos golpecitos en la ventana. Miró el despertador, y se dio cuenta de que eran las tres de la madrugada. Después de encender la pequeña lámpara que tenía sobre la mesita de noche, apartó a un lado las mantas y fue a toda prisa hacia la ventana. Cuando abrió la persiana y se asomó, soltó una exclamación ahogada al ver a Anson, que la miró sonriente y le dijo:

–Déjame entrar.

La tentación era enorme, pero como sabía que se metería en un buen lío si sus padres llegaban a enterarse, negó con la cabeza y le dijo:

–Ni hablar –volvió a negar con la cabeza, para intentar convencerse a sí misma.

Él esperó durante unos segundos, y al final dio media vuelta sin ocultar lo decepcionado que estaba.

El hecho de que estuviera dispuesto a acatar su negativa fue lo que la conquistó. Había sido tan amable con ella, tan tierno y dulce... la primera vez que se habían besado, su perilla la había molestado un poco, y él había decidido afeitársela. Su consideración la había conmovido, ningún chico se había mostrado tan atento con ella; de hecho, Anson le gustaba muchísimo... demasiado. Sus padres no sabían que se veía con él muy a menudo, porque intentaba ocultarles en la medida de lo posible aquella relación. Incluso Cecilia había mostrado su preocupación respecto a él a pesar de que ni siquiera le conocía, pero, a pesar de todo, ella sabía que Anson no era lo que aparentaba, que la ropa y su actitud eran pura fachada.

Ya había ido a visitarla por la tarde en dos ocasiones, y siempre se había mostrado muy respetuoso con sus padres. Eso le había ganado algunos puntos positivos con su padre.

—Vale, de acuerdo —después de ponerse la bata encima del pijama, abrió la ventana del todo. Hacía frío, y no podía soportar la idea de dejarlo a la intemperie.

Él cayó de pie con un sonoro golpe al entrar, pero la mullida alfombra absorbió el ruido. Tenía la cara enrojecida por el frío y los labios agrietados, llevaba su típico abrigo negro y una gorra de punto, y no se había puesto guantes. La miró sonriente con un brillo cálido en los ojos, y entonces se acercó a ella y la besó con pasión. Tenía la cara y los labios fríos.

Allison se apartó de él al cabo de un largo momento, y se tapó mejor con la bata antes de preguntarle en voz baja:

—¿Qué haces aquí?, ¿sabes qué hora es?

Él se sentó en la alfombra, con la espalda apoyada contra un lateral de la cama, y ella se arrodilló a su lado.

—No tendría que haber venido —susurró—. Ya sé que está mal, pero... —fue incapaz de mirarla a los ojos, y agachó la cabeza.

—No pasa nada —le agarró las manos para calentárselas, y notó que su abrigo tenía un olor raro. Era como si hubiera estado cerca de una hoguera, y se le hubiera pegado el olor del humo—. ¿Qué haces aquí a estas horas?

—No puedo involucrarte en esto —le dijo, sin levantar la mirada.

—¿En qué?, ¿en qué no puedes involucrarme? —posó la palma de la mano en su mejilla, que seguía estando muy fría.

Anson le cubrió la mano con la suya, y alzó la mirada poco a poco. Deslizó la mano hasta su nuca, la atrajo hacia sí y la besó con desesperación.

—No podemos hacer esto aquí... no es un buen momento, Anson —le dijo en voz baja.

Sería muy fácil permitir que la tocara, que la besara, pero su padre tenía el sueño muy ligero y el riesgo era demasiado grande; además, era obvio que pasaba algo malo. Los ojos de Anson reflejaban un brillo salvaje que la asustaba, pero no podía dejarlo en la estacada.

Al ver que él volvía a bajar la mirada, le dijo:

—Dime lo que ha pasado, ¿dónde has estado?

—En el parque —le contestó, con voz casi inaudible.

—Seguro que estaba cerrado, ¿cómo has entrado?

Él esbozó una pequeña sonrisa antes de contestar.

—Sólo hay una puerta, es muy fácil saltarla.

—¿Con quién estabas? —tendría que haberse dado cuenta de que una simple puerta no iba a detener a nadie, y mucho menos a Anson y a sus amigos.

—Da igual.

—¿Con quién?

—Estaba solo, ¿vale?

Al oír el sonido de una sirena, Anson se puso se rodillas, fue a gatas hasta la ventana, y se asomó con cuidado.

—¿Qué pasa? —le preguntó, cada vez más alarmada.

Él no contestó, y se limitó a volver junto a ella.

—¿Hay un incendio? —al ver que él asentía tras vacilar por un momento, añadió—: ¿Tiene algo que ver contigo?

Él tardó unos segundos en contestar, y al final admitió con voz temblorosa:

—Sí.

—Oh, Dios mío... —Allison se cubrió la boca con las manos mientras intentaba asimilar todo aquello.

—Ha sido sin querer, un accidente. Mi madre ha traído a uno de sus amigos a casa, y no soporto estar allí cuando alguien se queda a dormir con ella —parecía incapaz de mirarla a la cara–. Las paredes que hay entre nuestros cuartos son bastante finas, y lo oigo todo.

No hizo falta que añadiera nada más, era obvio por qué se había marchado de la casa. Seguramente creía que ella iba a enfadarse con él, porque añadió:

–Tenía que salir de allí.

–¿Y entonces has ido al parque?

–Sí. Hacía frío, y no sabía adónde ir.

Allison empezó a atar cabos.

–Y entonces has encendido un fuego, ¿no?

–Tenía frío, quería calentarme un poco –se pasó la mano por la cara antes de añadir–: He pensado que podría hacer una hoguera, pero no soy un boy scout. Supongo que he hecho algo mal, porque, cuando ha empezado a arreciar el viento, las llamas se han propagado hasta la caseta de mantenimiento.

–¿Es eso lo que se está quemando?

Anson se mordió el labio antes de admitir:

–Supongo que dentro había gasolina o algo parecido, porque ha explotado. He intentado apagar el fuego, pero no he podido. Me he asustado al ver que el incendio cada vez era más grande, así que he echado a correr. Tendría que haberme quedado, tendría que haber buscado una cabina para llamar a los bomberos, pero no hay ninguna en el parque.

Allison sintió que el corazón le martilleaba en el pecho. Le pasó un brazo por los hombros, y lo abrazó con fuerza. Anson había acudido a ella, la necesitaba. Hablaban cada día, y siempre estaban juntos en el instituto. Estaba loca por él, pero sus profesores y sus amigos, incluso Cecilia, pensaban que no era un chico apropiado para ella. Sus padres también se mostraban cautos, pero habían permitido que lo invitara a cenar a casa en dos ocasiones. Iban juntos a la biblioteca para estudiar, y estaba convencida de que querer tanto a una persona no tenía nada de malo.

–¿Qué vas a hacer? –le preguntó.

–No lo sé –le contestó él, con la cabeza gacha.

—Voy a despertar a mi padre.
—¡No!
—Él sabrá lo que hay que hacer, no se pondrá en plan duro contigo si eres sincero. Es una persona justa, Anson.
—Es que... puede que el incendio no haya sido tan accidental como te he dicho —admitió a regañadientes.
Allison se quedó atónita, y se incorporó de golpe hasta quedar de cuclillas.
—¿Qué?
Él apartó la mirada, y le dijo en voz baja:
—No esperaba que el fuego se descontrolara así —las manos le temblaban.
—¿Le has prendido fuego a la caseta a propósito?, ¿no ha sido un accidente?
Él asintió de forma casi imperceptible, y le dijo:
—Tu padre querrá llevarme a comisaría. No puedo, Allison. Me falta poco para cumplir los dieciocho, puede que el fiscal decida juzgarme como adulto.
Allison estaba cada vez más asustada, pero sabía que la mejor forma de lidiar con un problema era encararlo cuanto antes. Como sabía que no podía prometerle que todo iba a salir bien, le dijo:
—Pase lo que pase, yo estaré a tu lado.
—Tu padre no dejará que vuelvas a acercarte a mí si le cuento lo que he hecho.
—Ya lo sé, pero tenemos que correr ese riesgo. Mi padre es justo, respetará tu honestidad y hará lo que pueda por ayudarte.
—¿Por qué?
Allison se irguió, y posó la mano en su mejilla antes de decirle:
—Porque a su hija le importa mucho lo que te pase.
Él la miró a los ojos, y le preguntó con voz queda:
—¿En serio?
—Sí, me importa muchísimo —le dijo, mientras la recorría una intensa oleada de emoción.

Él la miró con lágrimas en los ojos, y admitió:

—Nadie se había preocupado nunca por mí.

—Yo sí —para demostrarle lo que sentía por él, se inclinó hacia delante y lo besó.

Él esbozó una sonrisa vacilante cuando sus bocas se separaron. Entonces le tomó de la mano, le llevó a la cocina, y le dijo que esperara sentado en una silla mientras ella iba a despertar a su padre. La luna entraba por la ventana, y los bañaba con su luz tenue.

—¿Estás segura?

No, no estaba segura de nada, pero confiaba en su padre. Seguro que él sabía lo que había que hacer para ayudar a Anson, no tenían otra alternativa.

Fue al dormitorio de sus padres, y al abrir la puerta vio que su padre estaba despierto y sentado en la cama. Su madre seguía durmiendo plácidamente.

—¿Qué pasa, Allison?

—Anson necesita que le ayudes —le dijo en voz baja.

—¿Ahora?, ¿en medio de la noche?

Ella lo miró a los ojos mientras él apartaba las mantas a un lado, y le dijo con voz temblorosa:

—Confío en que hagas lo correcto, papá.

No añadió nada más, ya sólo cabía rezar para que su padre no la decepcionara.

CAPÍTULO 13

—Esto sí que es darse un capricho —comentó Maryellen mientras se sentaba enfrente de su madre en una mesa del Wok and Roll, su restaurante chino preferido.

—Considéralo un regalo de cumpleaños anticipado —le dijo Grace, antes de agarrar el menú para echarle un vistazo.

—¿Cómo te va con Cliff?

Maryellen no se molestó en mirar el menú, porque siempre pedía lo mismo. A veces se planteaba probar algo diferente, pero siempre acababa pidiendo los fideos con salsa picante y pollo. El pequeño restaurante familiar compraba aquellos gruesos fideos de arroz en el distrito internacional de Seattle, y a ella le gustaban tanto, que se los comería a diario.

Al ver que su madre dejaba a un lado el menú, y el brillo de dolor que se reflejaba en sus ojos, le preguntó desconcertada:

—¿Qué te pasa, mamá?

—He decidido que voy a olvidarme de él —lo dijo con aparente calma, pero era obvio que sonreír le costó un esfuerzo enorme.

—No lo dirás en serio, ¿verdad? —alargó el brazo por encima de la mesa, y le dio un apretón en la mano.

—Muy en serio. La verdad es que no me queda más remedio.

—Creía que ibas a luchar por él, ¿qué ha pasado?

Su madre le contó lo que había sucedido la noche de la cena; al parecer, la veterinaria había ido un día a la biblioteca y le había dicho que Midnight se había recuperado, pero el hecho de enterarse por boca de otra persona había acrecentado su descontento con la relación intermitente que mantenía con Cliff.

La frustración de su madre le resultaba comprensible. Sabía que había depositado muchas esperanzas en aquella cena, que para ella iba a ser como un nuevo comienzo con Cliff, y al final la velada había sido un completo desastre.

—No es sólo el hecho de que Cliff se centrara en el caballo, entiendo que el animal estaba entre la vida y la muerte. Pero era obvio que se le había olvidado que me había invitado a cenar, y me pareció tan... indiferente, como si mi presencia no significara nada para él; de hecho, tuve la impresión de que se alegró de poder librarse de cenar conmigo.

—No digas eso, Cliff no es así.

—Te daría la razón en otras circunstancias, Maryellen, pero sé lo que vi y he aprendido a confiar en mis instintos. Me encantaría equivocarme, pero sé que tengo razón.

A Maryellen no le hacía ninguna gracia que aquella relación terminara, sobre todo teniendo en cuenta lo mucho que había luchado su madre por recuperar a Cliff. Él siempre había sido muy considerado y comprensivo con ella... incluso más que su padre.

—Ya han pasado dos semanas, ¿ni siquiera te ha llamado? —le preguntó con incredulidad.

—Me ha dejado un par de mensajes en el contestador —le contestó su madre con calma.

Maryellen la miró con expresión severa, y le preguntó:

—¿Le has devuelto las llamadas?

—Olivia también cree que debería hacerlo, pero no puedo —admitió, con una sonrisa llena de tristeza.

Al verla suspirar con abatimiento, Maryellen tuvo ganas de darle un abrazo para intentar reconfortarla un poco, y le preguntó:

—¿Por qué no?

Al verla negar con la cabeza con un gesto lleno de tozudez que le resultó muy familiar, supo que su madre no iba a dar su brazo a torcer.

—Olivia dice que soy una tonta, pero ni ella ni tú tenéis ni idea de lo degradante que fue, de lo mal que me sentí... no sé cómo explicarlo. Por mucho que me cueste admitirlo, creo que Cliff es incapaz de olvidar lo que pasó con Will —pareció vacilar por un momento.

Maryellen permaneció en silencio. Aunque su madre no le había contado la historia completa, ella había atado cabos y estaba al tanto de lo sucedido.

—He cometido el único pecado que no puede perdonarme. Seguro que le gustaría que las cosas fueran diferentes, quizás incluso desearía poder retomar nuestra relación, pero algo en su interior es incapaz de perdonarme.

—Me parece que te equivocas. Si eso fuera verdad, no te habría llamado.

—Seguro que lamenta lo que pasó el día de la cena, pero no tiene sentido seguir alargando la situación. Dudo que vuelva a llamarme, y después de pensar en ello largo y tendido, he decidido rendirme y olvidarme de él.

A pesar de la decisión que había tomado, era obvio que su madre estaba muy afectada. En cuanto la había visto con Cliff, había sabido que estaban hechos el uno para el otro.

—Mamá, ¿te acuerdas de cuando estaba embarazada de Katie?

—Sí, claro.

—Estaba convencida de que no necesitaba a Jon, de que podía criar sola a mi hija.

—Sí, y estabas decidida a demostrarlo —le dijo su madre, con una pequeña sonrisa.

—La cuestión es que me resultó fácil creer que podía hacerlo todo sola antes de que la niña naciera, pero después... la realidad fue muy diferente.

Jamás habría imaginado que un bebé podía requerir tanto esfuerzo. Había dormido en intervalos de veinte o treinta minutos como mucho, porque Katie se había pasado las noches llorando por culpa de varias otitis; afortunadamente, Jon había insistido en formar parte de la vida de su hija, y había querido compartir con ella la responsabilidad de criarla. No había tardado en darse cuenta de que tanto la niña como ella misma le necesitaban.

—Estaba muy segura de mí misma, pero me equivoqué. Puede que a ti te pase lo mismo.

Su madre no tuvo tiempo de contestar, porque en ese momento llegó Elaine, la mujer del dueño del restaurante, para tomarles nota. Maryellen pidió los fideos con salsa picante y pollo de siempre, y Grace optó por la sopa Wor Wonton.

Segundos después de que Elaine regresara a la cocina, Cliff Harding entró en el restaurante.

Maryellen se inclinó hacia su madre, y le dijo en voz baja:

—No mires, pero Cliff acaba de entrar.

Grace se tensó de inmediato, y le preguntó:

—¿Nos ha visto?

No tuvo tiempo de contestar. Cuando Cliff fue directo a su mesa y las miró sonriente, alzó la mano y le dijo:

—Hola, Cliff. Qué sorpresa tan agradable.

Él la saludó con una ligera inclinación de cabeza, y se quitó el sombrero de vaquero antes de volverse hacia su madre.

—Hola, Grace.

—Hola, Cliff —le dijo con voz serena, mientras seguía mirando hacia delante. Su aplomo ante una situación tan incómoda era digna de admiración. Alzó la mirada hacia él, y esbozó una sonrisa casi imperceptible.

—Tu contestador automático debe de estar estropeado,

he estado intentando ponerme en contacto contigo –le dijo él.

–¿Quieres cenar con nosotras? –Maryellen fingió no darse cuenta de que su madre la fulminaba con la mirada.

–¿Te parece bien, Grace?

–Por supuesto –le echó una ojeada a su reloj de pulsera, y comentó–: La verdad es que tengo que marcharme dentro de unos minutos.

–No digas tonterías, mamá. Acabamos de pedir.

Cliff se sentó al final del banco, y dejó su sombrero en el espacio libre que quedaba junto a Grace.

–No sueles comer tan pronto, ¿verdad? –comentó ella.

Cliff esbozó una sonrisa irónica, y admitió:

–La verdad es que he visto a Maryellen por la ventana mientras pasaba por delante del restaurante. Como estaba claro que no ibas a devolverme las llamadas, he decidido hablar contigo en persona.

–Ah.

–No sabes cuánto siento lo de la noche de la cena –le dijo él con sinceridad.

Maryellen había acertado: él era consciente de lo que había hecho, y quería enmendar su error.

–¿Podrías darme otra oportunidad, Grace? –la miró con expresión implorante, y añadió–: Me encantaría que vinieras a cenar al rancho.

–No.. no sé si...

–Seguro que a ella también le encantaría –dijo Maryellen con firmeza. Hizo caso omiso de la patada que le dio su madre en la espinilla, y estuvo a punto de echarse a reír por el jaleo de pies que se organizó debajo de la mesa.

Mientras tanto, Elaine le ofreció a Cliff una taza de té y un menú. Él aceptó la bebida, pero le dijo que no quería comer nada.

Tras la pequeña interrupción, hubo un silencio bastante incómodo que Maryellen se encargó de romper.

–¿Cuándo te va bien quedar con mi madre?

—¡Maryellen! —Grace la miró con indignación—. Seguro que Cliff tiene asuntos más importantes que prepararme la cena.

—La verdad es que me encantaría hacerlo —le aseguró él, con una pequeña sonrisa.

—¿Tienes alguna fecha en mente, Cliff? —Maryellen estaba pasándoselo en grande. Se lo merecía, teniendo en cuenta todas las veces que su madre había intentado hacer de celestina con ella después de que se divorciara. En aquella época no le había hecho ninguna gracia que su madre se inmiscuyera en su vida sentimental, y jamás se le había pasado por la cabeza que un día los papeles se invertirían y sería ella la que acabaría haciendo de celestina.

—Sí, Acción de Gracias.

Aquello las sorprendió a las dos, y se quedaron mirándolo boquiabiertas durante unos segundos hasta que Grace dijo con voz suave:

—Acción de Gracias... lo siento, pero ya tengo planes para ese día —le lanzó una mirada triunfal a Maryellen.

—Sí, va a venir a mi casa —Maryellen sintió que debía explicarle la situación a Cliff, así que añadió—: Como Kelly va a ir a casa de sus suegros, mamá decidió pasar el día con Jon, Katie y conmigo.

—¿No vas a ir a casa de Lisa? —le preguntó Grace.

—Como ella ya ha estado aquí este año, había pensado en quedarme en casa. No soy un cocinero demasiado bueno, pero supongo que podré preparar un pavo.

Maryellen se dio cuenta de que su madre estaba bajando la guardia; por mucho que intentara convencerse de que la relación se había terminado, era obvio que era incapaz de renunciar a Cliff, y su determinación estaba desmoronándose en cuestión de minutos.

—Te agradezco la invitación, pero ya me he comprometido con mi hija.

—No te preocupes, mamá, a Jon y a mí nos parece bien.

—De hecho, espero que vosotros también vengáis, Maryellen —le dijo él.

Cuando su madre se volvió a mirarla, Maryellen sintió una satisfacción enorme y dijo:

–Tendré que hablarlo con Jon, claro, pero supongo que estará encantado de no tener que cocinar por una vez.

–Entonces está decidido, vendréis todos al rancho. Cal también estará allí.

Cliff se puso de pie y agarró su sombrero; cuando sonrió, a Maryellen le pareció ver un brillo especial en su mirada. Solía ser un hombre bastante circunspecto, y jamás había visto aquella expresión de... euforia en su rostro.

Su madre también estaba sonriendo.

CAPÍTULO 14

Cuando el teléfono empezó a sonar, destruyó la calma que reinaba aquella tarde en la oficina. Corrie descolgó, y dijo con su tono de voz profesional:

—Despacho de Roy McAfee —al ver que no contestaban, repitió—: Despacho de Roy McAfee.

Como seguían sin contestar, soltó un sonoro suspiro y colgó. Al alzar la mirada, vio a Roy de brazos cruzados en la puerta del despacho.

—¿Cuántas llamadas sin respuesta ha habido en las últimas semanas, Corrie? —fulminó el teléfono con la mirada, como si el aparato hubiera cometido algún crimen execrable.

—Dos o tres —le contestó, a pesar de que habían sido más. Se encogió de hombros para intentar quitarle hierro al asunto, y añadió—: La compañía telefónica debe de haberle dado un número parecido al nuestro a una pizzería.

—¿Cuántas llamadas sin respuesta hubo en octubre?

—Venga ya, Roy, ¿de verdad esperas que me acuerde?

—Sí, porque nunca he conocido a nadie con tan buena cabeza para los detalles. ¿Cuántas?

—Ninguna —admitió a regañadientes.

—Lo suponía.

—En otras palabras, crees que la persona que nos envía los anónimos se ha pasado a las llamadas, ¿no?

—No lo sé.

—¿Hemos recibido algún mensaje últimamente? —no le gustaba preguntárselo, pero tenía que saberlo. No había visto ninguna postal nueva, y hacía algún tiempo desde la última vez que Roy le había dicho que había recibido una, pero era posible que él estuviera ocultándoselo... para intentar protegerla, claro.

—No, el último llegó el seis de octubre.

Corrie sonrió a pesar de que aquella situación no le hacía ninguna gracia. Sí, sentía cierto alivio, pero lo que le había parecido gracioso era que su marido dijera que ella tenía una buena cabeza para los detalles, teniendo en cuenta que era él quien catalogaba hasta la más mínima información. De no ser por él, era posible que el asesinato que se había cometido en la pensión Thyme and Tide no hubiera llegado a resolverse nunca. Los dos se acordaban de pequeños detalles como la fecha en que había llegado el último mensaje, pero nunca habían encontrado una situación tan preocupante como aquélla.

Cuando el teléfono empezó a sonar de nuevo, le lanzó una rápida mirada a su marido antes de contestar.

—Despacho de Roy McAfee.

—¿Dónde estás, mamá? —le preguntó Linnette.

—Eh...

—La ceremonia de inauguración de la clínica empieza en un cuarto de hora, creía que ibais a venir.

Corrie estuvo a punto de echarse a reír. Segundos antes, había estado pensando en la buena memoria que tenían tanto su marido como ella, y se les había olvidado el día más importante del mes.

—Tu padre y yo llegaremos en unos minutos.

—Daos prisa, esto está abarrotado de gente. Quiero presentaros al doctor Timmons... es guapísimo, mamá.

—Ahora mismo vamos.

—Ni se os ocurra venir en coche, no hay una plaza de aparcamiento libre en kilómetros a la redonda.

Roy debía de haber oído la conversación, porque ya se había puesto la chaqueta y la ayudó a ponerse el abrigo. Después de que ella se pusiera los guantes y la bufanda, salieron a la calle, y él se aseguró de que la puerta quedara bien cerrada.

El viento procedente de la ensenada era tan fuerte, que a Corrie empezaron a llorarle un poco los ojos; cuando la recorrió un escalofrío, Roy la instó a que lo tomara del brazo y echaron a andar con paso rápido hacia la clínica recién construida, que quedaba justo enfrente del ayuntamiento.

—Me alegro de que Linnette se haya mudado a Cedar Cove —murmuró él.

Su comentario la sorprendió, porque Roy no solía revelar sus emociones. Era un hombre que no demostraba sus sentimientos mediante las palabras, sino con hechos. Ella se alegraba de que mantuviera una buena relación con Linnette, pero la entristecía los problemas que tenía con su hijo.

—Sí, yo también.

Estaba encantada, eufórica, pero desearía que Roy y Mack hicieran las paces. Contuvo las ganas de recordarle que Mack había ayudado a Linnette con lo de la mudanza, porque sabía que su marido se daría cuenta de que quería abogar por su hijo.

Para cuando llegaron al complejo médico, había un verdadero gentío. Vio al alcalde Benson junto a varios concejales cerca de la cinta roja que cruzaba la acera, y también a Charlotte y Ben Rhodes. Le pareció de lo más adecuado, porque la clínica se había construido gracias a los esfuerzos de la pareja. Jack Griffin estaba entrevistando a un grupo de gente acompañado de un fotógrafo del *Chronicle*, y el sheriff y sus ayudantes observaban al gentío.

Linnette la miró sonriente, y la saludó con la mano antes de indicarle con un gesto de la cabeza a un hombre atractivo que estaba a su derecha. Debía de ser Chad Timmons, el médico que había mencionado en incontables ocasiones.

Finalmente, el alcalde subió al pequeño podio que habían preparado para la ocasión, y se acercó al micrófono.

—Bienvenidos, bienvenidos —cuando el gentío se acalló, añadió—: Me alegra que haya venido tanta gente a la inauguración de las nuevas instalaciones médicas de Cedar Cove —lo interrumpió una ovación ensordecedora. Cuando los vítores amainaron, siguió diciendo—: El centro se ha creado gracias a un esfuerzo conjunto de los sectores público y privado, y me enorgullece haber puesto mi granito de arena para conseguir que dejara de ser un proyecto y se convirtiera en una realidad.

Corrie miró a su marido, y se dio cuenta de que estaba intentando contener una sonrisa. Se inclinó hacia ella, y le susurró al oído:

—Ese viejo zorro tendría que estar dándoles las gracias a Charlotte y a Ben.

—Sí, no fue él el que se arriesgó a que lo metieran en la cárcel.

El alcalde añadió con grandilocuencia:

—Y ahora, me gustaría presentaros al personal del centro.

Fue presentándolos uno a uno, y cuando mencionó a Linnette, la joven hizo un pequeño gesto de saludo. Corrie aplaudió con tanta fuerza como pudo, teniendo en cuenta que llevaba puestos los guantes.

Después de las presentaciones, el alcalde siguió relatando el papel que su junta de gobierno había desempeñado a la hora de construir la clínica.

—¡Corta la cinta de una vez! —le gritó alguien desde el fondo, cuando empezó a chispear.

El alcalde agarró las tijeras, y comentó:

—Normalmente, me correspondería a mí hacerlo, pero en esta ocasión me gustaría cederle el privilegio a alguien —se volvió hacia Charlotte y Ben, y les dijo—: ¿Serían tan amables de hacer los honores, señores Rhodes?

La gente aplaudió con entusiasmo.

Charlotte se ruborizó mientras se acercaba a la cinta con Ben, y la cortaron juntos.

—Y ahora, os invito a todos a que entréis a echarle un vistazo a las instalaciones. Hay refrescos, y un pequeño refrigerio.

Corrie y Roy se pararon a charlar con unos conocidos. El fotógrafo de Jack tomó varias fotos más, pero no había duda de que al día siguiente Charlotte y Ben aparecerían en primera plana cortando la cinta. El alcalde era un político muy listo, y seguro que al cederle aquel honor a la pareja había ganado más votos que con cualquier cosa que hubiera podido decir.

Corrie se entretuvo charlando con Peggy Beldon mientras esperaba a que el gentío se dispersara un poco para poder hablar con su hija. Por el rabillo del ojo vio a Gloria Ashton, la vecina de Linnette, que estaba enfrascada en una conversación con el doctor Timmons. La había conocido cuando había ido a llevarle un poco de comida casera a Linnette, y al darse cuenta de que su hija estaba observándola como sopesando a una adversaria, se dio cuenta de que allí podía crearse un problema. A pesar de que había coincidido con Gloria aquella única vez, le había caído bien y tenía la esperanza de que Linnette y ella se hicieran buenas amigas.

—¿Quién es esa mujer? —le preguntó Roy.

Cuando Linnette se acercó a Gloria y al doctor Timmons y se sumó a la conversación, el médico frunció un poco el ceño, como si se sintiera molesto por la interrupción; desde luego, no era una buena señal.

—¿La conoces? —insistió Roy.

—Es la vecina de Linnette, trabaja en la oficina del sheriff de Bremerton. ¿Por qué lo preguntas?

—Por nada.

Corrie supuso que su marido estaba pensando lo mismo que ella, que era obvio que su hija estaba muy interesada en aquel médico. Linnette se había puesto eufórica cuando se había enterado de que la clínica había contratado a Chad Timmons.

—Venga, vamos a hablar con Linnette —le dijo, mientras lo tomaba de la mano.

—Espera un momento —Roy frunció el ceño mientras observaba a su hija charlando con los demás—. ¿Qué sabes de ese tipo que le interesa tanto?

—Lo que ella me ha contado, nada más. Por el amor de Dios, déjala tranquila. Es una mujer adulta, y no va a hacerle ninguna gracia que intentes inmiscuirte en sus asuntos.

—¿Ah, sí?

—Sí.

Roy la miró sonriente, y le preguntó:

—¿Cómo le fue la cita con el soltero por el que pagaste un dineral?

El comentario dio de lleno en la diana.

—*Touché* —dijo ella a regañadientes.

Se había sentido muy desilusionada con lo de la cita, a pesar de que su hija se lo había pasado bastante bien; de hecho, según Linnette, la experiencia había resultado ser mucho más positiva de lo que esperaba. Pero Cal Washburn no la había llamado para volver a salir con ella, y por desgracia, no sabía si su hija estaría dispuesta a salir por segunda vez con él.

—Bueno, supongo que será mejor que vayamos a conocer a ese médico —Roy posó la mano en su espalda, y la condujo hacia el grupo.

Los tres interrumpieron su conversación al verlos llegar, y Linnette sonrió de oreja a oreja. Lo único que le faltaba era una fanfarria de trompetas.

—Mamá, papá... os presento al doctor Timmons.

El médico les estrechó la mano, y les dijo con amabilidad:

—Encantado de conoceros.

—Creo que Linnette ha mencionado tu nombre en alguna ocasión, ¿ibais juntos a clase? —le dijo Corrie.

—No, nos conocimos en el hospital donde ella hacía las prácticas.

—Y ésta es Gloria Ashton, papá. Vivimos en el mismo bloque. Gloria, te presento a mi padre, Roy McAfee.

—Encantado de conocerte.

—Lo mismo digo.

Al cabo de unos segundos de silencio, el doctor Timmons dijo:

—Disculpadme, tengo que hacer de relaciones públicas —miró sonriente a Gloria, y comentó—: Me gustaría seguir con nuestra conversación, ¿te parece bien que te llame un día de estos? —le lanzó una breve mirada a Linnette, era obvio que se sentía un poco incómodo.

Se hizo un silencio bastante tenso. Al cabo de unos segundos, Gloria se apresuró a decir:

—Eh... sí, perdona. Me encantaría que me llamaras.

Linnette no pudo ocultar la desilusión que sentía, pero recuperó rápidamente la compostura. Esbozó una sonrisa forzada, y condujo a sus padres hacia la clínica.

—Venga, voy a enseñaros las instalaciones.

Corrie no se dejó engañar, era obvio que Linnette y su nueva amiga iban a tener problemas por culpa del atractivo doctor Timmons.

CAPÍTULO 15

Cecilia simpatizó con Rachel Pendergast de inmediato, le gustó mucho su actitud abierta y cordial. Después de charlar durante unos minutos, la esteticista la sentó y le puso una capa de plástico sobre los hombros. Cuando Ian le había sugerido que fuera a ver a la novia de Nate Olsen, había decidido pedir hora en el salón de belleza donde trabajaba. Le hacía falta un corte de pelo y no le importaba probar un nuevo establecimiento, sobre todo uno con tan buena reputación.

Rachel giró la silla para que quedara frente al espejo, la peinó un poco, y pasó los dedos de la raíz a las puntas.

–¿Cuánto quieres que te corte?

–Unos tres centímetros más o menos, y también quiero que me arregles el flequillo.

Supuso que las dos debían de tener una edad parecida, aunque tuvo la impresión de que Rachel tenía varios años más que ella.

–¿Cuándo sales de cuentas? –le preguntó, mientras la llevaba a uno de los lavacabezas.

–El quince de marzo.

Tenía aquella fecha grabada en la mente, ya que contaba los días que faltaban para que pudiera tener a su hijo en los brazos.

—¿Es tu primer hijo?

Cecilia vaciló antes de contestar. Aquella pregunta siempre le provocaba una punzada de dolor, ya que le recordaba la pérdida de Allison.

—No —susurró, mientras intentaba mantener la compostura—. Nuestra hija murió poco después de nacer.

—Lo siento mucho... —Rachel posó una mano en su hombro, y le dio un pequeño apretón.

Como no quería que pensara que la había ofendido, Cecilia esbozó una pequeña sonrisa y le dijo:

—No te preocupes, no lo sabías. Me lo preguntan a menudo, así que debería tener preparada una respuesta —el problema era que no sabía qué decir—. Supongo que sería más fácil decir que éste es mi primer hijo, pero no puedo hacerlo. Allison era parte de Ian y de mí, y me niego a fingir que no existió.

—Ésa es una respuesta perfecta —Rachel hizo que se echara hacia atrás para que apoyara el cuello en el lavacabezas, y empezó a enjabonarle el pelo con un masaje firme y relajante. Después de aclarárselo, volvió a repetir el proceso.

Para cuando acabó de lavarle el pelo y le puso una toalla en la cabeza, Cecilia estaba planteándose cortarse el pelo más corto de lo que tenía planeado. A lo largo de los años había llevado diferentes peinados, pero como Ian prefería que llevara el pelo a la altura de los hombros, se había acostumbrado a tenerlo así. Quizá sería buena idea cortar seis centímetros, para ir haciendo un cambio progresivo.

—Tienes un pelo precioso —le dijo Rachel, mientras la llevaba de nuevo hacia la silla.

—Debe de ser por las vitaminas, sólo voy a la peluquería y me hago la manicura cuando estoy embarazada.

Después de sentarla, Rachel separó los mechones y fue sujetándolos con pinzas.

—¿Sabes si va a ser niño o niña?

—Es un niño —Cecilia sonrió al recordar lo entusiasmado

que se había puesto Ian cuando se lo había dicho–. En la primera ecografía parecía que era una niña, pero en la más reciente quedó claro que era un niño. Ian estará encantado sea lo que sea, y yo también –apoyó una mano en su vientre. Amaba a su bebé con todas sus fuerzas. Quería que el embarazo continuara sin contratiempos, que su hijo naciera sano, y estaba haciendo todo lo posible para asegurarse de que fuera así.

Charlaron animadamente mientras Rachel le cortaba el pelo. Se lo dejó un poco más corto de lo que le había pedido al principio, las puntas le rozaban los hombros.

–Como es la primera vez que vienes, ¿podrías decirme quién te recomendó que pidieras hora conmigo? Me gustaría darle las gracias.

–Va a resultarte un poco difícil, porque fue mi marido.

–¿En serio? –Rachel dejó de cortar por un momento, como si estuviera intentando adivinar cuál de sus clientes masculinos estaba casado con ella.

–Sí, es amigo de un conocido tuyo; según tengo entendido, Ian y... Nate, creo que se llamaba Nate... son compañeros, los dos están a bordo del George Washington.

–¿Tu marido trabaja en la Armada? –los ojos de Rachel se iluminaron. Cuando Cecilia asintió, añadió con entusiasmo–: ¿Te ha contado alguna novedad sobre Nate? Nos carteamos, pero las cartas tardan mucho en llegar y hace una semana que no sé nada de él. Todo va bien, ¿verdad?

–Sí... al menos, que yo sepa.

–Genial. Conocí a Nate hace unos meses.

–Sí, y pagó una buena suma por él –apostilló la esteticista morena y rellenita que estaba trabajando en la silla contigua.

–Teri... –Rachel miró ceñuda a su compañera.

–¿Pagaste por él? –Cecilia la miró intrigada a través del espejo.

–Sí, más o menos.

Teri la interrumpió antes de que pudiera continuar.

—Lo compró en la subasta de perros y solteros que se celebró en julio —dijo, antes de centrarse de nuevo en su clienta.

—Rach fue la única de aquí que consiguió un soltero —dijo otra esteticista—. Los precios eran demasiado altos para mí.

—Y para mí —dijo Teri.

—Y para mí también, la verdad —admitió Rachel.

—¿Y por qué pujaste por él? —le preguntó Cecilia con curiosidad.

Recordaba haber leído un artículo sobre la subasta en el *Cedar Cove Chronicle*; al parecer, la había organizado la protectora de animales para recaudar fondos, y había tenido un éxito sin precedentes. Era indudable que se trataba de una iniciativa novedosa.

—La verdad es que no sé qué fue lo que me atrajo de Nate. Era uno de los últimos solteros disponibles, y ninguna de nosotras había conseguido uno hasta ese momento... aunque una amiga mía compró un perro.

—Todas estábamos muy ilusionadas, era una buena oportunidad para conocer a hombres solteros y sin compromiso —dijo Teri.

—Sí, y también queríamos apoyar a la protectora. A todas nos gustan mucho los animales —apostilló otra de las empleadas.

—La verdad es que fue la mejor inversión de dinero que había hecho en mucho tiempo —admitió Rachel.

—¿Ah, sí? Entonces, ¿por qué sigues saliendo con Bruce Payton? —le preguntó Teri.

—No estoy saliendo con él —le dijo Rachel con firmeza. Se volvió hacia Cecilia, y le dijo—: De verdad que no. Bruce es viudo, y nos hacemos compañía mutuamente de vez en cuando.

—Jolene quiere que seas su mamá —le advirtió Teri; a juzgar por su tono de voz, era obvio que creía que se avecinaban complicaciones.

—Sí, ya lo sé, y eso sí que es un problema —admitió Rachel.

Cecilia miró a la una y a la otra mientras intentaba entender la situación, y al final dijo:

—¿Jolene es la hija de Bruce?

—Sí. Echa de menos a su madre, y yo intento hacer actividades de chica con ella. Bruce me lo agradece, y Jolene y yo nos hemos hecho muy amigas durante los últimos años.

—¿Pero estás interesada en Nate? —Cecilia quería dejarlo claro.

—Sí, mucho —Rachel no se molestó en ocultar lo que sentía por él.

—Pues me parece que él siente lo mismo por ti. Como ya te he dicho, mi marido me sugirió que me pusiera en contacto contigo.

—Genial —le dijo, radiante de felicidad.

—Por cierto, ¿sabe Nate que estás viéndote con Bruce?

—Sí... bueno, no, pero Bruce y yo no estamos viéndonos en plan de pareja. Nos limitamos a hacer cosas juntos para sentirnos acompañados y por Jolene, pero no nos sentimos atraídos el uno por el otro... al menos, en lo que a mí respecta.

—¿Y en lo que respecta a Bruce?

—No puedo hablar por él, pero a veces tengo la impresión de que le gustaría que nuestra relación fuera más de lo que es... aunque yo no le doy falsas esperanzas —parecía un poco incómoda al contarle todo aquello—. Y no se lo he contado a Nate porque... porque no tiene importancia, y no merece la pena mencionarlo.

Cecilia la entendía a la perfección. Consideraba que entre marido y mujer tenía que haber honestidad, pero había cosas que era mejor no mencionar, que resultaban demasiado difíciles de explicar, sobre todo cuando la comunicación estaba limitada.

—Me sentí fatal cuando Nate me llamó y no logró ponerse en contacto conmigo. Estaba con Jolene, y apagué el móvil cuando entramos en el cine. Cuando salimos y encontré un mensaje suyo en el contestador, se me cayó el alma a los pies; al parecer, sólo tenía permiso para hacer una llamada, y la desperdició conmigo.

—Ian me dijo que no tienes ordenador.

—Es verdad; de hecho, soy un desastre con todo lo que tenga que ver con la tecnología.

—Puedo enseñarte si quieres, Ian me pidió que te echara una mano. Lo hizo en nombre de Nate, que quiere estar en contacto contigo a través de Internet. Cuando sepas cómo se hace, podrás usar los ordenadores de la biblioteca, fue lo que hicimos Ian y yo cuando aún no podíamos permitirnos comprar uno. Te sorprendería lo fácil que es.

—Gracias, no sabes cuánto te lo agradezco. Por cierto, ¿te ha mencionado tu marido que tengo varios años más que Nate?

—No, pero me parece que a Nate no le importa.

—Supongo que tienes razón. Pero es que a veces pienso en ello, y entonces me acuerdo de...

—De que Nate besa de maravilla —dijo Teri.

Rachel se ruborizó, y dijo en voz baja:

—Esto es lo malo de trabajar rodeada de mujeres, no saben lo que es la discreción.

Teri se echó a reír, y comentó:

—Me parece que es la primera vez que veo a Rachel ruborizada... aparte de cuando nos contó que había estado sentada con Nate en la playa durante una noche entera, hasta el amanecer.

Rachel miró a Cecilia, y le dijo:

—Nate tenía que marcharse aquel mismo día.

Cecilia entendía a la perfección su necesidad de permanecer junto a él hasta el último momento posible, a ella le pasaba cada vez que Ian tenía que embarcar.

—Unas cuantas esposas de miembros de la Armada hemos formado un grupo de apoyo, puedes venir con nosotras la próxima vez que quedemos.

—Me gustaría, pero no estoy casada con un miembro de la Armada.

—Podrías llegar a estarlo en el futuro, Rachel —apostilló Teri.

—Nos encantaría que vinieras, te avisaré cuando quedemos —le dijo Cecilia—. Pero será mejor que antes te pases por mi casa, para que pueda enseñarte a mandarle correos electrónicos a Nate.

—Gracias, estoy entusiasmada con todo esto —le dijo Rachel en voz baja.

Cecilia también estaba muy animada, pero además, su pelo había quedado sedoso y brillante... y por si fuera poco, cuando fue a pagar, Rachel le dijo que invitaba la casa.

CAPÍTULO 16

Grace no esperaba gran cosa del rato que iba a pasar en casa de Cliff el día de Acción de Gracias. En el restaurante chino le había parecido sincero cuando le había pedido otra oportunidad, pero no podía permitirse el lujo de creer que aún había esperanzas para ellos. No podía arriesgarse a sufrir otra decepción.

El día de Acción de Gracias por la mañana, subió a su coche y puso rumbo a casa de Maryellen, porque habían acordado que irían todos juntos al rancho. Cuando su hija le abrió la puerta, se dio cuenta de que parecía muy risueña. Le encantaba aquella casa que Jon había construido al estilo del noroeste, que además estaba a pocos kilómetros del rancho de Cliff. Cada vez que iba a visitar a su familia, se quedaba maravillada por la habilidad y la destreza de su yerno, que además de llevar adelante su carrera artística y de manejar tanto los aspectos de gestión como la fotografía en sí, trabajaba también en la casa y en las tierras de la finca. Se sentía muy agradecida porque su hija había conocido a Jon Bowman... y porque se había casado con él.

En cuanto Katie la vio, fue hacia ella con los brazos abiertos y paso tambaleante, y Grace la tomó en brazos de inmediato.

—¿Cómo está mi chiquitina? —le dijo con voz llena de ternura, antes de besarla en la mejilla.

La niña soltó un gritito de entusiasmo, y le rodeó el cuello con los brazos.

—Ya estamos listos, mamá —le dijo Maryellen, mientras sacaba de la nevera un recipiente con ensalada.

Se trataba de una receta que llevaba años en la familia, y estaba preparada a base de crema de queso, gelatina de lima, y malvaviscos derretidos. Grace siempre la había asociado con Acción de Gracias, y al parecer, su hija seguía con la tradición.

—Yo he preparado la ensalada, y Jon un pastel de manzana —le dijo Maryellen.

—Yo he hecho uno de calabaza.

Su hija se echó a reír, y comentó:

—Cliff nos dijo que no hacía falta que lleváramos nada, pero da la impresión de que hemos decidido que necesita un poco de ayuda.

—Me cuesta creer que esté dispuesto a preparar el pavo él solito —lo cierto era que estaba bastante impresionada; que ella supiera, él solía comer bocadillos, sopa de sobre, o algún que otro filete a la plancha.

—No creerás que Cliff va a cocinar, ¿verdad? —Maryellen la miró con incredulidad.

—Dijo que lo haría, ¿no?

—¿Con todos los restaurantes y las tiendas que ofrecen el menú completo a un precio razonable? —como si acabara de acordarse de algo, se volvió a mirarla y le dijo—: ¿Dónde van a pasar el día Jack y Olivia?

—¿Cómo hemos pasado del tema de las comidas precocinadas a Olivia?, ¿cómo has hecho esa asociación de ideas?

—Por Justine, claro.

Grace no tardó en entenderlo. Había restaurantes que preparaban el pavo de Acción de Gracias, y Justine y Seth eran los propietarios del Lighthouse.

—Olivia y Jack han ido a Reno para estar con Eric, Shelley y los gemelos.

Eric era el hijo que Jack había tenido de su primer matrimonio, y según Olivia, todos estaban entusiasmados con aquel viaje. Habían tomado un vuelo el miércoles por la tarde, así que Olivia había faltado por primera vez en meses a la clase semanal de aeróbic a la que iban juntas. Grace se sentía culpable por no haber ido, pero como no tenía el aliciente de encontrarse con su mejor amiga, al final había decidido quedarse en casa; de no ser por Olivia, hacía años que habría dejado de ir a aquella clase. Las rodillas solían dolerle después de hacer ejercicio, y lo que perdía dando saltos volvía a ganarlo con el pastel y el café que solían tomar al salir.

—Ah, sí, ya me habías comentado que Olivia tenía planes —dijo Maryellen.

Jon empezó a meterlo todo en el coche, incluyendo la poltrona portátil de Katie, y finalmente aseguró a la niña en la silla especial para vehículos.

Grace se sentó en el asiento trasero, junto a su nieta. Katie era una niña muy dulce que tenía unos ojos muy expresivos. Estaba parloteando sin cesar, y aunque lo que decía apenas se entendía, parecía gustarle hablar consigo misma.

Grace no pudo evitar sentirse mal al pensar en la madre de Jon, que no podía ver cómo crecía su nieta. Sabía que era un tema que también entristecía a Maryellen, pero Jon seguía negándose a ceder a pesar de que su padre había sufrido una apoplejía.

Katie era la única nieta de los Bowman, y sólo la habían visto en las fotos que Maryellen les había mandado a espaldas de Jon. La situación era descorazonadora.

Cuando llegaron al rancho, Cliff salió a recibirlos de inmediato. Como había empezado a lloviznar, se apresuró a hacer que Grace entrara en la casa, y después regresó de nuevo al coche para ayudar a meter las cosas de Katie.

A pesar de lo que le había dicho Maryellen, Grace esperaba encontrar el delicioso aroma del pavo y la salvia en cuanto entrara en la casa. El hecho de que no oliera a nada no le pareció decepcionante, sino más bien divertido. Era obvio que Cliff había optado por una comida de Acción de Gracias precocinada.

Mientras Maryellen y Jon le quitaban la chaqueta a Katie y le daban unos cuantos juguetes para que se entretuviera, Grace fue a la cocina y vio a Cal preparando una cafetera. Él sonrió al verla entrar, y le dijo:

—Feliz dí... día de Ac... del pavo.

—Lo mismo digo, Cal —le dijo con calidez. Era un buen hombre, y le admiraba y le apreciaba. Miró a su alrededor, y comentó—: No parece que hayáis cocinado demasiado.

Cliff entró tras ella en la cocina, y le dijo:

—Nos has pillado. Cal y yo hemos optado por comprar la comida hecha.

—¿En el Lighthouse? —le preguntó Jon, al entrar también.

—Sí. Ofrecían menús completos y servicio a domicilio, nos lo traerán listo para comer.

Cuando apenas había acabado de hablar, oyeron el timbre de la puerta. Cal fue a abrir, y Seth y Justine entraron con la comida. Él llevaba el recipiente de aluminio con el pavo, y ella dos bolsas bastante voluminosas.

—¿Necesitáis ayu... yuda? —les preguntó Cal, cuando lo dejaron todo sobre la encimera.

—Hay más cosas en el coche —le dijo Justine, mientras se echaba hacia atrás la capucha de la chaqueta impermeable que llevaba.

—Ya voy yo —le dijo él, antes de ir a por lo que quedaba.

Justine pasó el brazo por la cintura de su marido. Seth era un corpulento marinero con un físico robusto y el pelo tan rubio que parecía casi blanco. Varios años atrás, cuando la industria pesquera había pasado por un mal momento, había aprovechado sus ahorros y la habilidad que Justine tenía para los negocios, y había construido el restaurante Lighthouse.

—Ésta es la última parada —comentó ella—. Seth y yo hemos decidido traeros la comida en persona, para desearos a todos un feliz día de Acción de Gracias.

—¿Qué planes tenéis? Aquí hay comida suficiente para alimentar a un ejército, podríais quedaros con nosotros —Maryellen miró a Cliff para ver si estaba de acuerdo con su sugerencia.

—Sí, por supuesto —dijo él.

—La familia de Seth está esperándonos, pero gracias por la invitación —Justine sonrió cuando Cal entró con dos bolsas más, y le dijo—: Gracias por ir a por ellas, Cal.

Se marcharon al cabo de unos minutos, y Cliff y Cal empezaron a poner la mesa mientras Grace y Maryellen se encargaban de colocar la comida en recipientes y bandejas. La radio estaba puesta, y se oía de fondo una suave música navideña. Cuando se sentaron a la mesa, el ambiente era festivo y alegre.

Grace se sentó junto a Cliff, enfrente de Cal. Cuando todo el mundo agachó la cabeza mientras se bendecía la mesa, Cliff la tomó de la mano mientras murmuraba una sencilla y emotiva plegaria, y la sinceridad que se reflejaba en sus palabras la conmovió. Tres años atrás, en el primer día de Acción de Gracias que había pasado sin Dan, se había sentido deprimida y sola, y había luchado junto a Maryellen para superar aquella situación tan dolorosa. Tres años después, su hija estaba casada y tenía una familia, y ella había crecido mucho en algunos aspectos; después de una época muy mala, había acabado aceptando la muerte de Dan, y había conseguido superarlo. Había empezado a reinventar su vida, y Cliff había formado parte de ese proceso.

Se sirvieron entre risas y bromas, y fueron pasándose las bandejas. Era como si todos formaran parte de una misma familia.

—Me parece que cada uno tendría que dar gracias por una cosa en concreto, vamos a tomarnos un momento para hacerlo —Maryellen fijó la mirada en el mantel, y admitió—: Yo estoy agradecida por muchas cosas.

—Y yo también —Cliff volvió a tomar a Grace de la mano, y la miró con una sonrisa—. Agradezco que Grace esté aquí conmigo, y espero que podamos pasar mucho más tiempo juntos en las semanas y los meses futuros.

Grace tuvo que morderse el labio para contener la emoción que la embargaba, y al final consiguió susurrar:

—Gracias.

—Te toca, mamá.

Sin soltar la mano de Cliff, Grace recorrió a los demás con la mirada y dijo:

—Me siento agradecida por mi familia y mis amigos, y... —se interrumpió por un segundo, y tragó con fuerza—. Por poder estar junto a Cliff —había creído que la relación había terminado, pero en ese momento sus esperanzas se habían reavivado. Quizá podrían dejar atrás los errores del pasado y avanzar hacia un futuro común.

Cliff pareció entender lo que sentía, porque le dio un ligero apretón en la mano y la miró a los ojos durante unos segundos.

—Te toca, Maryellen —le dijo Jon.

Cuando tuvo la atención de todos, Maryellen dijo:

—Quiero dar gracias en especial por la nueva vida que crece dentro de mí.

Grace la miró atónita, y el tenedor se le cayó de la mano.

—¿Estás embarazada?

—Maryellen... ¿estás embarazada? Pero si creía que... es muy pronto, ¿no habrá ningún problema? —le dijo Jon, con voz ronca.

Era obvio que estaba refiriéndose al hecho de que Maryellen había sufrido un aborto recientemente, y que le preocupaba que se hubiera quedado embarazada tan pronto después de lo sucedido. Grace también sintió cierta preocupación, pero no quiso decir nada que pudiera empañar la felicidad de su hija.

—Estoy bien, de verdad —dijo ella.
—Te toca a ti, Jon —le dijo Cliff.
El marido de Maryellen pareció incapaz de hablar durante unos segundos. Sin apartar la mirada de su mujer, dijo en voz baja:
—Lo que más agradezco en esta vida es tener a mi mujer.
En ese momento, Katie golpeó la bandeja de la trona con su taza, como si estuviera protestando al ver que la dejaban al margen.
—Y a Katie, claro —se apresuró a añadir Jon.
Todos se echaron a reír.
Después de comer, Jon fue a hablar con Grace, que estaba sola en la cocina guardando las sobras. Cliff y Cal habían ido al establo para ocuparse de unas tareas.
—¿No lo sabías, Grace? —le preguntó, sin andarse por las ramas.
—¿Que Maryellen está embarazada? No, y está claro que tú tampoco.
—Tengo miedo... es demasiado pronto —su expresión tensa revelaba la angustia que sentía.
—Me parece que sabes tan bien como yo cómo se hacen los bebés, Jon —le dijo con voz suave.
—Maryellen estaba tan segura de que no pasaría nada...
—No tenemos más remedio que dejarlo en manos de Dios —le dijo, mientras rezaba para que su hija no volviera a sufrir otro aborto.

CAPÍTULO 17

La palabra «rebajas» sólo significaba una cosa para Corrie McAfee: «comprar». Era comprensible que el viernes de después de Acción de Gracias fuera el día del año en que se realizaban más compras, porque las rebajas eran espectaculares. Le encantaba ir a las tiendas bien temprano, cuanto antes, mejor.

El despertador sonó a las cinco, y en media hora ya estaba vestida y lista para ir a por Linnette. Como a su hija le había tocado trabajar en Acción de Gracias, a cambio le habían dejado aquel viernes libre. Ella no había servido el tradicional pavo hasta que Linnette había vuelto del trabajo, y aunque había sido un poco raro comer tan tarde, había valido la pena, porque así iban a poder ir de compras juntas.

El día de Acción de Gracias había sido un poco tristón hasta que Linnette había llegado del trabajo, y no sólo por la lluvia. Mack no lo había celebrado con ellos... según él, tenía otros planes, aunque no había especificado cuáles. Ella no había insistido, pero estaba convencida de que su hijo se había negado a ir porque no quería empezar a discutir con su padre y estropearle el día a todo el mundo. Le gustaría poder hacerles entrar en razón. Roy se había sentido irritado al ver que su hijo no pasaba el día en familia, pero se habría irritado igualmente si Mack hubiera accedido a ir. La presencia de Linnette le había animado un poco, y había salvado la velada.

Al aparcar el coche, vio que las luces del piso de Linnette estaban encendidas; al cabo de un momento, la joven salió y bajó a toda prisa, y no tardó en meterse en el coche.

—Hola, mamá. ¿Adónde vamos primero? —le preguntó, con un brillo de entusiasmo en la mirada.

—Wal-Mart ya estará abierto, aunque seguro que a esta hora ya no queda casi nada.

—Pero si aún es muy pronto...

—Tengo mucho que enseñarte, hija mía —le dijo Corrie, con una carcajada.

Era la primera vez en años que iban de compras juntas aquel viernes de rebajas. La última vez había sido cuando Linnette aún estaba en el instituto.

Después de pasar un rato en Wal-Mart, volvieron al coche y Linnette comentó:

—Será mejor que vayamos a Silverdale. Cuanto antes lleguemos al centro comercial, más posibilidades tendremos de encontrar una buena plaza de aparcamiento.

—Buena idea.

Mientras circulaban hacia las afueras de la ciudad, Corrie se dio cuenta de que había más tráfico de lo habitual a las seis de la mañana de un día festivo, pero sabía por experiencia propia que mucha gente había hecho lo mismo que ella... levantarse pronto para llegar cuanto antes a las tiendas. Como quería hablar con su hija de Cal, intentó pensar en una forma sutil de sacar el tema. Quería que Linnette confiara en ella sin que llegara a sentirse manipulada, pero no era fácil encontrar un punto medio; al final, decidió no mencionar a Cal y esperar a ver si su hija sacaba el tema.

—La comida de Acción de Gracias estuvo genial, mamá.

—Gracias. Por cierto, ¿dónde pasó el día tu amigo el médico?

—Supongo que con su familia, no me dijo nada —era obvio que se sentía decepcionada.

Corrie estaba casi convencida de que Chad no quería salir con su hija. Cuando le había visto en la inauguración de la clínica, había tenido la impresión de que estaba interesado en Gloria, la vecina de Linnette.

—Al principio, me temí que fuera a pasar el día con Gloria —admitió la joven.

—¿Tu vecina tiene familia por aquí?

—Me parece que no. La invité a que viniera a comer con nosotros, pero me dijo que tenía que trabajar —se detuvo por un instante antes de añadir—: Me cae bien, pero la verdad es que la invité para asegurarme de que no pasaba el día con Chad —soltó un profundo suspiro—. Me arrepiento de mi actitud, y la verdad es que me gustaría que hubiera venido. Comer con papá y contigo fue genial, pero me parece que ella se lo habría pasado bien con nosotros. Seguro que papá y ella se llevarían muy bien, como los dos están metidos en la policía...

—Tu padre se retiró.

—Ya lo sé, pero sigue siendo un poli de pies a cabeza.

Aquello era cierto.

—Fue una pequeña reunión familiar, eso no tiene nada de malo —dijo Corrie, mientras se centraba en la carretera.

Permanecieron en silencio durante unos minutos, hasta que Linnette le preguntó:

—¿Ha habido alguna novedad?

No hacía falta que entrara en detalles, era obvio a qué se refería.

—Sí —admitió Corrie a regañadientes. Era posible que su hija se sintiera más cómoda hablando de su propia vida si le contaba lo que estaba pasando.

Linnette esperó a que añadiera algo más, y al ver que permanecía en silencio, le dio un pequeño codazo y le dijo:

—Venga, mamá, cuéntamelo de una vez.

—Seguro que no es nada...

—Dime.

Corrie detestaba aquel tema, pero era imposible hablar

de ello con Roy. Sabía que él estaba acostumbrado a guardarse lo que sentía y lo que pensaba desde siempre, ya que cuando era policía tenía que tener una gran cautela, y que también lo hacía para intentar protegerla, pero después de tantos años de matrimonio, a veces sentía que su marido era un desconocido.

—Cuéntamelo, mamá.

—Perdona, estaba pensando. Durante las últimas semanas, he recibido en el despacho un montón de llamadas de teléfono sin respuesta.

—¿Qué quieres decir?, ¿la persona que llama cuelga en cuanto contestas?

—No, pero no dice nada y cuelga cuando empiezo a preguntarle quién es.

—¿Qué pone en el identificador de llamadas?

—Al parecer, las llamadas se hacen desde cabinas de distintas partes del condado. Una vez, llamaron desde Seattle.

—Cabinas...

—A tu padre no le hace ninguna gracia.

—No me extraña. Sea quien sea, está claro que viaja bastante.

—Sí, eso parece. Y...

Corrie se calló en seco, pero Linnette era muy observadora y comentó:

—Hay algo más, ¿verdad?

Corrie asintió mientras agarraba con fuerza el volante.

—El miércoles por la tarde, tu padre y yo salimos pronto del despacho. Poco después de que llegáramos a casa, nos trajeron de la floristería un centro de mesa precioso.

—¿Quién os lo regaló?

—No tenemos ni idea.

—No lo teníais en la mesa.

—Ya lo sé... tu padre no quiso ni verlo. En cuanto lo trajeron, llamó para intentar averiguar quién lo había enviado; al parecer, fue un encargo de otra floristería. Se fue para seguir investigando antes de que pudiera detenerlo —se había pasado dos horas muerta de preocupación, mientras él seguía aquella pista.

—¿Averiguó algo?

Corrie se había mostrado igual de ansiosa por enterarse de lo que había pasado, y había tardado una hora en sacarle la información a Roy.

—La persona que encargó el centro de flores pagó en metálico, y utilizó una floristería de otra ciudad. Cuando tu padre fue a hablar con los de la otra tienda, le dijeron que la persona que se había ocupado del encargo ya se había marchado a casa, y nadie recordaba a un cliente que no hubiera pagado con tarjeta de crédito. Seguro que mañana intenta contactar de nuevo con el empleado que tomó el encargo.

Linnette se tomó unos segundos para asimilar aquella información, y al final dijo:

—¿Qué pasó con el centro de mesa?

—Tu padre me dijo que me deshiciera de él.

—¿Lo hiciste?

—Más o menos. Lo llevé al Centro de Convalecencia de Cedar Cove, y lo aceptaron encantados.

—Eres muy considerada.

—Era eso, o ver a tu padre con un ataque de histeria.

—¿Había alguna tarjeta con las flores?

—Sí.

Roy se había enfurecido más con el mensaje que con el centro de flores en sí. Era obvio que la persona que se lo había enviado estaba jugando con ellos. Después de echarle una ojeada a la tarjeta, Roy la había roto por la mitad y la había tirado, pero en cuanto se había ido, ella la había sacado de la basura.

—Ponía «Adivina quién soy».

Linnette soltó un pequeño silbido, y comentó:

—Seguro que papá se puso hecho una furia.

—Y que lo digas. No sé qué esperar de nuestro acosador anónimo... ni de tu padre.

CAPÍTULO 18

Era la primera vez que Cecilia veía a Allison tan nerviosa. Hacía media hora que la joven había llegado a la gestoría después de salir del instituto, y no paraba de levantarse de la silla.

—¿Te ha dicho mi padre cuándo volvería? —le preguntó por tercera vez, mientras volvía a levantarse.

—Lo siento, pero no.

Aquello también era inusual, ya que el señor Cox siempre la avisaba si iba a estar fuera durante un rato considerable. Era obvio que su jefe estaba haciendo algo que concernía a Allison, y lo más probable era que tuviera algo que ver con Anson.

—¿Qué hora es? —la joven miró su reloj, y volvió a sentarse—. Ya tendrían que haber vuelto.

—¿De dónde?, ¿Anson tiene algo que ver en todo esto? —le preguntó Cecilia con voz suave.

—¿Por qué lo dices? —Allison empalideció de golpe.

—¿Cuánto hace que nos conocemos? ¿Dos, tres años? Nunca te había visto tan nerviosa, ¿quieres contarme lo que pasa? —se quedó atónita cuando la joven se cubrió la cara con las manos y se echó a llorar. Le pasó un brazo por los hombros, y susurró—: Anda, vamos al despacho de tu padre —la condujo hacia allí, y cerró la puerta.

Cuando Allison se derrumbó en una de las sillas que había delante de la mesa, ella acercó la otra y se sentó a su lado. Se sacó del bolsillo un pañuelo de papel limpio y se lo dio, y la joven lo apretó en su puño.

—Tienes razón, todo esto tiene que ver con Anson. Se metió en... hizo algo que no debería haber hecho. Después se arrepintió muchísimo, y como no supo qué hacer, vino a pedirme ayuda.

Cecilia se había dado cuenta de que aquel chico era problemático en cuanto lo había visto, y lo poco que había oído sobre él confirmaba sus sospechas. Todo en él reflejaba una actitud rebelde, desde su abrigo negro digno de un pistolero hasta el brazalete de púas que solía llevar. No le había hecho ninguna gracia que Allison se juntara con él, pero no había querido inmiscuirse.

—¿Fue a pedirte ayuda? —repitió, para asegurarse de que la había entendido bien. No quería que la joven se cerrara en banda, así que optó por no presionarla demasiado. Al ver que asentía, le preguntó—: ¿Qué hiciste? —le parecía inaceptable que aquel chico esperara que Allison solucionara sus problemas.

—Le llevé a hablar con mi padre. Estaba segura de que él podría ayudarle, y lo ha hecho. Se ha portado genial con Anson.

—¿Qué fue lo que hizo tu padre?

—Le dijo a Anson que tenía que entregarse a la policía. Ya sé que estarás preguntándote qué fue lo que hizo, pero... no quiero hablar del tema.

—Vale.

Cecilia supuso que entregarse era un buen comienzo. Su madre le había inculcado desde pequeña que uno tenía que responsabilizarse de sus propios actos, era algo que su padre no había hecho en toda su vida.

—¿Anson le hizo caso a tu padre?, ¿fue a hablar con la policía?

Allison alzó la barbilla, como si estuviera muy orgullosa de su novio delincuente.

—Fue muy difícil para él, pero estaba dispuesto a responsabilizarse de sus actos. Papá llamó a su abogado, y entonces le llevó en coche a comisaría.

—¿Barry Creech? —era una suposición lógica, porque sabía que aquel abogado era cliente del señor Cox.

—Sí —Allison apretó con fuerza el pañuelo—. Papá me dijo que el señor Creech está especializado en delitos juveniles, y que sabría lo que había que hacer.

Cecilia pensaba que Anson ya había cumplido los dieciocho. Se lo dijo a Allison, que negó con la cabeza y comentó:

—No, los cumple el mes que viene. Como le falta tan poco para la mayoría de edad, teníamos miedo de que decidieran juzgarlo como adulto —soltó un profundo suspiro, y esbozó una pequeña sonrisa antes de añadir—: Ya sé que Anson no te cae bien...

—No es eso...

—A mi madre tampoco le gusta, pero es que no le conocéis. Anson es una buena persona, y no ha tenido una vida fácil. Su madre es horrible... no quiero entrar en detalles, pero es malvada de verdad.

Cecilia tampoco quería entrar en detalles. Abe Lincoln también había tenido una vida dura, pero no se había dedicado a delinquir.

—¿Anson tiene antecedentes penales?

—No —a juzgar por el suspiro lleno de irritación que soltó, era obvio que no era la primera vez que le hacían aquella pregunta—. Es la primera vez que hace algo así.

En otras palabras, era la primera vez que le pillaban.

—¿Qué le aconsejó el señor Creech?

—Lo mismo que papá, que se entregara a las autoridades. Habló con Anson y con su madre, y ella dijo que no pensaba echarle una mano a su hijo, que se las arreglara solo —frunció el ceño, y siguió diciendo—: Papá también habló con ella, y después dijo que él acompañaría a Anson al juzgado. El juez tiene que aceptar lo que han acordado el señor Creech y el fiscal, tiene que hacerlo —los ojos se le llenaron de lágrimas—. Su propia madre ni siquiera le ha acompañado al juzgado.

—Vale, así que el señor Creech consiguió llegar a un acuerdo con el fiscal...

Allison se secó los ojos con el pañuelo, que estaba hecho añicos.

—Sí, y papá dice que es muy razonable. Le juzgarán en calidad de menor, así que esto no saldrá en su expediente, siempre y cuando respete todas las condiciones del acuerdo.

Cecilia no sabía si era positivo que Anson siguiera con un expediente limpio. Cabía esperar que el joven supiera valorar lo que Allison y el señor Cox estaban haciendo por él, pero le parecía dudoso.

—Anson va a tener que hacer unas horas de servicios comunitarios, tendrá que pagar por los daños causados, y también se ha comprometido a seguir en el instituto y a graduarse sin repetir curso.

—Va a necesitar un trabajo si tiene que pagar los daños —Cecilia se preguntó qué era lo que había hecho el joven.

—Papá ya le ha echado una mano —lo dijo con tanto orgullo, que le brillaban los ojos—. Conoce a la señora Gunderson, la propietaria del Lighthouse, desde la época en que ella trabajaba en el banco. La llamó por teléfono, y ella le dijo que necesitaban a alguien que se encargara de lavar los platos y que estaban dispuestos a contratar a Anson. Van a pagarle el salario mínimo, pero el señor Gunderson le dijo que se plantearía la posibilidad de prepararlo para otros puestos que vayan quedando libres si trabaja duro y le demuestra que se lo toma en serio.

—Me alegro por él.

—Anson está entusiasmado. No tiene coche, pero está dispuesto a ir en autobús.

Qué magnánimo, se dijo Cecilia con cinismo. La condena era bastante benévola, conseguir un empleo y tener que hacer unas horas de trabajo comunitario no parecía un castigo demasiado duro.

—¿Tiene que hacer algo más?

Allison se metió el pañuelo en el bolsillo antes de contestar.

—Si no se mete en problemas durante un año y cumple con todas las condiciones del fiscal, el incendio no aparecerá en su expediente.

Así que Anson había provocado un incendio... Cecilia había leído un artículo en el *Chronicle* en el que ponía que la caseta de mantenimiento del parque se había quemado; al parecer, el incendio había sido provocado... seguramente, el culpable había sido Anson.

—¿Por qué estás tan preocupada? —a juzgar por lo que le había contado la joven, el señor Cox había ayudado a Anson en todo momento.

—El juez tiene que estar conforme con el acuerdo al que se ha llegado con el fiscal, y... —alzó la mirada, y se echó a llorar de nuevo—. Si no es así, Anson irá a la cárcel, y... y... papá me ha dicho que no puedo volver a verle después de hoy.

En opinión de Cecilia, el señor Cox había tomado una decisión sensata. Aunque todo aquello no era asunto suyo, no quería que Allison se relacionara con un chico que parecía decidido a autodestruirse. Ella también había conocido a jóvenes así, pero se había mantenido alejada de ellos gracias a su propio instinto de supervivencia.

—Papá me dijo que Anson podía pasar a verme hoy cuando saliera del juicio, pero ya está. No podemos volver a vernos hasta que haya cumplido con todo lo que le han impuesto.

—¿Y Anson aceptó?

—No.

—¿*No?* —Cecilia se sintió indignada.

—No pudo, es imposible. Vamos al mismo instituto, estamos en las mismas clases a diario. Sería imposible que no nos viéramos.

—Me parece que tu padre no se refería a eso, Allison.

—Ya lo sé, pero Anson va a seguir las normas a rajatabla. Me dijo que lo de no estar conmigo sería lo más duro de todo. Nos queremos, Cecilia. Me dijo que quería demostrarle a mis padres que se merece la fe que han tenido en él. Como mi padre le ha ayudado tanto, creo que habría hecho lo que le pidiera.

Cecilia decidió no hacer ningún comentario. A Anson le resultaría fácil hacer trabajos comunitarios, pero la prueba de fuego llegaría después, y entonces ya se vería si era capaz de cumplir con su palabra. Ella no quería parecer cruel, pero dudaba que aquel joven se reformara.

Allison se giró para mirar por la ventana que tenía a su espalda, y se levantó de golpe.

—¡Ya están aquí! —sin más, salió a toda prisa del despacho.

Cecilia fue a sentarse a su mesa, y se limitó a esperar. El señor Cox la saludó con actitud distraída cuando pasó junto a ella, y entró en su despacho sin comentar dónde había estado.

Allison regresó al cabo de unos minutos. Tenía los ojos enrojecidos e hinchados.

—¿Estás bien? —le preguntó Cecilia con preocupación.

La joven intentó esbozar una sonrisa, y le dijo:

—El juez ha aceptado el acuerdo. Anson empieza a trabajar esta misma tarde, así que hemos tenido muy poco tiempo para hablar. En primavera ayudará a los servicios de limpieza del parque, para cumplir con las horas de servicio comunitario. Me ha dicho que guardará casi todo lo que gane en el restaurante para poder pagar por los daños que causó, y que podremos volver a vernos en cuanto la deuda esté saldada. No sé si voy a poder hacerlo, Cecilia.

—¿El qué?

—Estar apartada de él, le quiero mucho. Mis padres dicen que soy demasiado joven para saber lo que es el amor, pero sé lo que siento. Es como... como si me hubieran arrancado el corazón —sacudió la cabeza con enfado, y añadió—: Tú no lo entenderías.

—¿En serio? ¿Crees que no me resulta difícil soportar que mi marido se pase seis meses en alta mar?

—Cecilia... perdona, claro que es difícil. Y encima, estás embarazada. Siento haber sido tan insensible.

Cecilia la abrazó para dejarle ver que no estaba molesta con ella. Recordaba a la perfección la intensidad de las emociones que había sentido la primera vez que se había enamorado. Aquella relación había acabado mal durante su último año de instituto, y rezó para que la experiencia de Allison no acabara siendo tan traumática como la suya.

CAPÍTULO **19**

Linnette se arrepentía de haber accedido a salir por segunda vez con Cal Washburn; de hecho, se había arrepentido desde que había dicho que sí. Él la había llamado poco después de Acción de Gracias, y ella le había dicho que sí antes de tener tiempo de pensárselo. Cal era un hombre agradable, el único problema era que no era Chad Timmons; además, se sentía culpable porque había accedido a salir con él para poner celoso a Chad... y al parecer, su artimaña no había funcionado.

—Tendría que cancelar la cita ahora mismo, me siento fatal —le dijo a Gloria, que estaba sentada a los pies de la cama.

Su vecina se había pasado a invitarla a cenar antes de irse al trabajo. Si hubiera sido cualquier otro día, Linnette le habría dicho que sí, porque como era nueva en la ciudad, se alegraba de tener a alguien con quien poder entablar una amistad.

—Seguro que tu dolor de estómago no tiene nada que ver con la gripe —comentó Gloria.

—Ya lo sé.

Linnette se puso una botas negras, y decidió ponerse encima de la blusa roja un chaleco de punto negro que le encantaba, y que estaba decorado con arbolitos de Navidad cubiertos de purpurina. Había pensado en ponérselo cuando Chad la invitara a salir, pero de momento no se había mostrado interesado en ella, y si tardaba demasiado, las fiestas navideñas pasarían de largo y tendría que esperar once meses para poder ponerse la prenda.

Miró a su vecina, y se preguntó si Chad la habría llamado. Él había parecido bastante interesado en ella, pero a juzgar por lo poco que había logrado averiguar hasta el momento, Gloria no había sabido nada de él. No quería preguntárselo abiertamente, claro, así que no estaba segura. A lo mejor sí que la había llamado, y Gloria había decidido no mencionarlo.

—Entonces, ¿vas a salir a cenar sola? ¿Sueles hacerlo? —le preguntó, para intentar averiguar algo más sobre su vida social.

—Como tú ya tienes planes, lo más seguro es que compre algo para llevar. A lo mejor voy al Wok and Roll, me apetece algo especiad.

—Me encanta ese sitio, ojalá pudiera ir.

—Ya iremos otro día —Gloria miró su reloj, y comentó—: Será mejor que me vaya, tu cita debe de estar a punto de llegar.

Justo en ese momento, llamaron a la puerta.

—Demasiado tarde —dijo Linnette en voz baja. Cada vez tenía menos ganas de aguantar aquella velada.

—Recuerda lo que has dicho antes. Tienes que decirle que no estás interesada en él, pero con tacto.

—Sí, es verdad. Es una persona muy agradable; de hecho, me alegro de que estés aquí, así podrás conocerlo y entenderás mi dilema. Es ingenioso y encantador, pero puede ser un poco difícil mantener una conversación con él, y...

—¿No crees que deberías ir a abrirle?

—Sí, claro —Linnette se apresuró a ir hacia la puerta.

—Feliz Navidad —le dijo Cal cuando le abrió, sin tartamudear. Llevaba en la mano una pequeña maceta con una flor de Pascua.

—¿Es para mí?

La respuesta era tan obvia, que la incomodidad de Linnette se acrecentó. Se prometió a sí misma que iba a dejarle claro que era la última cita que iban a tener, era lo correcto.

—Sí —él miró por encima de su hombro y vio a Gloria, que acababa de salir de la habitación.

—Te presento a Gloria, mi amiga y vecina —mientras hablaba, Linnette dejó la planta sobre la mesa baja de la sala de estar. Era un toque de lo más festivo.

—Hola, Cal. Linnette me ha hablado mucho de ti —Gloria se acercó a él, y le estrechó la mano.

Cal miró a Linnette al oír aquellas palabras. Parecía complacido y sorprendido.

—Enca... cantado.

—Nos vemos el lunes, Linnette. Pasáoslo bien —Gloria pasó junto a Cal, y salió del piso.

—Voy a por el abrigo y los guantes.

Linnette entró en su cuarto, y sacó del armario lo que necesitaba. Decidió ponerse también una bufanda de lana. Cuando había quedado con Cal, no habían concretado lo que iban a hacer, y ella había sugerido que podían ir al cine. Parecía más fácil que intentar mantener una conversación durante una cena. Como no estaba demasiado interesada, ni siquiera se había molestado en comprobar la cartelera.

Regresó a la sala de estar, y se sintió halagada al ver que Cal la miraba con aprobación. Cuando él la ayudó a ponerse el abrigo, deseó que no fuera tan educado, y procuró no mirarle mientras se abrochaba el abrigo y se ponía la bufanda y los guantes. Al salir del piso, echó la llave y después comprobó que estuviera bien cerrado, tal y como solía hacer su padre.

—¿Sabes ya qué película te gustaría ver? —le preguntó, mientras bajaban la escalera. Hacía mucho frío, y daba la impresión de que iba a nevar.

—No, ¿y tú?

—La verdad es que no he mirado la cartelera, ¿voy a casa en un momento a por el periódico?

—No. ¿Ti... tienes hambre?

—La verdad es que no, he comido bastante tarde.

Mientras seguían andando, Linnette no tuvo más remedio que admitir que era un hombre muy atractivo. Le gustaba la forma en que el sombrero de vaquero le ensombrecía un poco la cara, porque le daba un aire misterioso. Llevaba un abrigo de piel de borrego y unos guantes de cuero, y le recordaba a Clint Eastwood en sus tiempos de películas de vaqueros.

—Va... vamos a pa... sear —le dijo él.

—Vale.

Cal la instó a que lo tomara del brazo, y echaron a andar por Harbor Street. Linnette se dio cuenta de que había más movimiento del normal, tanto de coches como de peatones, para ser un sábado por la noche, pero no hizo ningún comentario al respecto. Se le ocurrieron varias observaciones más, pero se mordió la lengua para que Cal no se sintiera obligado a responder. Parecía incómodo a la hora de mantener una conversación.

Al cabo de unos minutos, empezó a disfrutar de aquel silencio amigable, pero de repente un copo de nieve le cayó en la nariz y no pudo contener su exclamación de sorpresa.

—¡Está nevando! ¡Mira, Cal, está nevando!

Él se echó a reír al verla tan entusiasmada, y le dijo:

—Sí, ya lo veo.

—Nunca nieva... —al ver que sonreía de oreja a oreja, admitió—: Bueno, sí que nieva, pero muy pocas veces, sobre todo tan cerca de la costa.

—Es un milagro navideño.

—Sí, es verdad. Es perfecto, sólo faltan dos semanas para Navidad.

Pasaron junto al parque del paseo marítimo y el puerto, y doblaron hacia la zona de la clínica y el ayuntamiento. Para entonces, la nieve caía con fuerza, y como estaba tan fascinaba con la nevada, Linnette tardó un poco en darse cuenta de que todo el tráfico iba en la misma dirección que ellos; al parecer, todo el mundo iba hacia un grupo que estaba cantando villancicos en la escalinata del ayuntamiento. Llevaban trajes victorianos que parecían sacados de la obra *Canción de Navidad* de Dickens, y tenían los cancioneros abiertos.

Los escuchó entusiasmada en medio del ambiente festivo y alegre propio de aquella época del año. La actuación era preciosa... los cantantes con sus trajes victorianos, el enorme árbol decorado, la nieve... era una escena navideña idílica.

Cal estaba tras ella, con las manos apoyadas en sus hombros, y al darse cuenta de que estaba protegiéndola del aire con su cuerpo, deseó de nuevo que no fuera tan caballeroso.

Cuando la actuación terminó y las luces del árbol se encendieron entre los aplausos entusiastas del público, Cal le preguntó si le apetecía ir a tomar un chocolate caliente al Potbelly Deli. Estaba helada, así que accedió encantada. Tuvieron la suerte de encontrar una mesa libre junto al calentador que había en el centro del restaurante, y no tardaron en entrar en calor. Linnette vio a varias personas conocidas, y las saludó con una sonrisa.

El chocolate estaba delicioso, y se lo sirvieron con un bastoncillo de caramelo en honor a aquella época festiva. Cal y ella compartieron un plato de galletas con formas navideñas... árboles, cascabeles y muñecos de nieve.

Cuando iban de vuelta a su piso y Cal volvió a instarla a que lo tomara del brazo, Linnette se dijo que había llegado el momento de decirle que no iba a volver a salir con él, pero fue incapaz de hacerlo. No quería echar a perder el ambiente festivo.

—Me lo he pasado muy bien, Cal —comentó.

—Yo también.

—Ha sido muy navideño.

Aún no había disfrutado demasiado del espíritu navideño, y la culpa de su estado de ánimo decaído la tenía Chad. Había dado por hecho que pasarían mucho tiempo juntos cuando empezaran a trabajar en la clínica, pero sólo se veían de pasada y casi nunca tenían tiempo de hablar. Empezaba a pensar que él la evitaba a propósito.

Conforme fueron acercándose a su casa, intentó decidir si sería buena idea invitarle a entrar a tomar algo. Si no lo hacía, parecería una grosera, pero si lo hacía y él aceptaba, era posible que quisiera besarla, y no podía permitirlo.

Tal y como esperaba, Cal la acompañó hasta la puerta de su casa, y cuando ella sacó las llaves del bolso, las agarró y le abrió la puerta en otro gesto de caballerosidad.

—¿Te apetece entrar? Eh... quiero decir... ¿te apetece tomar algo? —sabía que se sentiría culpable si no le dejaba las cosas claras, era injusto darle falsas esperanzas.

Cuando entraron en el piso, los golpeó una oleada de aire caliente.

—¡Mira, Cal! —exclamó, mientras le señalaba hacia la ventana que daba al puerto.

Seguía nevando, y la escena parecía digna de una postal navideña. Algunos de los barcos estaban decorados con luces de colores que se reflejaban en el agua, y se balanceaban rítmicamente.

Cuando hizo ademán de ir a encender una lámpara, él la detuvo y le dijo:

—No enciendas la luz.

Tal y como se había temido, iba a besarla. Él le pasó un brazo por la cintura y el otro por los hombros, y se inclinó hacia delante. Tuvo tiempo de sobra de detenerlo, pero no lo hizo. No habría sabido decir por qué... quizá porque sentía cierta curiosidad.

Alzó la cara hacia él, cerró los ojos, y esperó. La boca de Cal era firme y húmeda, pero lo que más la sorprendió fue su tersura, porque él era un hombre muy masculino, un adiestrador de caballos. Antes de que se diera cuenta de lo que pasaba, él la instó a que abriera los labios, y el beso no tardó en descontrolarse. Todo pareció estallar en llamas.

Poco antes, estaba aterida de frío, pero en ese momento

la inundó una oleada de calor sofocante. Se aferró al abrigo de Cal, y acarició su lengua con la suya con una pasión creciente.

Para cuando él se apartó, Linnette se sentía al borde del colapso. Se separaron y se quedaron mirando en silencio, como si estuvieran intentando asimilar el impacto de lo que acababa de pasar.

Ella fue a la cocina con paso tambaleante, y apoyó la mano en la encimera mientras intentaba recuperar la compostura. Antes de que lo lograra, Cal se le acercó por la espalda y posó una mano en su hombro.

—No —se sintió horrorizada al ver lo ronca que sonaba su propia voz.

—¿No?

Se volvió hacia él. No sabía cómo manejar aquella situación. Le abrazó por la cintura, respiró hondo, y no pudo controlar las ganas de darle un beso en la mandíbula.

—Qué agradable... —le dijo él, con voz suave.

—Demasiado. Esto no está bien, Cal.

—¿Es dema... masiado pronto?

—No, no es eso —como se sentía avergonzada y muy confundida, hundió el rostro contra su pecho—. Me caes muy bien.

—Mmm... —empezó a salpicarle el cuello de besos, y comentó—: Lo mismo digo.

Linnette se estremeció de placer mientras él deslizaba los labios por su cuello. Tenía que decir algo, y cuanto antes.

—Esto no puede continuar, Cal. Está mal.

—¿Por qué? —alzó la cabeza, y la miró a los ojos—. No tiene nada de malo —como para demostrar que estaba equivocada, la besó de nuevo en la boca.

Aquel beso fue incluso más devastador que el primero, y Linnette empezó a flaquear.

—Por favor, Cal... —consiguió decir al fin—. Estoy interesada en otra persona.

Él se quedó inmóvil, y la soltó de inmediato.

Linnette se echó hacia atrás, y le dijo:

–Lo siento. Conozco a Chad Timmons desde hace bastante tiempo, y... la verdad es que acepté esta cita contigo para ponerle celoso. Fue un error, perdóname.

Él retrocedió como si no pudiera asimilar la situación. Llevaba puesto el sombrero, así que Linnette no podía verle los ojos, pero no hacía falta. Era obvio que estaba decepcionado, frustrado, y muy dolido.

–Me siento fatal –no tendría que haberle contado lo de Chad. Era demasiado hiriente, demasiado cruel–. ¿Podrás perdonarme?

Él dio media vuelta y salió de la cocina.

–Lo siento, Cal...

Él respondió saliendo del piso con un portazo.

Ella había querido dejarle las cosas claras con tacto, evitar que se hiciera falsas esperanzas, pero al final lo había hecho todo mal. Se sentía muy culpable, y la incomodidad que había sentido antes no tenía ni comparación con el enorme nudo que se le había formado en el estómago.

CAPÍTULO 20

Charlotte no sabía si estaba haciendo lo correcto, pero quería que los hijos de Ben la aceptaran y la apreciaran, y que supieran que no tenía intención alguna de reemplazar a su madre; además, quería dejarles claro lo mucho que amaba a Ben.

David la había llamado por teléfono dos días antes, el lunes por la tarde, cuando Ben estaba en la reunión mensual de los veteranos de la Armada. Era una de las escasas ocasiones en las que no estaban juntos. David la había llamado justo cuando ella estaba preparando unas galletas para el Centro de Convalecencia. Le había dicho que estaba en Seattle otra vez por asuntos de negocios y la había invitado a comer el miércoles, pero le había dejado claro que sólo la invitaba a ella, y le había pedido que no se lo dijera a Ben. Ella había acabado aceptando, a pesar de que era una persona honesta por naturaleza.

Había decidido encontrarse con él en el Lighthouse. Se sentía muy orgullosa de Justine y de Seth, y quería demostrarle a David que tenía una buena familia para eliminar cualquier duda que pudiera tener sobre ella.

Al hacer la reserva, se había alegrado al enterarse de que a Justine le tocaba trabajar aquel miércoles por la tarde.

–Hola, abuela –Justine fue a saludarla en cuanto la vio

entrar en el restaurante–. ¿Dónde está Ben? Tenías reserva para dos, ¿verdad?

Aquello era lo malo. No le gustaba ocultarle la verdad a Ben, pero le había dicho que iba de compras y que era mejor que no la acompañara. Pensaba ir a comprar después de comer a pesar de que ya tenía todos los regalos de Navidad, porque era incapaz de mentirle a su marido, pero aun así se sentía culpable por no haberle contado toda la verdad.

—He quedado con un joven —le dijo a su nieta.

—¿Vas a ponerle los cuernos a Ben? —le preguntó Justine, en tono de broma.

Charlotte se echó a reír, y le dijo:

—Claro que no. Es el hijo de Ben, me llamó para invitarme a comer.

—¿Sin Ben?

—Sí. Me parece que quiere conocerme un poco mejor, pero... —vaciló por un instante, y al final añadió—: Seguramente no quiere ofender a su padre, porque me pidió que no le dijera que íbamos a vernos.

—¿Y tú accediste?

El tono de voz de su nieta hizo que Charlotte se sintiera como una colegiala desobediente, así que se puso un poco a la defensiva.

—Sí. David es un muchacho muy agradable, pero ha tenido un desacuerdo con su padre.

Ella no tenía la culpa, el desacuerdo se debía al dinero que David le había pedido a Ben. Recorrió el comedor con la mirada y le vio en una mesa junto a una de las ventanas que daban a la ensenada. Parecía pensativo, y tenía una bebida en la mano.

—Mira, allí está.

Justine frunció el ceño, pero no dijo nada y la condujo hacia la mesa. David se puso de pie al verlas llegar.

—Me alegro de verte, David —Charlotte le besó en la mejilla, y notó que el aliento le olía a alcohol. Retrocedió un poco y le presentó a su nieta–. Justine y su marido son los propietarios del Lighthouse, les va muy bien.

David le estrechó la mano a Justine, que se marchó para que disfrutaran de la comida. Charlotte no se molestó en abrir el menú, porque se lo sabía prácticamente de memoria.

Cuando se les acercó una camarera para preguntarles qué querían de beber, David pidió otro whisky de malta y ella optó por un té; en su opinión, era demasiado pronto para beber alcohol, pero sabía que no tenía derecho a inmiscuirse en lo que él hiciera.

La camarera les sirvió la bebida, y les tomó nota. Charlotte pidió un plato que se había incorporado recientemente al menú, la ensalada noroeste. Era una ensalada César con almejas salteadas, gambas, y vieiras. David se decidió por carne a la parrilla.

Charlotte se sirvió el té en la taza cuando la camarera se marchó, y se dio cuenta de que David ya había apurado su segunda copa y parecía listo para la tercera.

–Supongo que te preguntarás por qué quería hablar contigo, Charlotte –le dijo, mientras intentaba llamar la atención de la camarera. Al ver a Justine, levantó su vaso vacío para indicar que quería otro. Cuando la camarera se apresuró a acercarse, le dijo en tono de broma–: Me parece que mi whisky se ha evaporado.

A la mujer debieron de gustarle su buen humor y su físico atractivo, porque sonrió.

–Creo que sé por qué no querías que Ben viniera –le dijo Charlotte, mientras removía el té con la cuchara–. Querías tener la oportunidad de conocerme un poco mejor, ¿no?

–Por supuesto –la miró con una sonrisa deslumbrante, y añadió–: Eres la primera mujer que ha capturado el corazón de mi padre después de la muerte de mi madre.

–Yo fui viuda durante más de veinticinco años.

–Está claro que nunca se es demasiado viejo para enamorarse.

Charlotte no lo habría expresado así, pero asintió y le dijo:

—Amo a tu padre.

—Ya lo sé, se nota. Nunca le había visto tan feliz —la miró con otra sonrisa llena de calidez, pero entonces se puso serio y comentó—: Pero quería hablarte de algo más.

Charlotte tomó un trago de té. Justo cuando estaba a punto de responder, Justine llegó con la bebida de David.

—¿Va todo bien? —la pregunta era para los dos, pero miró a su abuela.

—Sí, todo perfecto.

Justine miró el vaso de whisky, y pareció dudar por un instante antes de marcharse de nuevo. Charlotte se volvió hacia David y vio que estaba ceñudo.

—¿Suele inmiscuirse en los asuntos de sus clientes? —era obvio que no le había hecho ninguna gracia la actitud de Justine.

—No, claro que no, sólo quería asegurarse de que el servicio era bueno. Seth y ella se esfuerzan por dar un buen trato a los clientes.

—Está claro que le preocupa que su querida abuelita no esté segura con un tipo que bebe un par de tragos.

—Estoy segura de que la has malinterpretado.

La expresión de David se volvió más ceñuda, pero de repente se relajó como por arte de magia.

—Tienes razón. Quería hablar contigo para poder conocerte mejor, Charlotte; por desgracia, no pudimos charlar demasiado en nuestro último encuentro.

—Disfruté mucho de la cena —había sido una de las mejores cenas que había comido en su vida, pero el hecho de que David se marchara de forma tan brusca al final había empañado la velada.

—Yo también, pero me sentí bastante incómodo.

Charlotte asintió. Tanto Ben como ella se habían sentido mal al ver que se marchaba de improviso.

—Quiero disculparme por mi comportamiento durante la cena, estaba... alterado.

—No te preocupes, te entiendo.

David bajó la mirada, y soltó un suspiro antes de decir:

—Aún no he conseguido el dinero que necesito. Creo que mi padre no es consciente de lo mucho que me costó pedirle ayuda, yo también tengo mi orgullo.

—Siento que tengas problemas, David.

—No hay nada peor que ser incapaz de cumplir con tus compromisos. Desde pequeño me enseñaron a ser responsable, y ahora estoy entre la espada y la pared.

—Es una situación muy difícil, ¿verdad? —ella había vivido con frugalidad durante toda su vida. No había gozado de demasiados caprichos, pero nunca le había faltado nada.

—Sí. Es increíble que mi vida se haya derrumbado por cinco mil míseros dólares.

A Charlotte no le parecía una cifra tan mísera, pero se limitó a decir:

—Seguro que sales de ésta.

—Esta vez no —la voz se le quebró un poco.

—¿Qué quieres decir? —le preguntó con ansiedad.

—Será mejor que no hablemos del tema, no quiero preocuparte con mis problemas. Eres una mujer dulce y amable, no quiero echar a perder la comida.

—Pero a lo mejor puedo ayudarte —no sabía qué podía hacer por él, pero a lo mejor...

—¿Estás dispuesta a ayudarme? —la miró con un alivio enorme.

—Sí, si puedo —empezó a ponerse un poco nerviosa al darse cuenta de que a lo mejor se había precipitado al hablar—. Podría hablar con tu padre...

—No. Me resultó muy duro acudir a él, pero lo hice y se negó a ayudarme. Sólo me queda mi orgullo, Charlotte. Mi padre sabe que estoy desesperado, pero le da igual. Nunca me ha ayudado... —vaciló por un instante—. Perdona, no tendría que haber dicho eso.

—No te preocupes —Charlotte sabía que aquello no era cierto. Ben le había contado que le había dejado dinero a su hijo en varias ocasiones a lo largo de los años, y que David nunca se lo había devuelto.

—Necesito cinco mil dólares, Charlotte.

—Es mucho dinero.

Él no la corrigió, a pesar de que minutos antes había comentado que era una suma irrisoria.

—Sí, pero te los devolvería con intereses. Es lo que le dije a mi padre, pero él no quiso saber nada de mí. Mi empresa me dará una paga extra en Navidad, será un cheque de cinco mil dólares por lo menos. Lo recibiré dentro de dos semanas, pero si mientras tanto no consigo algo de dinero... —se reclinó en la silla y suspiró con fuerza—. No sé lo que pasará.

—¿Dos semanas?

David se inclinó hacia delante y la miró esperanzado.

—Sí, sólo dos semanas.

—¿Por qué no le pides un préstamo a algún banco?

—Lo he intentado un montón de veces, pero no quieren ni hablar conmigo porque soy insolvente.

—Ah.

—Si me ayudaras, estaría en deuda contigo de por vida —apuró su vaso, y añadió—: Puede que incluso me salves la vida.

La camarera llegó en ese momento con la comida, pero Charlotte ya no tenía apetito. Le dio las gracias a la joven con una sonrisa, y agarró su taza de té mientras le daba vueltas al asunto.

—¿Por qué has dicho que puedo salvarte la vida?

David se volvió hacia la ventana, y fijó la mirada en la ensenada antes de decirle en voz baja:

—No quiero entrar en detalles médicos, es bastante complicado...

—Cuéntamelo, por favor.

—Necesito tanto el dinero que... me he planteado suicidarme.

Charlotte se llevó la mano al corazón y soltó una exclamación ahogada.

—Si no me operan...

—¿Necesitas el dinero para operarte?

—Sí. Tiene gracia, ¿verdad? Nadie me ha preguntado para qué quiero los cinco mil dólares. Mi padre cree que es para pagar deudas de juego... como siempre, piensa mal de mí.

—¿De qué tienen que operarte? —le costaba mucho asimilar todo aquello, estaba convencida de que Ben le habría dejado el dinero a su hijo si hubiera sabido para qué lo quería.

—No pienso rebajarme más entrando en detalles. Ya sabes cómo son los hospitales, quieren el dinero por adelantado antes de admitir a un paciente.

—Supongo que tienes un seguro médico, ¿no?

—Sí, pero es muy limitado y sólo cubre parte del coste. Necesito el dinero para pagar la diferencia.

—Tu padre querría ayudarte si supiera por qué estás tan desesperado por conseguir el préstamo.

Él sonrió como si sus palabras le hubieran hecho gracia, y le dijo:

—No conoces a mi padre tan bien como crees. Nunca he sido su favorito, y siempre ha tenido un mal concepto de mí. Supongo que le he dado razones de sobra, pero... nunca hemos tenido una relación demasiado buena.

Charlotte se dio cuenta de que los problemas que había entre Ben y su hijo eran mucho más complejos de lo que creía. Lo lamentaba por los dos, y teniendo en cuenta la desilusión que ella misma se había llevado con Will en los últimos años, entendía la situación más de lo que le gustaría.

—Papá se enfadaría si se enterara de que me has dejado el dinero... no puedo permitir que lo hagas, Charlotte.

—¿En serio?

—No quiero hacer nada que pueda perjudicar a vuestro matrimonio.

—No digas tonterías, Ben lo entenderá cuando le cuente lo que pasa; además, es mi dinero, así que puedo hacer lo que me dé la gana con él.

Sacó su chequera del bolso. Justo cuando acababa de escribir el cheque y estaba arrancándolo, Justine se acercó a la mesa y miró ceñuda a David.

—¡Abuela! ¿Qué estás haciendo?

—Me parece que esto no te incumbe —le espetó David, mientras alargaba la mano para agarrar el cheque.

Charlotte se lo dio, pero Justine se lo quitó de la mano y lo fulminó con la mirada al ver la cantidad.

—Devuélvemelo —le dijo David, antes de ponerse de pie de golpe.

En ese momento, Ben entró en el restaurante hecho una furia, y lo que pasó a continuación hizo que tanto Charlotte como su nieta se sintieran avergonzadas. Todo el mundo empezó a hablar a la vez, y se montó todo un espectáculo delante del resto de comensales; al final, Ben agarró a Charlotte del brazo y la sacó del local sin darle tiempo a protestar, con David pisándoles los talones.

—¿Cómo te has enterado de que estaba aquí? —Charlotte estaba mortificada. Justine había mandado a una de las camareras con su abrigo, así que se lo puso y se tapó bien.

—Justine me ha llamado.

—Cielos.

—Estaba preocupada, me ha dicho que David estaba bebiendo bastante. Como estaba claro para qué quería hablar contigo, le he dicho a tu nieta que te vigilara para controlar que no le dieras un cheque.

—Pero... ¡Ben, está enfermo! Necesita tratamiento médico.

Ben miró a su hijo con una expresión pétrea, y dijo con firmeza:

—Eso es mentira.

—Pero...

—Responsabilízate de tus actos por una vez en la vida, David. Dile la verdad a Charlotte.

Charlotte miró al hijo de Ben con los ojos como platos; al cabo de unos segundos llenos de tensión, David se encogió de hombros y dijo con calma:

—Tenía que intentarlo.
Se puso roja como un tomate al darse cuenta de lo crédula que había sido.
—Oh, Ben... perdona, lo siento tanto... —le dijo con voz queda.
—No es culpa tuya, cariño. Mi hijo es un manipulador nato que te ha mentido, igual que me mintió a mí durante años. Está dispuesto a hacer y a decir lo que sea con tal de conseguir dinero. Me avergüenza saber que es hijo mío, y aún más que te haya involucrado en todo esto.
—Me siento tan... tan tonta...
—No digas eso —no prestó ninguna atención a David, que se alejó de allí a toda prisa, y añadió—: Se ha aprovechado de que eres una persona buena y compasiva, ya está. Bueno, me dijiste que querías ir de compras, ¿no? Venga, vamos.
Le colocó bien la bufanda y la tomó de la mano.

CAPÍTULO 21

Cuando aún no se había recuperado de la desagradable escenita que acababa de vivir junto a su abuela, Justine vio entrar a Warren Saget; al parecer, la tarde iba de mal en peor, pero demostró lo buena anfitriona que era cuando se las ingenió para esbozar una sonrisa.

—Hola, Warren.

Agarró un menú y lo condujo hacia una mesa. Warren era contratista, y había salido con él durante varios años antes de casarse con Seth. Tenía casi veinte años más que ella y la había presionado para que se casara con él, pero en aquella época estaba convencida de que no quería tener ni un marido ni hijos; sin embargo, Seth y el amor que sentían el uno por el otro habían conseguido que cambiara de opinión. Su hijo de tres años era la alegría de su vida, y trabajar con Seth para sacar adelante el restaurante había sido y seguía siendo inmensamente satisfactorio.

—Estás tan guapa como siempre —le dijo él, mientras se sentaba en la silla junto a la ventana. Justine le había dado una de las mejores mesas del restaurante.

—Gracias.

Cuando ella dejó el menú sobre la mesa, Warren le cubrió la mano con la suya y le dijo:

—Quédate unos minutos conmigo.

—No puedo.

—Claro que puedes. No hay demasiada gente, son cerca de las dos y media y la hora punta de las comidas ha pasado. Hace meses que no hablamos —bajó la voz al añadir—: Hubo un tiempo en que me amabas, Justine.

Eso mismo había creído ella, pero Seth le había enseñado lo que era el amor de verdad. Había acabado dándose cuenta de que lo que había sentido por Warren era una extraña mezcla de afecto y de pena. Él necesitaba ir con una mujer guapa del brazo a los eventos sociales por una cuestión de ego, pero todo era puro teatro. Ella se había sentido agradecida por su amabilidad, y durante un tiempo le había convenido aquella relación; además, él tenía un pequeño secreto, y ella no se lo había contado a nadie. Warren le había ofrecido matrimonio cuando se había sentido amenazado por la llegada de Seth, y ella había llegado a plantearse casarse con él porque se sentía incapaz de admitir lo profundo que era lo que sentía por Seth.

Había creído que así Seth la dejaría tranquila, y a pesar de que él había acabado haciéndolo, no se había liberado de él. Había sido incapaz de dejar de pensar en Seth Gunderson, no había podido escapar ni de él ni de lo que sentía por él. Cuando al final había accedido a casarse con él, lo había hecho convencida de que estaba tomando la decisión correcta.

—Siéntate conmigo, por favor. Sólo por unos minutos —Warren la miró con expresión implorante.

Justine se sentó vacilante, pero después de la mañana que había tenido, le iría bien tomarse un pequeño descanso. No estaba acostumbrada a tratar con hombres como David Rhodes, y a pesar de que se sentía un poco culpable por llamar a Ben, no había podido tolerar que alguien intentara manipular así a su abuela.

—De acuerdo.

—Gracias —Warren se levantó y apartó la otra silla para que se sentara. A pesar de que tenía asuntos de negocios bastante turbios, sus modales siempre habían sido impecables.

Cuando una camarera se les acercó a preguntarles lo que querían de beber, él pidió vino para los dos.

—No puedo...

—Me parece que necesitas relajarte un poco, Justine.

A veces, parecía que Warren sabía con una exactitud pasmosa lo que ella sentía, aunque en otras ocasiones podía ser increíblemente insensible. Justine decidió disfrutar del momento.

Cuando llegó el chardonnay, no pudo evitar relajarse y tomar un trago. Era uno de esos días en que un buen vaso de vino en medio de la jornada era justo lo que necesitaba.

—¿Cómo estás? —le preguntó él, mientras se reclinaba en la silla.

—Muy bien.

Él soltó un suspiro, y apartó la mirada antes de preguntarle:

—¿Eres feliz?

—Sí, mucho.

—Seth y tú habéis hecho un trabajo fantástico con el restaurante —comentó, mientras recorría el local con la mirada.

—Gracias.

Nadie sabía cuánto se esforzaban por sacar adelante el negocio. Seth trabajaba a menudo quince horas al día, y ella hacía de maître y se encargaba de la contabilidad. El Lighthouse exigía la atención a todos los detalles. Aquella misma mañana, Seth había estado recogiendo la basura y las colillas del aparcamiento, y después había tenido que limpiar el interceptor de grasa de la cocina. No eran tareas demasiado agradables. La gente veía el glamour, pero no se daba cuenta de lo duro que era dirigir un negocio de éxito. Casi siempre estaba exhausta cuando iba a recoger a Leif a la guardería, y le preocupaba que su hijo estuviera criándose con desconocidos. Tanto Seth como ella querían tener otro hijo, pero él consideraba que no era el momento adecuado y ella tenía miedo de no poder encontrar nunca el momento oportuno. A pesar del cariño que le tenía al restaurante, el trabajo estaba acaparando sus vidas.

—Estás ceñuda —le dijo Warren.

—¿En serio? —soltó una carcajada para intentar restarle importancia al asunto.

Él se inclinó hacia delante y la tomó de la mano.

—No hace falta fingir. Quiero recuperarte, Justine.

Se sintió conmovida al ver que parecía muy sincero, así que le dijo con voz suave:

—Estoy casada.

—Pero no eres feliz.

—Claro que lo soy, lo que pasa es que Seth tiene que trabajar mucho —ella también, pero no lo mencionó—. Tengo un buen matrimonio, y adoro a mi marido y a mi hijo.

Warren bajó la mirada hasta su menú, pero era obvio que no estaba leyéndolo.

—No sabes lo difícil que es vivir en la misma ciudad que tú, verte casi a diario. Estoy destrozado, Justine. Teníamos algo especial que no he vuelto a encontrar con nadie.

Ella no estaba al tanto de lo que él hacía o dejaba de hacer, pero tenía la sensación de que había estado con bastantes mujeres durante los últimos años; al parecer, las jóvenes no le duraban demasiado.

—Ya es demasiado tarde.

—Me niego a creerlo, Justine.

—Warren...

Él alzó la mirada, y miró por encima del hombro. Su expresión se ensombreció al ver que Seth se acercaba a la mesa.

—Hola, Seth. Warren me ha invitado a charlar un rato —la incomodaba un poco que su marido la hubiera pillado hablando con un ex.

Seth le echó una mirada a los vasos de vino, y entonces miró a Warren con una sonrisa relajada.

—¿Qué tal estás, Warren?

—Solo —le contestó, antes de mirar a Justine.

Ella tragó al sentirse más incómoda que nunca, y Seth posó una mano en su hombro antes de preguntar:

—¿Ha venido Susan a tomarte nota?

—No.

—Te recomiendo las ostras gratinadas, es el plato especial del día.

—No le gustan las ostras —en cuanto las palabras salieron de su boca, Justine supo que tendría que haberse quedado callada; a juzgar por la expresión de Seth, era obvio que no le hacía ninguna gracia que le recordara la relación que ella había mantenido en otro tiempo con Warren.

—¿Podrías venir a verme cuando estés libre? —cuando ella asintió, Seth fue hacia el pequeño despacho que tenía detrás de la mesa del maître.

—Tengo que volver al trabajo, Warren —le dijo, mientras se ponía de pie.

—Seth no te merece, yo te trataría como una reina si volvieras conmigo.

Justine ni siquiera se molestó en contestar. A pesar de lo cansada que estaba y del exceso de trabajo, era feliz, y sabía que Seth sentía lo mismo. Los dos estaban decididos a conseguir que el restaurante siguiera funcionando, tenían que amortizar la inversión y devolverle al padre de Seth el dinero que les había prestado.

—Las circunstancias cambian, Justine. Cuando estés lista, estaré esperándote. No te arrepentirás.

Ella no le hizo ni caso y fue a ver a su marido.

—¿Qué querías decirme? —le preguntó, al entrar en el despacho.

—¿Qué quería Warren? —le dijo, ceñudo.

—Nada en concreto, saludarme —contuvo las ganas de pedirle que no se enfadara. Tomar un vaso de vino con un viejo amigo carecía de importancia, Warren ya no significaba nada para ella y Seth no tenía de qué preocuparse.

Él se quedó mirándola durante un largo momento, y al final suspiró y le dijo:

—Supongo que he sido un poco maleducado con él... y contigo.

En vez de contradecirlo, rodeó la mesa y se sentó en su regazo; después de rodearle el cuello con los brazos, apoyó la cabeza en su hombro y le dijo:

—Te amo a ti, Seth.

—Ya lo sé —le dio un beso en la coronilla, y añadió—: Soy un tonto celoso.

—Necesitamos unas vacaciones.

—Pues vamos a tardar bastante en poder darnos ese lujo —le dijo él, con una carcajada.

Justine sabía que tenía razón, pero no necesitaba que se lo recordara.

—Oye, ¿qué ha pasado antes? He visto a tu abuela y a Ben saliendo del restaurante, seguidos de un tipo más joven que se ha largado a toda velocidad.

—Era el hijo de Ben, y no vas a creerte lo que ha pasado —le contó que le había quitado el cheque de las manos a David, y cuando terminó, se sorprendió al darse cuenta de que su marido estaba sonriendo—. ¿Te parece divertido que un tipo haya intentado robarle cinco mil dólares a mi abuela?

—Claro que no. Lo que me parece divertido es que David Rhodes se largó del aparcamiento a cien por hora, y que poco después vi que un coche patrulla iba tras él con las sirenas puestas.

Parecía un final adecuado para la visita de David.

CAPÍTULO 22

Corrie estaba bastante inquieta desde que había llegado el centro de flores en Acción de Gracias. Por primera vez desde que habían empezado a recibir los mensajes anónimos, empezaba a sospechar quién era el responsable; hasta el momento, todos los mensajes estaban dirigidos a Roy, pero estaba casi convencida de que ella también estaba relacionada en el asunto.

La persona en cuestión no tenía nada que ver con el pasado de Roy en el cuerpo de policía, estaba vinculada tanto con él como con ella. Por culpa de la situación, era incapaz de disfrutar del espíritu navideño, pero estaba esforzándose por el bien de Roy y de Linnette. El árbol ya estaba puesto, habían decorado la casa, había preparado las galletas preferidas de Roy, y les había dado caramelos de dulce de leche a Linnette y a Mack.

El sábado por la tarde, su marido estaba leyendo el periódico al mismo tiempo que veía la tele. Era una habilidad que ella no compartía. Se acercó a él, y le preguntó:

–¿Te apetece ir al cine? –no habían hecho planes para el fin de semana, y Roy no tenía que trabajar.

–No.

–¿Quieres que invitemos a cenar a los Beldon? –no le apetecía cocinar, pero necesitaba entretenerse con algo para evitar hundirse en un abismo de recuerdos.

—Es un poco tarde, ¿no? —Roy bajó el periódico y la miró.

—Sí, supongo que sí.

—Hay algo que te preocupa, ¿verdad? —le dijo, mientras dejaba el periódico a un lado.

Ella asintió, pero no supo cómo contarle sus sospechas. Cuando su marido se levantó y abrió los brazos, fue hacia él de inmediato, y suspiró de placer al sentir que la abrazaba con fuerza; al cabo de unos segundos, se sentaron en el sofá. No recordaba la última vez que habían estado así, sentados muy juntos y disfrutando el uno del otro. Siempre estaban muy ocupados, y a pesar de que debería estar satisfecha desde que Linnette se había mudado a la ciudad, había algo que empañaba su felicidad.

—¿Estás preocupada por lo de los anónimos? —le preguntó él.

—Un poco... he estado dándole vueltas a una cosa. Ya sé que prometimos no volver a hablar del tema, pero crees que... sería posible que...

—No —lo dijo con voz acerada, brusca.

—Pero...

—Tú misma has dicho que prometimos no volver a hablar del tema, y no lo hemos hecho. No es la persona que crees, así que olvídate de esa idea.

—¿Estás seguro?

—No, pero fue hace muchos años.

—Sí, ya lo sé —sintió una oleada de tristeza, y se acurrucó aún más contra su marido. Por mucho que Roy no quisiera hablar del tema, no podía evitar recordar. Había intentado olvidarlo durante años y lo había logrado en parte, pero los recuerdos habían resurgido con fuerza y no podía quitárselos de la cabeza.

—Anda, vamos al cine —se puso de pie, y tiró de ella para que se levantara también.

—Vale.

Corrie fue a por su abrigo, y al regresar a la sala de estar vio que su marido también estaba listo. Fueron al multicine de seis salas de la ciudad, y como no se habían molestado en comprobar los horarios, eligieron una película que iba a empezar en media hora.

El cine estaba lleno hasta los topes, y había colas muy largas tanto en las taquillas como en los puestos de venta de refrescos y palomitas; al parecer, la ciudad entera estaba allí.

—¡Mira, Roy! —le dijo en voz baja, mientras hacían cola para comprar palomitas—. Grace Sherman y Cliff Harding están aquí, detrás de nosotros —al ver que su marido no mostraba demasiado interés, añadió—: Es todo un notición, creía que se habían separado —lo tomó del brazo y se inclinó más hacia él, para evitar que la oyera alguien.

—¿Estaban casados? —era obvio que estaba sorprendido.

—No, pero casi —le dio un codazo por ser tan obtuso—. Todo el mundo creía que Cliff iba a regalarle un anillo de compromiso, pero cortaron de repente y nadie sabe por qué.

—Cambiarían de opinión, no tiene nada de raro.

—Es verdad, a nosotros nos pasó.

A juzgar por cómo la miró, no le hizo ninguna gracia que se lo recordara.

—Espero que hayan vuelto —añadió ella en voz baja.

Cuando les tocó el turno y compraron los refrescos y las palomitas, tuvieron oportunidad de saludar a Cliff y a Grace, y descubrieron que iban a ver la misma película.

—Habíamos quedado con Jack y Olivia, pero al final no han podido venir. A Jack le ha salido un imprevisto en el periódico —les dijo Grace.

—Bueno, nos vemos dentro —dijo Roy, mientras pagaba a la dependienta. Corrie sujetaba las palomitas y una bebida.

—Guardadnos un par de asientos si podéis —le dijo Cliff.

—Vale —Roy se metió la cartera en el bolsillo y agarró su bebida.

La película debía de tener buenas críticas, porque la sala estaba llenándose a toda velocidad. Encontraron sitio en el fondo, pero no vieron cuatro butacas libres juntas por ninguna parte. Faltaba una semana para Navidad, y era obvio que la gente quería pasar una tarde de relax para descansar del ritmo frenético de los preparativos.

Cuando Grace y Cliff entraron en la sala, Corrie les indicó las dos butacas libres que tenía delante.

—No hemos encontrado otra cosa —les dijo Roy.

—Creía que no habría ni una butaca libre, gracias —le contestó Cliff.

Roy colocó las palomitas entre su butaca y la de Corrie, y las compartieron mientras empezaban los anuncios. Al ver que Grace apoyaba la cabeza en el hombro de Cliff en un gesto lleno de ternura, no pudo evitar sentirse conmovida. Roy y ella habían estado igual de acaramelados cuando se habían reconciliado.

Lo había conocido en su primer año de universidad, se habían enamorado de inmediato, y al poco tiempo eran inseparables. Roy era una estrella del deporte, el *quarterback* del equipo de rugby de la universidad. Era un héroe en el campus, todas las chicas estaban locas por él, y los chicos lo admiraban. Incluso se comentaba que podía dar el salto a la liga profesional. Era un joven muy prometedor y con muchas perspectivas de futuro.

Habían roto cuando ella se había enterado de que estaba viéndose con otra chica. Se había quedado destrozada. Él siempre le había jurado que nunca se había acostado con la otra, le había asegurado que uno de sus amigos la había engañado con una patraña sin base alguna. Ella estaba convencida de que estaba siendo sincero, pero en aquel entonces Roy soportaba mucha presión y le había dejado claro que no tenía tiempo para ella en medio de la temporada de rugby, cuando ella había intentado hablar con él de un tema importante.

Lo que había querido decirle, lo que él no se había molestado en escuchar, era que estaba embarazada.

Se había sentido sola y rechazada, sin saber qué hacer, y

al final se había refugiado en sus padres, que la habían apoyado de forma incondicional. Al final del semestre, habían ido a buscarla a Washington y se había ido con ellos.

No había vuelto a ponerse en contacto con Roy, consideraba que él ya no formaba parte de su vida. Había regresado a su casa de Oregón sin contarles a sus amistades por qué había decidido dejar los estudios, y había asistido a varias sesiones de asesoramiento junto a sus padres. Juntos, como una familia, habían decidido que era mejor que diera a su bebé en adopción, pero había sido la decisión más difícil de toda su vida.

Su madre había estado junto a ella durante el parto. No había querido saber si era un niño o una niña, por miedo a imaginárselo o imaginársela creciendo. Firmar los documentos de la adopción ya era bastante doloroso, era más fácil afrontar todo aquello sin saber nada de su bebé.

Había regresado a la universidad en septiembre del año siguiente, pero para entonces era una persona diferente. Sus amigos le parecían infantiles y superficiales, y nada le parecía igual. Se limitó a estudiar duro sin relacionarse con los demás, y estaba preparada mentalmente para ver a Roy por el campus.

La había tomado por sorpresa que él fuera a buscarla. En su tercer año de estudios, él se había sentado junto a ella en la biblioteca y le había preguntado si podían hablar; a pesar de todo el tiempo que había pasado, de todo lo que había sucedido, seguía amándolo. Habían sido unos tontos inmaduros, pero los dos habían cambiado. Aquella tarde, habían hablado durante horas.

Roy se dio cuenta de que ella había cambiado, y le aseguró que él tampoco era el mismo; al parecer, un deportista nuevo le había quitado el puesto de *quarterback*, y de la noche a la mañana había pasado de estrella a segundón. Había sido muy duro para él al principio, pero se había recuperado al cabo de un par de meses. Ella había dado por hecho que Roy ya no formaba parte de su vida, no esperaba volver con él.

Le contó lo del embarazo cuando él le compró un anillo de compromiso. Al principio se había mostrado incrédulo, después se había enfadado, y finalmente había parecido abrumado por una tristeza enorme. Había llorado con ella, y entonces la había abrazado con fuerza y le había suplicado que le perdonara.

Corrie era consciente de que él había ido a hablar con sus padres, pero no tenía ni idea de lo que les había dicho; en cualquier caso, le habían dado la bienvenida a la familia cuando ella había aceptado su anillo de compromiso. En la noche de bodas, habían prometido no volver a hablar jamás del bebé, pero ella había empezado a preguntarse si el hijo que había dado en adopción era la persona misteriosa que estaba enviándoles los anónimos.

—¿Estás dormida? —le preguntó él en voz baja.

—No, estaba pensando.

Cliff Harding estaba roncando. Se despertó sobresaltado cuando Grace le dio un codazo y pareció esforzarse por centrarse en la película, pero al cabo de diez minutos estaba roncando de nuevo. Al cabo de un rato, Grace se levantó y se lo llevó de la sala; mientras iban hacia la puerta, miró a Corrie y a Roy con una sonrisa de disculpa.

Corrie tampoco estaba centrada en la película, porque no podía dejar de pensar en el hijo al que nunca había conocido... el hijo al que había dado en adopción.

CAPÍTULO 23

—Voy a pedir pastel de queso —comentó Grace, mientras Olivia y ella se sentaban en una de las mesas del Pancake Palace.

Al salir de la clase de aeróbic, habían decidido ir a tomar algo, y no iba a conformarse con una espuma de coco. Estaba molesta y contrariada, y era obvio que Olivia se sentía igual.

—Sí, yo también —dijo su amiga.

—Tú primera.

Eran amigas desde la escuela primaria, y seguían siendo como hermanas. Apenas tenía secretos con ella, y sabía que Olivia confiaba en ella por completo. La amistad que las unía era muy especial.

—Es Jack, ¿te sorprende? —le dijo Olivia.

—No.

Goldie, su camarera preferida, se les acercó con una jarra de café descafeinado.

—¿Lo de siempre? —les preguntó, mientras les llenaba las tazas.

Olivia y Grace eran de costumbres fijas. Los miércoles por la tarde iban a clase de aeróbic, y después iban a tomar café y dulces al Pancake Palace.

Al ver que las dos vacilaban, Goldie comentó:

—Esta semana tenemos pudin de frutas.
—No, gracias —le dijo Olivia.
—Espuma de coco —Grace se enfadó un poco consigo misma por ser incapaz de desviarse de lo habitual. Si era incapaz de hacer un cambio tan pequeño, ¿cómo iba a ingeniárselas para aceptar uno realmente significativo?

La camarera regresó casi de inmediato con su espuma de coco y con el merengue de limón que había pedido Olivia.

—¿Estás enfadada con Jack?

—Sí. Por el amor de Dios, apenas le veo. Me puse hecha una furia cuando canceló lo del cine. No sabes las ganas que tenía de que saliéramos los cuatro juntos, casi nunca lo hacemos.

—Sí, fue una pena.

Era increíble que estuvieran tan desesperadas por ir al cine y salir a cenar, que una velada así fuera el momento álgido de la época navideña para las dos.

—¿Te lo pasaste bien con Cliff? —le preguntó Olivia.

—Ya hablaremos de eso más tarde, acaba de contarme lo que te pasó con Jack —se quedó de piedra al ver que los ojos de su amiga se llenaban de lágrimas.

—Aquella noche tuvimos una discusión bastante fuerte. Jack llegó a casa después de medianoche... bueno, llegó a eso de las diez, pero era muy tarde. Se pasó todo el día trabajando, parece que el periódico es lo único que le importa. Vive por y para el trabajo, y no lo soporto —se secó las lágrimas con brusquedad, y añadió—: Perdona que me ponga así, pero es que la situación cada vez va a peor.

—No estarás pensando en... —Grace fue incapaz de mencionar un posible divorcio.

—No, pero las cosas tienen que cambiar. Jack trabaja demasiado, se hincha a comida basura, y no hace ejercicio. Si sigue así, acabará mal —bajó la mirada antes de añadir—: Él se lo toma a broma. El otro día, me dijo que lo que yo echaría más de menos si se moría era tener sexo de forma regular.

—Los hombres siempre piensan en lo mismo.

—Me ha dicho que tendrá un horario más relajado después de primeros de año, pero no es la primera vez que me promete algo así. No quiero que ese dichoso periódico acabe con él.

—Te quiere mucho, Olivia.

—Ya lo sé, yo también le quiero. Le he comprado una cinta andadora como regalo de Navidad.

—Genial, puede que así pille la indirecta.

—No sé, es bastante testarudo.

—Todos los hombres lo son —Grace no pudo contener una sonrisa.

Olivia sonrió también, y comió un poco de merengue antes de decir:

—Bueno, ya basta de hablar de mí. ¿Cómo te va con Cliff?

—Se quedó dormido durante la película, tuve que despertarlo cuando se puso a roncar —al ver que su amiga se echaba a reír, le dijo indignada—: Olivia Lockhart Griffin, no tiene ninguna gracia —cuando Olivia consiguió recuperar la seriedad, añadió—: Empezó a roncar otra vez al cabo de diez minutos, así que me harté y nos fuimos del cine.

Olivia debería sentirse agradecida por haberse perdido la velada. Cliff se había pasado el día trabajando en el rancho, así que estaba exhausto y un poco malhumorado. Al salir del cine habían ido a cenar, y había sido un desastre.

—Me sentí tan decepcionada, que tuve ganas de echarme a llorar.

—¿Qué les pasa a nuestros hombres? —dijo su amiga.

—No lo sé, pero estoy harta. Es como si estuviera casada, pero sin ninguna de las ventajas.

—¿Te refieres al sexo?

—Aunque seas mi mejor amiga, no pienso contarte los detalles de mi vida sexual.

—En otras palabras: no tienes vida sexual.

—En otras palabras: tienes razón.

Se echaron a reír, y Grace se sintió un poco mejor. Faltaban cuatro días para Navidad, y en teoría iba a pasar la Nochebuena con sus hijas y el día de Navidad con Cliff, pero estaba replanteándose lo de ir al rancho.

—¿Qué vamos a hacer? —le preguntó Olivia—. No puedo obligar a Jack a que use la cinta andadora, ni evitar que se zampe hamburguesas dobles con queso.

—Y yo no puedo obligar a Cliff a que me ame.

Olivia la miró boquiabierta y se apresuró a decirle:

—Cliff está loco por ti, Grace.

Eso era lo que ella creía antes, pero últimamente ya no estaba tan segura.

—Nos lo pasamos muy bien en Acción de Gracias, pero las cosas se han enfriado. Tengo la impresión de que estar conmigo es una carga para él, que se sintió obligado a salir conmigo el sábado. Yo lo pasé fatal, y seguro que él tampoco se lo pasó bien.

—¿Qué piensas hacer?

—Ojalá lo supiera.

—Prométeme que no harás nada hasta después de Navidad, Grace.

—Tengo muy claro lo que va a pasar: llegaré al rancho al mediodía, prepararé la comida, y entonces me pondré a hacer punto mientras él se queda dormido delante de la tele —lavaría los platos, le daría un beso de despedida sin despertarlo, y se marcharía sin más. Quizá sería mejor que se quedara en casa con Buttercup y Sherlock, sus mascotas solían hacerle más compañía que él—. Me llamará al día siguiente para disculparse, y todo empezará otra vez.

—Lo que Cliff necesita es que le des un buen empujón.

—Eso suena un poco bestia, Olivia.

—Sientes que estás casada pero sin las ventajas del matrimonio, ¿no? Pues dile que quieres casarte con él.

—¿Crees que debería declararme?

—Sí, seguro que así se despierta de golpe.

—Estás diciéndome que debería obligarle a tomar una decisión... asumir un compromiso.

No le costó imaginarse la cara que pondría Cliff, pero a lo mejor Olivia tenía razón. Ya era hora de asumir un compromiso o de cortar de raíz, pero no sabía si tendría el valor suficiente para darle un ultimátum así.

—¿Qué te parece la idea? —le preguntó Olivia.

—No lo sé.

—Tienes que hacer algo —le dijo su amiga con firmeza, antes de comerse el último trozo de merengue.

Grace era consciente de que tenía que tomar una resolución, pero una propuesta de matrimonio le parecía algo bastante drástico.

—Tengo miedo —admitió al fin.

—¿De qué?

Dejó a un lado el tenedor, tomó un trago de café, y volvió a bajar la taza antes de contestar.

—No lo sé —no era del todo cierto, claro que lo sabía. Tenía miedo de que Cliff le dijera que no pensaba casarse con ella.

—¿Estás bien?, te has quedado muy pálida —Olivia alargó el brazo por encima de la mesa, y la tomó de la mano.

Grace consiguió esbozar una pequeña sonrisa, y le dijo:

—Aún estoy esperando a que el dulce me haga efecto.

—¿Vas a hacerlo?

Respiró hondo antes de contestar.

—Sí, creo que sí. Quiero saber de una vez por todas cuáles son las intenciones de Cliff.

CAPÍTULO 24

El día de Navidad por la mañana, Maryellen se despertó en el refugio cálido y cómodo de su cama, rodeada por los brazos de su marido. Soltó un suspiro de placer, y se giró hacia él.

–Feliz Navidad –le dijo con voz suave.

Él estaba apoyado en un codo, observándola, y la miró con ojos llenos de amor mientras se inclinaba y la besaba en la frente.

–Feliz Navidad. ¿Cómo estás?

–Aún no lo sé.

Alzó una mano con cuidado, y esperó durante unos segundos. Todo parecía estar en orden. No sintió náuseas, era una buena señal. Aquel embarazo no era tan difícil como el anterior, el que había acabado malográndose. En esa ocasión también sufría algunas náuseas matutinas, pero no eran tan fuertes.

Jon seguía preocupado, creía que había sido un error que hubiera vuelto a quedarse embarazada tan pronto, pero eso ya era irrelevante. Ella no le había mentido en ningún momento, él sabía que no estaban usando ningún método anticonceptivo y que tarde o temprano acabaría quedándose en estado, pero ninguno de los dos esperaba que sucediera tan pronto.

Al enterarse de que estaba embarazada, se había sentido sorprendida y llena de felicidad. Quería que Katie tuviera un hermano o una hermana cuanto antes, porque iba camino de los cuarenta años.

—Katie está dormida —le dijo su marido.

—No me extraña.

Habían pasado la Nochebuena junto a su madre en casa de Kelly y Paul, y Katie y Tyler no habían parado de jugar. Los niños habían disfrutado de lo lindo correteando alrededor del árbol de Navidad, y sus risas habían inundado la casa. Se habían quedado hasta bastante tarde, y Katie estaba tan entusiasmada, que para cuando se había quedado dormida ya era casi medianoche.

—Estoy pensando que tenemos una hora para nosotros solos —le dijo Jon en voz baja, mientras deslizaba la mano hasta sus pechos. Presionó su erección contra ella, y la besó con una pasión que revelaba cuánto la deseaba—. Es el momento perfecto para iniciar una nueva tradición navideña, ¿verdad?

—Parece una idea interesante —se sentía llena de felicidad. Amaba a aquel hombre con toda su alma, y sabía que si le hubiera dejado escapar también se habría perdido a sí misma, a la mujer que estaba destinada a llegar a ser.

Al cabo de una hora, estaban en la sala de estar tomando café, mirando por una de las ventanas con vistas a Seattle. Aún estaba oscuro, así que se veían las luces de la ciudad en la distancia.

Cuando él le pasó un brazo por los hombros, le preguntó:

—¿Crees que deberíamos despertar a Katie?

—Si lo hacemos, me parece que vamos a arrepentirnos.

Su marido tenía razón. La niña solía despertarse bastante malhumorada, sobre todo si se había acostado tarde; además, se sentía en el séptimo cielo al poder disfrutar de aquel momento a solas con su marido, y quería alargarlo todo lo posible.

—Vamos a abrir los regalos —había aprovechado la paga de Navidad que le habían dado en la galería de arte para comprarle a Jon una cámara digital de última generación. Él le tenía echado el ojo a aquel modelo desde hacía meses, pero no había querido gastarse tanto dinero. Como sabía la ilusión que le haría, estaba entusiasmada por haber podido comprársela.

—Tú primera —Jon se acercó al árbol, y agarró un paquetito que estaba colgado de una de las ramas.

Maryellen lo había visto, pero no lo había tocado. Su mayor preocupación había sido mantener a Katie alejada de los regalos.

—Dicen que el tamaño no importa —le dijo, en tono de broma. Como tenían un presupuesto limitado, no esperaba nada caro, pero su sonrisa se desvaneció cuando lo desenvolvió y vio la cajita de una joyería.

—Ábrelo.

Su marido no sonreía demasiado a menudo, pero el brillo de sus ojos y la curvatura de sus labios revelaban lo entusiasmado que estaba al verla abrir su regalo.

Maryellen soltó una exclamación ahogada cuando abrió la caja y vio un anillo de boda con un diamante de un quilate por lo menos. Los ojos se le inundaron de lágrimas, y se quedó sin palabras. Cuando se habían casado, sólo habían podido permitirse unas alianzas muy sencillas de oro, y en ningún momento había insinuado siquiera que le gustaría tener un diamante. Le había dicho a Jon que él era su joya, y que el amor que sentían el uno por el otro valía más que cualquier anillo.

—Di algo, Maryellen. ¿Te gusta? Lo puedes descambiar... —le dijo él con ansiedad.

—Me encanta —se abrazó a su cuello, y se echó a llorar—. ¿Cómo has podido comprarlo? —estaba segura de que no lo había comprado a plazos. Jon gestionaba muy bien el dinero, y siempre pagaba en metálico; de hecho, la casa no estaba hipotecada gracias a que él había ido pagando por cada sección conforme había ido construyéndolas. Aún no había acabado, pero sólo era cuestión de tiempo.

–He ido ahorrando durante todo el año –le secó las lágrimas con los pulgares, y añadió–: Siempre quise comprarte un diamante, pero cuando nos casamos no tenía suficiente dinero.

Maryellen sacó el anillo de la caja y se lo puso en el dedo. Encajaba a la perfección. Le miró sonriente, y le besó con ternura antes de decirle en un susurro lo mucho que le amaba. Alzó la mano para contemplar el anillo, y el diamante resplandeció bajo la luz.

–Me encanta, Jon. Te adoro.

–Y yo a ti.

–Venga, te toca –cuando sacó el regalo de detrás del árbol, otro paquete bastante grande cayó hacia delante.

–¿De quién es eso? –le preguntó él, a pesar de que ya debía de haberlo adivinado.

Maryellen suspiró con resignación, porque no quería que nada estropeara aquellas fiestas, y al final admitió:

–Llegó la semana pasada desde Oregón.

El paquete había llegado a la galería de arte, y estaba dirigido a los tres. En la parte superior ponía *NO ABRIR HASTA NAVIDAD* en letras enormes. Lo había llevado a casa sin decirle nada a Jon, y lo había escondido detrás del árbol.

–Abre tu regalo –le dijo, para intentar distraerle.

–¿Cuándo llegó eso? –le preguntó él con sequedad.

–La semana pasada.

–No me lo habías dicho.

Maryellen se sentó en una silla, y lo miró con expresión suplicante.

–Por favor, Jon... Katie es su única nieta, la adoran y quieren formar parte de su vida. Has dejado muy clara tu opinión, pero tu hija se merece conocer a sus abuelos.

Él hizo ademán de protestar, pero al cabo de unos segundos asintió.

—Venga, abre tu regalo —Maryellen le dio el paquete.
Él se apresuró a abrirlo, y se quedó boquiabierto al ver la cámara. La miró con los ojos como platos, y dijo:
—No puede ser...
—Claro que sí —estaba encantada al ver su reacción.
—Pero si no podemos permitírnosla...
—La he comprado con mi paga extra.
—Ese dinero era para ti, para que compraras lo que te diera la gana.
—Y es lo que he hecho. Llevabas seis meses loco por tenerla, y estaba deseando comprártela.
Jon se arrodilló delante de ella, enmarcó su rostro entre las manos, y la besó antes de decirle:
—Gracias.
—Es la mejor Navidad de mi vida —le dijo, mientras se abrazaba a su cuello. Tenía a Jon y a Katie, y otra vida creciendo en su interior que era la prueba palpable del amor que se profesaban su marido y ella.
Al oír a Katie, Jon la besó en la mejilla y se apresuró a subir a por la niña. Mientras él la arreglaba, Maryellen empezó a prepararle a la pequeña el habitual zumo de naranja de las mañanas.
Disfrutaron de lo lindo abriendo los regalos con la niña. Katie quería jugar con todo, examinar a fondo cada juguete, y parecía igual de fascinada con el papel de envolver, así que el proceso duró horas. Ya eran las dos de la tarde y el pavo estaba en el horno cuando llegaron al último regalo... el paquete que había llegado de Oregón.
Como Katie no parecía demasiado convencida con aquel paquete que no estaba envuelto en un papel festivo, Maryellen le echó una mano. Jon se limitó a observarlas desde la puerta de la cocina, como si quisiera mantenerse bien lejos del regalo que había mandado su familia.
El paquete contenía tres regalos envueltos: uno para Katie, otro para Jon, y otro para ella. Se sentó en cuclillas y alzó la mirada hacia él.

—¿Qué pasa?

En vez de contestar, Maryellen se volvió hacia la niña y le dio su regalo.

—Ten, Katie.

El paquete de la pequeña contenía un vestido blanco hecho a mano con un lazo de satén rosa. Era una prenda preciosa, y era obvio que tejerlo había requerido mucho tiempo y esfuerzo.

Katie estaba más interesada en los juguetes, así que volvió a centrarse de inmediato en el rompecabezas de madera que le habían comprado. Parecía decidida a encajar las piezas en los huecos correspondientes.

—Voy a abrir el mío —dijo Maryellen. Su regalo también estaba hecho a mano, era un poncho beis de lana—. ¡Jon, mira lo que me ha hecho Ellen!

Él no contestó. Cuando ella se lo puso para que se lo viera puesto, se limitó a asentir y regresó a la cocina; al parecer, había algo allí que requería su atención inmediata.

Maryellen dejó encima de la mesa el regalo que estaba dirigido a él, para que lo abriera si quería. El paquete siguió allí durante todo el día. Cuando estaba leyendo en la cama, se dio cuenta de que su marido tardaba bastante en subir a acostarse. Katie ya estaba dormida, y ella tenía que ir a trabajar a la mañana siguiente.

Salió del dormitorio, y al asomarse por la escalera le vio sentado en el sofá, con la mirada fija en el regalo; al cabo de unos minutos, agarró el paquete y lo abrió. Era un paso hacia delante, porque Jon había rechazado hasta el momento todos los intentos de acercamiento de su familia.

Maryellen se dio cuenta de que estaba presenciando un momento muy importante, y se cubrió la boca con la mano. No se quedó a ver lo que había recibido su marido, volvió a la cama con sigilo y se limitó a esperarle.

Jon tardó bastante en subir. Cuando se metió en la cama, ella había apagado la luz y estaba tumbada de costado, medio dormida. Cuando la abrazó por detrás y posó la palma de la mano sobre su vientre, ella se la cubrió con la suya.

—¿Estás despierta?

Suspiró adormilada, pero al ver lo callado y quieto que estaba, le preguntó:

—¿Estás bien?

—No lo sé —le dijo él, con voz ronca—. Mi padre es un malnacido. Me mandó a la cárcel aunque sabía que yo era inocente, y ahora... ahora, va y me regala una caña de pescar.

Maryellen se tumbó de espaldas para poder mirarle a la cara, y vio que tenía los ojos llorosos. Posó una mano en su mejilla, y le besó con ternura. No sabía qué más hacer para reconfortarlo.

—Solía llevarme a pescar cuando yo era pequeño, son los recuerdos más felices que tengo de mi niñez... cuando salía de pesca con él.

Maryellen cerró los ojos y lo abrazó con fuerza. Tenía la impresión de que Joseph Bowman había encontrado la única forma de conseguir un acercamiento con su hijo.

C A P Í T U L O **25**

Cecilia sabía que no iba a ser nada fácil pasar aquel día de Navidad sin Ian, pero a pesar de que despertó bastante melancólica, se propuso disfrutar en la medida de lo posible.

—El año que viene, tu papá estará con nosotros —le dijo a su hijo, mientras se frotaba el vientre.

En cuanto se vistió, encendió el ordenador y le escribió a su marido un largo mensaje en el que le enviaba todo su amor. Intentó darle la impresión de que estaba feliz y tranquila, y tuvo que esforzarse por lograr el tono adecuado. Si sonaba demasiado alegre, Ian creería que no le echaba de menos, pero si parecía deprimida y triste, él se preocuparía de inmediato. Tardó casi una hora en redactar el mensaje, y acabó mencionando que había quedado con Cathy y Carol, y que había invitado a Rachel Pendergast también.

Tenía un pequeño árbol de Navidad junto a la ventana, y había colocado los regalos debajo. Ian le había encargado a su madre que le enviara por correo un colgante de oro precioso, lo había abierto en cuanto había llegado. Sus suegros le habían regalado un chal en un suave tono verde, y su madre le había mandado un pequeño paquete lleno de cosas, casi todas para el bebé.

La había llamado aquella mañana para desearle feliz Navidad, y su madre le había dicho que no iba a poder asistir al parto. Acababa de casarse por tercera vez, y había aprovechado para la luna de miel todos los días de vacaciones que le pertenecían. Habían hablado durante media hora, y al colgar se había sentido un poco ambivalente: por un lado, lamentaba que su madre no pudiera estar con ella, pero por el otro, se alegraba de verla tan feliz y esperaba conocer pronto a su nuevo marido; además, se las arreglaría bien sola cuando llegara el momento de dar a luz, tenía el apoyo de sus amigas.

Fue a comer a casa de Cathy Lackney, y al llegar vio el coche de Carol Greendale aparcado en la calle. Durante mucho tiempo había sido incapaz de mirar a Amanda, la hija de Carol, porque la pequeña había nacido en el mismo mes que Allison y al verla sentía un dolor insoportable. Con el tiempo había ido superándolo, y ya sólo sentía una pequeña punzada de dolor al verla.

—Feliz Navidad —dijo, al entrar en la casa. Llevaba un recipiente con la ensalada de pasta con pollo que su madre solía hacer por aquellas fechas, y que era su preferida; además, llevaba también una bolsa con paquetes. Habían acordado intercambiar regalos, pero que no costaran más de diez dólares.

—Feliz Navidad —le dijo Cathy desde la cocina. Llevaba una diadema con una cornamenta de reno y cascabeles que tintineaban cuando caminaba. Andy, su hijo, estaba jugando con Amanda en la sala de estar—. El pavo está cocinándose. Si el horno aguanta, comeremos dentro de tres horas.

—¿Qué pasa? —le preguntó Carol. Llevaba un jersey rojo con un estampado de árboles de Navidad en negro, amarillo y verde.

—Que se me olvidó limpiar el horno después de Acción de Gracias, y ha empezado a salir humo en cuanto lo he encendido —le dijo Cathy.

—¡Mamá ha hecho que saltara la alarma! —exclamó Andy.

Carol la miró boquiabierta, y le preguntó:

—¿Y qué has hecho?

—¿A ti qué te parece? —le dijo Cathy, sonriente—. He metido el pavo en el horno, y he cerrado la puerta; al final, la alarma antiincendios ha dejado de sonar.

Cecilia se echó a reír, y comentó:

—Es justo lo que yo habría hecho.

—Ni hablar —le dijo Cathy—. Tú habrías tenido el horno impoluto, así que no habría pasado nada. Yo sólo cocino cuando no tengo más remedio, y en las fiestas.

A pesar de que lo que acababa de decir su amiga era verdad, Cecilia se negó a admitirlo. Lo cierto era que le gustaba tener la casa limpia, y se enorgullecía de sus habilidades domésticas.

—Rachel Pendergast va a venir —comentó.

Se había alegrado mucho cuando su nueva amiga había accedido a ir a comer. Había llegado a conocerla bastante bien, y tanto Cathy como Carol habían accedido encantadas a invitarla a aquella reunión navideña, a pesar de que no estaba casada con un miembro de la Armada; al fin y al cabo, Nate Olsen era amigo de sus maridos.

—Genial. Cuantas más, mejor —le dijo Cathy.

Al oír que llamaban a la puerta, Carol fue a abrir. Rachel entró en la casa con la nariz enrojecida por el frío, llevaba una fuente con ensaladilla rusa y una bolsa con regalos.

—Feliz Navidad. No llego tarde, ¿verdad?

—No, claro que no —Cecilia se acercó a saludarla, y se dieron un abrazo.

Después de colgar el abrigo en el perchero que había junto a la puerta principal, Rachel fue a dejar los regalos debajo del árbol.

—Me he entretenido más de lo previsto en casa de Bruce —comentó, mientras le echaba una ojeada a su reloj de pulsera.

Cecilia creyó que estaba hablando de un hermano o de algún familiar, pero entonces recordó que era su amigo viudo.

—Jolene no quería que me fuera —añadió Rachel.

Cathy sacó una jarra de ponche, y se sentaron en la sala de estar para abrir los regalos. Cecilia había comprado un bote de crema hidratante para cada una, y rompecabezas para los niños. Rachel le regaló un pintauñas en un tono festivo, Carol un libro, y Cathy un marco de fotos decorado con grabados de patucos, chupetes y todo tipo de cosas típicas de bebés. Era obvio que se había pasado del precio límite. Se le llenaron los ojos de lágrimas, y se volvió a mirarla.

—Gracias —le dijo en voz baja.

Los niños se fueron al dormitorio poco después, y Amanda insistió en jugar a las casitas.

—Voy a prepararte la comida —le dijo a Andy.

El niño no parecía demasiado convencido, y le preguntó:

—¿Va a saltar otra vez la alarma?

—¿Quiénes son Bruce y Jolene?, me parece que me he perdido algo —le dijo Carol a Rachel.

—Bruce es... un amigo viudo. Jolene es su hija, tiene nueve años. Su madre murió cuando tenía cinco. Una vez, me dijo que quería que yo me casara con su padre.

—¿Cómo reaccionó él? —le preguntó Cathy.

—Fue una situación bastante incómoda para los dos. Bruce y yo nos vemos de vez en cuando, pero por hacernos compañía; por ejemplo, me pidió que le acompañara a hacer las compras de Navidad.

Cathy intercambió una mirada con Cecilia, y dijo:

—¿Sabe Nate que estás viéndote con otro hombre?

—Sabe que Bruce sólo es un amigo; técnicamente, sólo he salido dos veces con Nate, y... hemos seguido en contacto.

Cecilia sabía que mantenían un contacto diario desde que había enseñado a Rachel a conectarse a Internet y a usar el correo electrónico; de hecho, Ian había mencionado recientemente que Nate estaba mucho más contento desde que podía comunicarse con Rachel mediante el ordenador.

—Nate me ha regalado un ordenador —comentó Rachel con timidez—. Le dije que era demasiado, pero se negó a aceptar mi negativa.

—Vaya —dijo Cathy.

—Puede permitírselo, su familia está forrada —comentó Carol.

Las tres se quedaron mirándola sorprendidas, y Cecilia le preguntó al fin:

—¿Qué quieres decir?

—Estamos hablando de Nate Olsen, ¿no? —Carol se volvió hacia Rachel, y cuando ésta asintió, dijo—: Exacto, y su padre es Nathaniel Olsen.

Cecilia no reconoció el nombre, y se dio cuenta de que las demás parecían igual de perdidas que ella.

—¿Quién es? —dijo Cathy.

—Un congresista de Pensilvania —Carol las miró una a una, y les preguntó—: ¿De verdad que no lo sabíais?

Rachel parecía atónita. Estaba claro que no entendía nada de nada.

—Pues... no, Nate no me había dicho que su familia estaba metida en política.

—Estamos hablando de gente con un montón de dinero —Carol estaba disfrutando de su papel de experta—. No sé de dónde procedía la fortuna inicial, seguramente de las minas de carbón, pero están forrados y al padre le gusta alardear de los millones que tiene.

—Nate es un marinero más —comentó Cecilia. Si su padre era tan influyente, seguro que habría podido conseguir un cargo de oficial.

—Sí, se ve que discutió con su padre hace unos años; según tengo entendido, dejó los estudios y se alistó en la Armada —le dijo Carol.

—¿Cómo sabes tanto sobre él?

—Porque soy de Pensilvania. Allí fue todo un notición, y su padre aprovechó la situación al máximo. Hizo alarde del patriotismo de su familia en época de elecciones.

—Seguro que a Nate no le hizo ninguna gracia —comentó Rachel con voz suave.

—Eso está claro, me parece que apenas tiene contacto con él.

—Imagínate lo que diría si se enterara de que su hijo está saliendo con una peluquera... —Rachel había empalidecido de golpe.

Ninguna supo qué decir; al cabo de unos segundos, Cecilia comentó:

—Me parece que Nate tiene las ideas muy claras. Fue él el que te invitó a salir, ¿no?

—Fui yo la que pujó por él en la subasta, Cecilia.

—Vale, pero los dos os sentisteis atraídos el uno por el otro.

—A Nate no le importa que trabajes en un salón de belleza —le dijo Cathy—. Además, ¿qué tiene de malo? Carol y yo nos pusimos como locas cuando nos enteramos de que sabías cortar el pelo, llevamos buscando una buena peluquera desde que nos vinimos a vivir a Cedar Cove. Y encima sabes hacer la manicura.

Rachel se relajó un poco, y comentó:

—Me gustaría que Nate me hubiera dicho lo de su familia.

—A lo mejor está esperando el momento oportuno —le dijo Cecilia.

Al verla tan incómoda, deseó que Carol no hubiera sacado el tema; de hecho, la misma Carol debía de estar pensando lo mismo, porque dijo:

—Seguro que Nate no te ha comprado el ordenador con el dinero de su familia, está claro que significas mucho para él.

Rachel se ruborizó, y comentó sonriente:

—Y él significa mucho para mí. No sé nada sobre su familia, pero hay algo que tengo muy claro: besa de maravilla.

—Venga ya, estoy segura de que mi Andrew besa mucho mejor que él —le dijo Cathy.

–Si vamos a ponernos a comparar... –empezó a decir Cecilia.

–Tranquilas, chicas –apostilló Carol, mientras agitaba los brazos–. Será mejor que cambiemos de conversación.

–¿Por qué? –le preguntó Cecilia.

Carol las miró una a una, y les dijo con expresión muy seria:

–¿Cuánto hace desde la última vez que alguna de nosotras tuvo relaciones sexuales?

Cathy y Cecilia se echaron a reír, y ésta última dijo:

–Demasiado tiempo.

CAPÍTULO 26

A Corrie le encantaban las rebajas de Acción de Gracias, pero también disfrutaba de lo lindo en las de después de Navidad; además, estaba encantada porque Peggy Beldon había accedido a ir de compras con ella. Habían tenido oportunidad de entablar una buena amistad durante el año anterior, mientras Roy investigaba el asesinato que se había cometido en la pensión que Peggy regentaba con su marido.

—Me encanta comprar papel de regalo con un setenta y cinco por ciento de descuento —le dijo Peggy, mientras metía seis rollos en el carro de la compra—. Bob siempre se queja, dice que no se ahorra dinero gastándolo.

—Roy dice lo mismo.

Hablaban de aquel tema cada vez que salían de compras juntas.

—Los hombres son muy poco razonables —dijo Peggy, mientras agarraba varias cajas de luces navideñas. Le enseñó una a Corrie, y añadió—: Mira esto... el año que viene, cuando Bob empiece a adornar la puerta de casa, se dará cuenta de que hay un montón de luces fundidas, porque no están diseñadas para durar más de un año. Estoy ahorrándole la molestia de tener que ir a comprar otras nuevas a última hora, pero, ¿crees que me lo agradecerá?

—Claro que no.
—No nos valoran.
Se echaron a reír. Corrie se alegraba de tener una amiga con la que poder compartir aquel sentido del humor, aquellos pequeños detalles de la vida cotidiana. Era algo que había echado de menos cuando se había mudado a Cedar Cove, pero le costaba bastante hacer amistades. A Linnette le pasaba lo mismo, y por eso se alegraba de que hubiera conocido a Gloria; gracias a su vecina, Linnette se había aclimatado más fácilmente a la vida en una ciudad pequeña.

Cuando llenaron los carros, fueron a pagar; después de meterlo todo en el coche, Peggy sugirió que podían ir a comer.

—Tenemos derecho a gastar parte del dinero que hemos ahorrado —comentó.

—Claro que sí. Hace bastante que no voy al D.D.'s, ¿te apetece que vayamos?

—Perfecto.

Al cabo de un cuarto de hora, estaban sentadas en una mesa con vistas al puerto. Las decoraciones navideñas aún estaban puestas, pero las quitarían a primeros de enero. La ciudad parecería un poco tristona, el invierno era muy lluvioso en aquella zona del noroeste del Pacífico. Era la época del año que menos le gustaba a Corrie.

Las dos pidieron té y tostadas de cangrejo. Mientras esperaban a que llegara la comida, Peggy la sorprendió al preguntarle:

—¿Habéis recibido alguna postal extraña por Navidad?

Los Beldon habían ido a cenar a su casa la noche que alguien había dejado una cesta de fruta delante de la puerta. Tanto Peggy como Linnette sabían lo de los anónimos, pero que Corrie supiera, nadie más de la ciudad estaba al tanto de la situación.

—El veinticuatro recibimos una postal navideña anónima —admitió a regañadientes. No quería hablar del tema, pero necesitaba desahogarse con alguien.

–¿Tienes idea de quién os está mandando todos esos mensajes?

Corrie sintió que se le formaba un nudo en la garganta, y tuvo que tragar con fuerza antes de poder articular palabra.

–No, no tengo ni idea –consiguió decir al fin, con voz queda. No dejaba de darle vueltas al asunto desde que había hablado con Roy del bebé que había dado en adopción. Él se había mostrado inflexible, y había insistido en que habían prometido no volver a hablar del tema.

Peggy era una mujer muy considerada. La miró con preocupación y le dijo:

–Corrie, si prefieres que no hablemos del tema...

–Es que... no puedo. He intentado hablar con Roy, pero no me escucha. He pensado en algo que pasó hace mucho tiempo, y él prefiere dejarlo en el pasado –al darse cuenta de que ya había dicho demasiado, añadió–: A lo mejor tiene razón.

–Vale, dejemos el tema.

–Sí, será lo mejor –Corrie tomó un poco de té.

–¿Puedo hacerte una pregunta? Ya sé que no tendría que hacerlo, pero la curiosidad me puede. ¿Había algún mensaje en la postal navideña?

Corrie no pudo contener una pequeña sonrisa antes de contestar.

–Sólo ponía «Feliz Navidad», nada críptico.

–Ninguno de los mensajes ha sido amenazador, ¿verdad? –Peggy se apresuró a alzar una mano–. No me contestes, hemos dicho que íbamos a cambiar de tema.

En ese momento, la camarera llegó con la comida. Se trataba de una mezcla caliente de cangrejo y queso sobre unas tostadas de pan. Aquel plato era una de las especialidades de la casa, y a Corrie le encantaba. Se preguntó por qué había pasado tanto tiempo sin ir a comer allí, y se dio cuenta de que se debía en gran parte al horario de trabajo de Linnette. Les gustaba salir a comer juntas, pero su hija cambiaba de turno cada semana, y...

En ese momento, vio a la vecina de Linnette en el restaurante, en una mesa al fondo del local. Al darse cuenta de que estaba con Chad Timmons, dejó a un lado el tenedor y susurró:

—Oh, no...

—¿Qué pasa? —Peggy se giró para ver qué la había alarmado tanto.

—¿Ves a aquella pareja del fondo? —le preguntó en voz baja.

—Sí... es el doctor Timmons, ¿verdad? Bob y yo le conocimos en la inauguración de la clínica.

—Exacto. Y la mujer con la que está es la vecina de mi hija, Gloria no sé qué. No me acuerdo de su apellido —Corrie sintió que el corazón se le aceleraba por el nerviosismo que sentía—. Estoy muy contenta porque Linnette ha entablado una buena amistad con ella, tener una amiga es justo lo que necesita para integrarse en Cedar Cove.

—Sí, tienes razón.

—Pero a mi hija le gusta el doctor, no tiene ojos para nadie más.

—Te refieres a Cal Washburn, ¿no?

—Exacto —alzó un poco la voz sin querer, y varios comensales se volvieron a mirarla; por desgracia, también llamó la atención de las mesas del fondo. Se puso roja como un tomate, agachó la cabeza y se centró en su comida.

—La vecina de tu hija te ha visto —le dijo Peggy.

—Genial.

—¿Qué quieres hacer?

—Nada, no está viéndose con el doctor Timmons a escondidas; además, Linnette no tiene ningún derecho sobre él, la verdad es que me parece que está portándose como una tonta —lo que más la preocupaba era que la amistad que existía entre su hija y Gloria se viera amenazada por aquella situación, así que no pensaba contarle nada a Linnette.

—¿Qué pasó entre tu hija y el adiestrador de caballos?

—Le dijo que estaba interesada en otra persona.

–Qué lástima.
–Era ella la que tenía que tomar la decisión, pero me habría gustado que las cosas funcionaran entre ellos. Cal me cae muy bien.
–Sí, a mí también.
Estaban tan absortas en la conversación, que no se dieron cuenta de que Gloria se les acercaba.
–Hola, señora McAfee.
Corrie alzó la mirada, y sonrió para intentar ocultar su incomodidad.
–Eh... hola, Gloria. ¿Conoces a Peggy Beldon?
–No, me parece que no.
Las tres charlaron durante unos minutos, y Corrie se dio cuenta de que el doctor Timmons se había marchado.
–No quiero que se lleve una impresión equivocada –le dijo Gloria, tras un breve silencio–. No estoy saliendo con el doctor Timmons.
–Eso no es de mi incumbencia, Gloria –le dijo con sinceridad.
–Él quería preguntarme algo relacionado con mi trabajo de policía, y me invitó a comer. Acabé aceptando porque insistió bastante, pero sé lo que Linnette siente por él.
Seguro que media ciudad sabía lo que su hija sentía por aquel médico, porque no se había molestado en ocultar la atracción que sentía por él, pero Corrie estaba convencida de que Timmons ya la habría invitado a salir si estuviera interesado en ella. Era obvio que la que le gustaba no era Linnette, sino Gloria.
–Linnette es una buena amiga, no quiero hacer nada que pueda poner en peligro nuestra amistad –le dijo Gloria.
–Eres muy considerada, pero me parece que no tienes de qué preocuparte.
–Mis amigos son muy importantes para mí, y valoro mucho a Linnette.
Corrie rezó para que su hija supiera apreciar lo buena amiga que era su vecina.

Cuando Gloria se marchó después de despedirse de ellas, Peggy comentó:

—Es bastante agradable, ¿verdad?

—Sí.

—¿Has visto cómo se miraban el médico y ella?, he sentido la electricidad desde aquí.

Corrie frunció el ceño al darse cuenta de que la situación era incluso peor de lo que pensaba. Esperaba que Linnette recuperara la cordura, y se diera cuenta de que si seguía así iba a llevarse un doloroso desengaño.

CAPÍTULO 27

Grace Sherman se había planteado seriamente el consejo de Olivia, y había decidido aclarar las cosas con Cliff. Era hora de que aquella relación tan errática acabara de una vez por todas, necesitaba saber sin eran pareja o no, si sólo eran amigos o estaban a las puertas del matrimonio. La situación parecía variar de una cita a la otra.

En el fondo, estaba convencida de que Cliff la amaba, pero era obvio que él aún no sabía si podía confiar en ella, a pesar de todo lo que ella había hecho y dicho después de su relación cibernética con Will Jefferson; por su parte, no tenía ninguna duda de lo que sentía por Cliff, y quería casarse con él y vivir a su lado. Había visto lo mucho que habían cambiado tanto Olivia como Jack desde que estaban casados, y había decidido que, si Cliff la amaba, convendría con ella en que lo mejor era casarse. Tenía que saber si él era incapaz de dejar que la relación avanzara. Era consciente de que proponerle matrimonio era muy osado e incluso arriesgado, pero quería que Cliff le dijera de una vez por todas lo que sentía por ella y cuáles eran sus expectativas de futuro.

Como nunca antes le había pedido a un hombre que se casara con ella, no estaba demasiado segura de cómo hacerlo. Primero había pensado en invitarlo a cenar en un restaurante caro, como solía hacerse en las películas, pero a pesar de que tendrían el escenario romántico de rigor con champán y música clásica, carecerían de privacidad. Y si le llevaba al Lighthouse, por muy elegante que fuera, estaría rodeada de amistades y de vecinos durante uno de los momentos más íntimos de su vida.

De modo que la idea del restaurante estaba descartada, así que sólo le quedaba una opción... menos mal que era una buena cocinera. Disfrutaba con la elección de las recetas, yendo a comprar, y con la preparación en sí. Ni siquiera le molestaba lavar los platos. Se sentía cómoda en su cocina, así que invitó a cenar a Cliff el domingo para intentar empezar el año con buen pie.

—¿Por alguna razón en especial? —le preguntó él, cuando lo llamó al rancho. Parecía intuir que no era una invitación cualquiera.

—Es Año Nuevo.

No podía decirle que pensaba declararse. El gran momento llegaría cuando le sirviera su postre preferido, pastel de manzana casero con helado de vainilla. Aunque quizá debería hacerlo durante un romántico brindis con champán...

—Trato hecho.

Grace rezó para que se mostrara igual de receptivo cuando le preguntara si quería casarse con ella.

Como no quería dejar nada al azar, anotó lo que quería decirle. Iba a hacer un repaso de su relación, empezando por la época en que habían empezado a salir juntos. Se habían conocido tres años atrás, gracias a una confusión que había habido con una tarjeta de crédito. Le parecía increíble que hubiera pasado tanto tiempo. Después de treinta y cinco años de matrimonio con Dan, había dudado a la hora de iniciar una nueva relación, y en ciertos aspectos, aún seguía bastante insegura.

Cliff había sido muy dulce y considerado con ella. Después del funeral de Dan, ella se había derrumbado bajo el peso del dolor y la fatiga, y había sido él quien se había quedado a su lado, quien la había consolado, quien la había animado a que llorara por su marido. Aquel día no sólo había enterrado a Dan, también había dejado atrás todos los recuerdos... tanto los buenos como los malos. Cliff había estado junto a ella en todo momento, había sido su apoyo constante.

Se habían separado durante un tiempo, y a lo largo de aquellos meses largos y llenos de soledad se había dado cuenta de lo tonta que había sido, de cuánto le amaba. Lamentaba haberse equivocado, y había llegado el momento de saber si él podía perdonarla y centrarse en el futuro.

No escatimó esfuerzos a la hora de preparar la cena. Lo más sofisticado que se le ocurrió fue el solomillo Wellington, acompañado de espárragos frescos. También iba a preparar una ensalada de patata que había sacado de un canal de cocina, y que contenía verduras, queso azul y nueces. Se había gastado una tercera parte de su presupuesto mensual para comida, pero iba a valer la pena.

Había quedado con Cliff a las seis. Puso la mesa con la vajilla de su madre, la que usaba para las ocasiones especiales, y abrió el vino... un merlot francés que le habían recomendado... para dejar que respirara. Las velas estaban listas para que las encendiera.

—¿Qué te parece, Buttercup? —le preguntó a la perra, que estaba tumbada en el colchón que tenía en la cocina.

El animal movió la cola con entusiasmo, como si estuviera encantada con sus planes. Grace se metió la mano en el bolsillo del delantal, y acarició la media docena de tarjetas que había guardado allí. Eran su seguridad, sus talismanes. En ellas había escrito sus sentimientos... lo que sentía por Cliff, las esperanzas que tenía para los dos.

A las seis y diez, estaba mirando por una de las ventanas de la sala de estar, esperando a que él llegara. Sherlock, su gato, estaba tumbado en el respaldo del sofá, ajeno a su nerviosismo.

Empezó a mirar su reloj de pulsera cada medio minuto,

mientras se preguntaba a qué se debía aquel retraso; a las seis y veinticinco, estaba convencida de que había sufrido un accidente de camino a la ciudad. Las carreteras estaban cubiertas de hielo en invierno, a lo mejor su coche había patinado y había acabado en la cuneta.

A las seis y media, no pudo aguantar más y llamó al rancho. Fue Cal quien contestó.

—Hola, Grace —le dijo, claramente sorprendido.

—Siento molestarte, pero estoy preocupada por Cliff. Aún no ha llegado, ¿sabes a qué hora salió de ahí?

—Cliff está a... aquí.

—¿Aún no se ha ido? —se le cayó el alma a los pies.

—Te... ten, habla con él.

Sí, claro que iba a hablar con él.

—Hola, Grace... ¿la cena era hoy?

Cerró los ojos, y luchó por controlar su genio.

—¿Se te ha olvidado otra vez? —le preguntó, con voz muy suave.

—Eso me temo. Espero que no te hayas tomado muchas molestias...

—Pues sí que me las he tomado —contuvo las ganas de admitir que llevaba dos días cocinando, aunque quizá sería mejor decírselo—. ¿Cuándo pensabas que habíamos quedado?

—Creía que lo había anotado, pero supongo que no lo hice. Lo siento, ¿se ha echado a perder la cena?

Sí, y en más de un sentido.

—Sí, me parece que sí.

—Lo siento.

—¿Que lo sientes?, *¿que lo sientes?* ¡Eso no me sirve de nada!

—Estás enfadada, y...

—¿Que estoy enfadada?, ¿cómo lo has adivinado? —desde luego, aquel hombre era un lince.

—Voy ahora mismo, así podremos hablar.

—No te molestes, da igual... me da igual todo —como tenía miedo de echarse a llorar, colgó sin más.

Estaba tan furiosa, que no podía quedarse quieta, y se sintió un poco mejor cuando empezó a pasearse de un lado a otro. ¡A Cliff se le había olvidado que habían quedado para cenar en Año Nuevo! Era obvio que debía de haberle costado mucho. Ella había querido aclarar las cosas, y ya tenía una respuesta.

Se derrumbó en una silla, y se tapó la cara con las manos. Buttercup se sentó junto a ella y se quedó mirándola con una expresión lastimera, como si supiera cómo se sentía.

Volvió a enfadarse de nuevo, pero con Dan, el marido al que había enterrado. Detestaba todo aquello, no le gustaba vivir sola, no soportaba todos los ajustes que había tenido que aceptar al quedar viuda. Nunca habían tenido un matrimonio feliz del todo, pero se había conformado con lo que tenía. A lo largo de los años, había aprendido a lidiar con los cambios de humor de Dan, porque sabía que en el fondo él quería a sus hijas; en ese momento, habría dado lo que fuera con tal de recuperar a su marido, con tal de volver a la vida que había tenido antes de que él desapareciera durante un año... antes de descubrir que estaba muerto.

Al oír el timbre, fulminó la puerta con la mirada. Cliff había llegado a la ciudad en un tiempo récord... quizás era el momento de dejar las cosas claras, de hablar cara a cara, de acabar de una vez con aquella relación para que cada uno pudiera seguir con su propia vida.

Se sintió aliviada por haber sido capaz de contener las lágrimas, y fue a abrir; tal y como esperaba, se trataba de Cliff Harding.

—Vamos a hablar, Grace —la miró con expresión contrita, y se quitó el sombrero.

—Sí, será lo mejor —se apartó a un lado para dejarle pasar.

Al ver la vajilla de porcelana, las copas y las velas, Cliff respiró hondo y comentó:

—Está claro que he metido la pata hasta el fondo.

—Sí, pero la verdad es que me alegro —le dijo, antes de ir a la cocina.

Él la siguió y le preguntó:
—¿Por qué?
Grace sacó el solomillo del horno, y lo tiró sin contemplaciones a la basura. Buttercup la observó con atención, como pidiéndole que se lo diera a ella.
Cliff se agachó junto a la perra, y le dijo en voz baja:
—Me parece que soy yo el animal, Buttercup.
Grace alcanzó a oírlo, y no le hizo ninguna gracia.
—¿Vas a tirar algo más? La verdad es que todo tiene muy buena pinta, y es una lástima desperdiciarlo...
Ella se llevó una mano a la cadera, y le dijo con firmeza:
—No vas a engatusarme para que me olvide de lo que ha pasado, Cliff.
—Venga, Grace... sólo es una cena. Ya sé que he metido la pata, pero lo siento de verdad.
—Estás muy equivocado. No era sólo una cena, era mucho más —tenía un nudo en la garganta, y tuvo que tomarse unos minutos para contener las lágrimas antes de poder seguir hablando—. A lo mejor deberías sentarte para que te lo explique.
Él se sentó en el sofá, y ella optó por su silla preferida. Buttercup entró tras ellos en la sala de estar, pero pareció notar el ambiente tenso, porque se detuvo en seco y volvió a la cocina.
Grace tenía claro lo que quería decir, y respiró hondo mientras intentaba encontrar la forma de empezar. Las tarjetas que tenía en el bolsillo ya no le servían de nada.
—No sabes cuánto lo siento, Grace.
—Sí, ya lo sé. No quiero parecer indiferente, pero es que ya no aguanto más. No es la primera vez que se te olvida que has quedado conmigo, y creo que tu actitud demuestra a las claras lo que sientes de verdad.
—Tendría que haberlo anotado en mi calendario, no sé por qué no lo hice...
—Ya basta —no quería oír más excusas—. Esperaba mucho de esta cena, pero supongo que eso no es problema tuyo, sino mío.

—¿Qué quieres decir?

—Supongo que te hará mucha gracia... no debería decírtelo, pero había planeado servirte una cena especial para que todo fuera perfecto. Esperaba crear un ambiente agradable para poder... pedirte que te casaras conmigo.

Él la miró boquiabierto, y le preguntó:

—¿Pensabas... proponerme matrimonio?

—Es bastante gracioso, ¿verdad? Me he pasado dos días cocinando, con los nervios de punta, atenta a todos los detalles, practicando cómo decirle al hombre al que amo que quiero pasar el resto de mi vida a su lado. Esperaba que tú sintieras lo mismo, y que fijáramos una fecha para la boda —se le quebró la voz, y luchó por recuperar la compostura.

—Yo también te amo, Grace —le dijo él, en voz baja, mientras la miraba con ojos llenos de calidez.

Como tenía miedo de humillarse aún más, se secó las lágrimas que le corrían por las mejillas y le dijo:

—No te preocupes, no voy a proponerte nada —se sacó las tarjetas del bolsillo, y añadió—: Mira, hasta tomé notas por si me ponía demasiado nerviosa y no sabía qué decir. Qué gracioso, ¿no? No hacía falta hacer todo esto, era totalmente innecesario.

—No sé qué decir...

—No hace falta que digas nada —respiró hondo, y admitió—: Me he dado cuenta de una cosa... Dan y tú os parecéis más de lo que creía, él hacía lo mismo.

—¿También se le olvidaban las fechas?

—No, se las ingeniaba para dejarme claro lo que sentía sin necesidad de decir ni una sola palabra. Un asesor nos explicó una vez que es un comportamiento de agresión pasiva.

Cliff se tensó ante las implicaciones que tenían sus palabras y se apresuró a decirle:

—Yo no soy así.

—Te has olvidado varias veces de que habíamos quedado, cuando conseguimos salir juntos te quedas dormido en el cine, y cuando voy al rancho porque tú me has invitado, siempre tienes algo importante que hacer y no te queda tiempo de hablar conmigo. Sí, admito que aquel día tuviste una emergencia de verdad por lo de Midnight, pero, ¿qué pasa con los otros días? Con excepción del día de Acción de Gracias, parecía darte igual que yo estuviera allí. Vale, he captado el mensaje alto y claro. Es obvio que no me has perdonado, quizá nunca llegues a hacerlo —se puso de pie, y añadió—: Como tú no tienes el valor suficiente para hacer esto, voy a hacerlo yo. He sido sincera al decirte que te amo, pero, por el bien de los dos, lo nuestro se ha acabado.

Él la miró aturdido, y pareció quedarse sin palabras.

—No es una estratagema ni un juego, Cliff. Estoy convencida de que será mejor que no volvamos a vernos.

Él permaneció sentado durante unos segundos más, y al final le dijo con voz queda:

—No vas a cambiar de opinión te diga lo que te diga, ¿verdad? —al ver que ella hacía un gesto de negación con la cabeza, agarró su sombrero y se limitó a decir—: Ya veo.

—Te deseo lo mejor, Cliff —como él se limitó a asentir, le abrió la puerta principal y añadió—: Adiós.

Él pasó por su lado, pero se paró de repente y le acarició la mejilla con ternura. Grace cerró la puerta después de verle bajar los escalones del porche. Se estremeció al apoyarse contra la pared, y esperó a que el dolor remitiese un poco.

CAPÍTULO 28

A pesar de que Roy McAfee apenas hablaba del tema con su mujer, en el fondo sabía que ella tenía razón, estaba convencido de que la persona que les enviaba aquellos misteriosos mensajes era el hijo al que nunca habían llegado a conocer. Jamás se había olvidado de aquel bebé, el hecho de que tenía un tercer hijo siempre estaba presente en el fondo de su mente.

Años atrás, cuando Corrie le había dicho que había dado a luz a su bebé, se había quedado boquiabierto y a continuación se había puesto furioso. Después había sentido una tristeza avasalladora, y una profunda sensación de pérdida. En ese momento sentía el mismo vacío. Jamás había culpado a Corrie por lo que había sucedido, sabía que el culpable era él. Habían sido su falta de sensibilidad y su arrogancia las que habían desembocado en todo aquello, las que la habían obligado a tomar la decisión de entregar al niño en adopción.

Ella no había podido darle ningún detalle sobre el bebé, ni siquiera sabía si había sido niño o niña.

Recordó el año posterior a que ella cortara con él... le había dejado por culpa de un rumor relacionado con otra chica, y que sólo era verdad a medias. Había pensado que ella se lo perdía. Después había llegado su súbito declive, cuando los de la liga profesional habían perdido el interés en él y los cazatalentos habían dejado de llamarle. Se había dado un batacazo brutal y humillante.

Antes de la reconciliación, la había visto una vez en la biblioteca, y había recordado todas las cosas que le encantaban de ella... su honestidad, su calidez, su preciosa melena de color castaño oscuro que le llegaba a los hombros, sus besos...

Había regresado a la biblioteca al día siguiente para intentar volver a verla, y se había dicho que, si la veía allí dos días seguidos, lo consideraría una señal del destino.

A la misma hora del día anterior, la había visto yendo hacia la biblioteca con otra chica, y había tenido que hacer acopio de todo su valor para seguirla y llamarla. No sabía si ella había llegado a darse cuenta de lo mucho que le había costado dar aquel primer paso. Aquel día había puesto en juego todo el orgullo que le quedaba, pero habría valido la pena pagar cualquier precio con tal de recuperarla.

Era consciente de que era un hombre bastante difícil. Era testarudo, y jamás le había resultado fácil admitir que estaba equivocado.

Nunca olvidaría el día en que Corrie le había contado lo del bebé. Había tenido ganas de echarle en cara que se lo hubiera ocultado, porque consideraba que había tenido derecho a saber que estaba embarazada de su hijo; sin embargo, no había tardado en darse cuenta de que no la había dejado con demasiadas alternativas, y de que no habría sido lo bastante maduro como para enfrentarse a aquella situación.

A pesar de todo, sentía que se le partía el corazón al pensar que la había obligado a tomar sola unas decisiones tan importantes, y se sentía avergonzado al imaginarse lo que su familia y ella debían de haber soportado. La chica a la que amaba había dado a luz a su hijo sola, porque sabía que él habría sido incapaz de lidiar con un embarazo.

Corrie había cambiado después de dar a luz. Seguía tan

guapa como siempre, quizás incluso más, pero los cambios eran sutiles y no tenían que ver con su apariencia. Había madurado, estaba mucho más adelantada que él en ese aspecto. Al ver su dignidad y su madurez serena, había deseado más que nunca estar con ella.

Corrie no le había contado lo del bebé hasta que se habían comprometido. Antes solía preguntarse por qué había esperado tanto, pero al final había entendido que, si ella se lo hubiera dicho, jamás habría estado segura de si quería casarse con ella por amor o por pena y culpabilidad. El hecho de que hubiera esperado hasta estar segura del todo quizás había salvado su matrimonio.

Roy se reclinó en su silla, y apoyó los pies en la mesa. Siempre trabajaba mejor en aquella vieja silla, que era un recuerdo de sus días en la policía. El departamento había estado a punto de tirarla, pero él la había salvado de ir a parar a un depósito de chatarra al llevársela a casa. La tenía en su despacho desde entonces, a pesar de que Corrie no la soportaba y le había pedido una y otra vez que se deshiciera de ella.

La puerta principal se abrió y se cerró, y oyó la voz de Linnette.

—¿Papá?

—Estoy aquí —le dijo, mientras bajaba los pies al suelo.

Su hija entró en el despacho, y se sentó con pesadez en la silla que había delante de la mesa.

—¿Dónde está mamá?

—Me parece que se ha tomado más tiempo que de costumbre para comer, supongo que eso me pasa por contratar a alguien de la familia —le dijo, en tono de broma.

—Vaya —Linnette parecía estar a punto de echarse a llorar.

—¿Tienes que hablar con ella?

—Sí. Papá... ¿siempre estuviste enamorado de ella?, ¿dudaste alguna vez de lo que sentías por mamá?

—Sí, claro —le sorprendió un poco que le preguntara aquello, porque estaba bastante relacionado con el tema sobre el que había estado pensando–. De hecho, me pasó justo el otro día –añadió, para intentar quitarle un poco de hierro al asunto. No se le daba demasiado bien dar consejos, ésa era la especialidad de Corrie.

–Hablo en serio, papá.

–Sí, ya lo sé. ¿Tienes problemas de pareja?

–Metí la pata.

Roy lamentaba no poder ayudar a su hija, pero no se sentía cómodo hablando de aquello con ella.

–Será mejor que hables con tu madre.

–No está aquí, y tú sí.

–En otras palabras, te conformas conmigo, ¿no?

–Más o menos –le dijo ella, con una pequeña sonrisa.

–De acuerdo, cuéntame lo que te pasa.

Linnette se quitó los guantes, y se levantó para hacer lo propio con el abrigo.

–Hice algo de lo que me arrepiento, papá –le dijo, sin andarse por las ramas.

–¿El qué?

–Mamá me compró una cita con un hombre en la subasta de perros y solteros del verano pasado. Se llama Cal, es adiestrador de caballos. Salí con él porque ella me presionó. La verdad es que no me apetecía, pero acabé cediendo.

–¿Lo pasaste tan mal?

–Qué va, disfruté mucho de la cena y volví a quedar con él. Me lo pasé incluso mejor, pero entonces me besó, y...

–Espera, no quiero que me lo cuentes. Seguro que me dan ganas de machacarle los dientes de un puñetazo.

Linnette esbozó una sonrisa y comentó:

–Eres todo un padrazo.

–Lo siento, no puedo evitarlo. Eres mi niñita.

–No soy una niña, papá.

–Cuando tengas hijos, me entenderás –le dijo, antes de indicarle con un gesto que continuara.

–Me gustó mucho el beso de Cal... no te preocupes, no

voy a entrar en detalles. Sólo quiero decir que me asusté cuando me besó.

Roy se puso alerta de inmediato, y le preguntó:

—¿Intentó hacer algo indebido?

—Claro que no, no es que me asustara... me estoy explicando mal. Lo que quiero decir es que sabía que querría volver a salir con él si seguía besándome, y no podía permitirlo, porque había alguien que me gustaba más.

—Mmmm... —fue el comentario más profundo que pudo hacer. Estaba costándole un poco seguir la explicación de su hija... le gustaba el adiestrador de caballos, pero al mismo tiempo no le gustaba; además, ¿quién era el otro tipo en el que estaba interesada?

—Quería estar disponible para Chad, no quería desviarme del camino que me había trazado.

Vale, empezaba a entenderlo... más o menos.

—¿Chad es el médico?

—Sí. El problema es que no funcionó.

—¿Qué quieres decir? ¿El médico no está interesado, o no has podido dejar de pensar en Cal?

—Las dos cosas. Pero fui muy grosera con Cal, y no puedo dejar de preguntarme lo que habría pasado si hubiéramos seguido viéndonos. A lo mejor he dejado escapar a un hombre fantástico.

—¿Y qué pasa con Chad? —necesitaba que le proporcionara todos los datos de forma lógica.

—No ha habido ninguna novedad. Es atractivo y sofisticado, y tiempo atrás habría dado lo que fuera con tal de salir con él, pero no me lo ha pedido. ¿Sabes qué? Que me da igual, porque ya no siento nada por él. El que me interesa ahora es Cal, pero no sé lo que debería hacer.

De acuerdo, el médico estaba descartado, pero Roy no tenía ni idea de lo que tenía que decir. Era un cero a la izquierda a la hora de dar consejos sobre cuestiones sentimentales.

—No sé si olvidarme del tema, o llamar a Cal para pedirle perdón. ¿Qué opinas?

Buena pregunta.

—¿Que qué opino? No sé si sabes que tu madre y yo cortamos después de estar saliendo durante un tiempo... volvimos a encontrarnos año y pico después, y siempre tuve la impresión de que el destino volvió a ponerla en mi camino aquel día.

—En otras palabras... volveré a ver a Cal si es lo que tiene que pasar, ¿no?

—Sí, algo así.

Después de pensar en ello durante un largo momento, Linnette se puso de pie y agarró su abrigo.

—Gracias, papá.

—De nada —se reclinó en la silla, volvió a poner los pies sobre la mesa, y cruzó los tobillos—. ¿Tienes algún problema más que quieras que resuelva?

—No, esta tarde no. Dile a mamá que he venido, ¿vale?

—Vale.

Cuando su hija se marchó, empezó a quedarse dormido, pero de repente la puerta se abrió y Corrie entró a toda velocidad. En cuanto la vio, se apresuró a bajar los pies y le preguntó:

—¿Qué pasa, Corrie?

Ella se sentó en la silla en la que poco antes había estado Linnette, y lo miró con los ojos inundados de lágrimas.

—He... —tragó saliva mientras jugueteaba con un pañuelo.

—Dime.

—Te negaste a escucharme. No quisiste plantearte lo que te dije, así que decidí actuar por mi cuenta.

Estaba tan pálida, que de repente se sintió aterrado.

—¿Qué has hecho? —le preguntó, ceñudo.

—No eres el único de la familia que sabe investigar, tengo mis propias fuentes.

—¿Qué es lo que has hecho, Corrie?

Ella le miró a los ojos, y le dijo:

—Tuvimos una hija, Roy. Di a luz a una niña.

Roy rodeó la mesa, posó una mano en su hombro, y se inclinó hacia delante; sintió un amor tan intenso cuando la miró a los ojos, que la necesidad de acercarse a ella era casi tangible.

—Ya lo sé —le dijo en voz baja.

—¿Lo sabes?

—Sí, yo también estuve investigando.

CAPÍTULO **29**

Rachel intentó dejar de pensar en lo que Carol Greendale le había contado en Navidad, pero no podía. Nate era hijo de un poderoso político de la Costa Este, así que sería una ilusa si creía que su relación con él tenía algún futuro. Cuanto antes se desligara de él, mejor, así que le había enviado un correo electrónico firme pero muy educado y desde entonces no había vuelto a encender el ordenador.

Cuando Bruce la llamó el viernes por la tarde al salón de belleza para invitarla a salir, estuvo a punto de decirle que no, porque no estaba de humor para ser sociable, pero la verdad era que no salía demasiado a menudo y solía pasárselo bien con él.

—¿Qué te apetece hacer?

—No sé —tampoco parecía demasiado entusiasmado.

Ella estaba medio convencida de que la llamaba porque era la única mujer a la que conocía, pero en el fondo sabía que no era cierto. Bruce conocía a muchas mujeres, pero seguramente tenía miedo de que alguna soltera intentara atraparlo con un anillo de compromiso. Como con ella no tenía ese problema, se sentía seguro.

—¿Quieres que vayamos al cine? —le preguntó.

—Vale.

—¿Dónde vas a dejar a Jolene?

—En casa de una amiga.
—¿Cena?

Ya ni siquiera hablaban con frases completas. Eran como un viejo matrimonio que se entendía a la perfección con un código propio.

—Claro —le dijo él.
—¿Dónde?
—Taco Shack.
—¿Nos vemos allí?
—Vale. ¿A las seis?
—Genial.

Para cuando salió del salón y llegó al restaurante, Bruce ya estaba en una mesa. Aquel local solía estar bastante lleno los viernes por la noche, porque la comida era buena, abundante y además barata.

—Ya he pedido por ti —le dijo, al verla llegar.
—¿Cómo sabías lo que quería?
—Enchiladas de queso, es lo que pides siempre.
—¿En serio? —no se había dado cuenta; de hecho, cada vez que iba allí leía el menú que había colgado de una de las paredes, pero al parecer era más predecible de lo que creía.

Pidió una Coca-Cola light y él una botella de agua, y les sirvieron la cena al cabo de un par de minutos; al igual que ella, Bruce también pedía siempre lo mismo, así que la camarera colocó sin dudarlo las enchiladas de queso delante de ella y las de pollo delante de él.

Los dos agarraron sus respectivos tenedores a la vez, como si estuvieran sincronizados.

—¿Quieres que después veamos un DVD? —le preguntó ella, entre bocado y bocado.
—¿Qué pelis tienes?

Le enumeró varias que habían estado dando vueltas por el salón de belleza. Las chicas del Get Nailed tenían un sistema mucho mejor que el de la mayoría de videoclubes, y si una no devolvía a tiempo un DVD, las demás le daban la lata sin piedad. Ella había tomado prestadas varias para el fin de semana, un par de comedias y un drama.

—No he visto ninguna —le dijo él.

Se decidieron por una de las comedias, y comieron en silencio durante un par de minutos.

—¿Has sabido algo de tu pretendiente? —le preguntó él, antes de beber un trago de agua.

—Si te refieres a Nate... no, no he sabido nada de él.

—¿En serio?

—He cortado con él.

—Eso sí que es una novedad, ¿qué pasó?

—Nada.

—No me vengas con ésas. No me trago que le mandaras una carta de despedida por ninguna razón en especial, no es propio de ti.

—No fue por carta, le mandé un correo electrónico.

—Vale, un correo electrónico de despedida. Dime qué está pasando, Rachel.

Él tenía razón, no había tomado aquella decisión a la ligera. Se había pasado casi dos semanas dándole vueltas a la situación, y al final había llegado a la conclusión de que su relación con Nate no iba a funcionar.

—Preferiría no hablar del tema.

—Vale.

Como se había quedado sin apetito, jugueteó con la comida mientras Bruce terminaba de cenar.

—Estás bastante afectada, ¿verdad? —le preguntó, mientras apartaba a un lado su plato vacío.

Bruce estaba diciendo una obviedad; en opinión de Rachel, era una característica propia de los hombres. Como le resultaba imposible ocultar sus emociones, se limitó a asentir.

Cuando salieron del restaurante, Rachel puso rumbo a su casa de alquiler, y él la siguió en su coche; en cuanto entraron, lo primero que vio en el vestíbulo a oscuras fue la luz parpadeante del contestador automático, pero en vez de ir a comprobar los mensajes, encendió las luces, corrió las cortinas de la sala de estar y sacó la película que habían elegido.

Mientras Bruce metía el DVD en el reproductor, ella sirvió dos vasos de vino. Los dos preferían los tintos, en especial el merlot. Se sentó en el sofá con las piernas debajo del cuerpo, y él se colocó a su lado.

El teléfono empezó a sonar justo cuando acababan de empezar los anuncios previos a la película. Rachel suspiró al dejar el vino sobre la mesa baja, y fue a contestar. No esperaba ninguna llamada, pero era posible que Jolene estuviera intentando contactar con su padre.

Bruce le dio al botón de avance rápido del mando, y dejó el DVD en pausa justo al comienzo de la película.

—¿Diga?

—Hola Rachel, soy Nate.

—*¿Nate?*

Bruce la miró, y ella le dio la espalda de inmediato. Era incapaz de mirarle mientras estaba hablando con otro hombre. Se sintió culpable, aunque se dijo que su reacción era ilógica.

—Menos mal que te encuentro, llevo media hora intentando localizarte. Tendrías que llevar el móvil encendido.

—¿Has llamado para sermonearme?

—No, claro que no. Sólo quiero saber qué demonios está pasando, ¿por qué no contestas a mis mensajes electrónicos? —su voz sonaba con un poco de eco.

—Ya te he dicho todo lo necesario, creo que es mejor que cortemos.

—Vale, muy bien, pero como mínimo podrías decirme por qué.

Rachel no quería hablar del tema en ese momento, sobre todo con Bruce escuchándola.

—¿Hay alguien más? Es ese tal Bruce, ¿verdad?

—No.

—¿He hecho algo?

–No.
–¿Tengo que intentar adivinar lo que pasa, Rachel?
–No. Me he enterado de que eres hijo del congresista Olsen.
Él tardó unos segundos en contestar.
–¿Y eso es un problema?
–¡Sí, es un problema, y de los gordos! –quería que él entendiera lo mucho que la había impactado enterarse de aquello; además, si no era un problema, ¿por qué no se lo había contado él mismo?
–¿Es que eso cambia en algo quién soy?
–No –admitió a regañadientes.
–Entonces, no entiendo por qué crees que es un problema.
–Eres hijo de un congresista, y yo trabajo en un salón de belleza peinando y haciendo la manicura.
–¿Y qué tiene que ver eso?
–Si no lo sabes, no voy a poder explicártelo.
–Soy Nate Olsen, un subteniente de la Armada de los Estados Unidos. ¿Por qué no puedes aceptar sólo eso?
–Porque no.
–Eso no me dice nada.
–¿Por qué te alistaste?
Su pregunta pareció tomarlo por sorpresa.
–Porque quería demostrar algo.
–Estás haciendo lo mismo conmigo, ¿verdad? Estás utilizándome.
–No.
–Soy una piedra más que puedes lanzarle a tu padre, me imagino lo que pensaría si se enterara de mi existencia.
–Me da igual lo que piense.
–Pues a mí no.
–Entonces, no eres la mujer que creía.
Rachel se apoyó en la pared, y le dijo:
–No, supongo que no.
Al parecer, él no tenía nada más que decir, porque se

despidió de ella con voz suave y colgó. Rachel tardó un largo momento en dejar el teléfono en su sitio, y cuando se giró, vio a Bruce en la puerta.

—¿Estás bien? —le preguntó él.

Estuvo a punto de mentir, de quitarle importancia al asunto, pero fue incapaz de hacerlo.

—No, no estoy bien —admitió al final.

Cuando él la abrazó, apoyó la cabeza en su hombro.

CAPÍTULO 30

—¿Cuándo vas a empezar a usar la cinta andadora, Jack? —le dijo Olivia, mientras se sentaba en la cama. No le gustaba darle la lata, pero él había estado dándole largas al asunto desde que había abierto el regalo en Navidad. A pesar de que había intentado aparentar entusiasmo, era obvio que se había sentido desilusionado.

—Pronto —le dijo él, al salir del cuarto de baño en calzoncillos.

—Me prometiste que empezarías la semana pasada.

—Sí, ya lo sé —tenía la expresión resignada de un condenado que salía del juzgado para ir directo a la cárcel. Se animó de inmediato al decir—: No tengo nada que ponerme.

—Sabes que también te compré ropa de deporte, no me digas que se te había olvidado.

—No, no se me había olvidado, pero no me parece bien sudar con ropa nueva.

—Jack Griffin, es la excusa más ridícula que he oído en mi vida. Ya está bien, ponte a hacer ejercicio.

—¿Ahora? —le preguntó, horrorizado.

—¡Sí, ahora!

—Pero si tengo que ir a trabajar...

—Antes tienes que caminar un kilómetro y medio por lo menos.

—¿*Un kilómetro y medio?*

—Esta noche estarás demasiado cansado cuando vuelvas del trabajo.

—Puede que no —la miró esperanzado.

Estaba bastante ridículo haciendo pucheros en medio de la habitación, teniendo en cuenta que sólo llevaba puestos los calzoncillos y unos calcetines oscuros.

—Súbete a la cinta andadora de una vez, Jack.

Estaba harta de sus excusas. Él le había dicho que la semana de después de Navidad era demasiado pronto, pero que subiría a la cinta andadora a diario en cuanto pasara Año Nuevo. Ya estaban en la segunda semana de enero, y aún no la había puesto en marcha. Estaba decidida a quedarse en aquella habitación hasta que él empezara a andar.

—La verdad es que no me siento demasiado bien.

Como ella lo miró inflexible, abrió el cajón inferior del armario mientras refunfuñaba en voz baja y sacó los pantalones grises y la camiseta de deporte.

—Espero que estés contenta —le dijo, mientras volvía a entrar en el cuarto de baño.

—Te sentirás mucho mejor cuando acabes de hacer ejercicio.

—Si sigo vivo.

—Qué gracioso. Empieza a un ritmo lento, y ve incrementando la velocidad poco a poco. No te excedas —él se negaba a mirarla, pero ella sólo se sentía un poco culpable. Entró tras él en el cuarto de baño, y añadió—: Grace y yo siempre nos quejamos de la clase de aeróbic, pero después las dos nos sentimos bien. Ya verás como te pasa lo mismo.

—Si tú lo dices... —se sentó en el borde de la bañera para atarse las zapatillas de deporte.

—Voy a prepararte el desayuno mientras tú caminas.

Jack sonrió por primera vez en toda la mañana, y le dijo:

—Beicon, huevos, dos tostadas de pan... integral —añadió, porque sabía que ella no quería que comiera pan blanco.

—Copos de avena.

—Vale —le dijo, sin demasiado entusiasmo.

—Con pasas, pero sólo si dejas de quejarte.

—¿Podrías llamar al periódico por mí? —mientras volvían al dormitorio, empezó a enumerar toda una lista de instrucciones. Daba la impresión de que iba a retrasarse una semana en vez de una hora.

Se quedó mirando la cinta andadora como si estuviera buscando la forma de escabullir, pero al final la encendió y se subió en ella. Miró ceñudo la pantalla, y empezó a darle a los botones.

—¿No vas a leer antes el libro de instrucciones? —le preguntó Olivia.

Él no le hizo ni caso, pero estuvo a punto de caerse cuando la cinta empezó a hacer un ruido sordo y se puso en marcha. Olivia se tragó una carcajada, porque sabía que a él no le haría ninguna gracia que se riera a su costa.

Jack empezó a andar al ver que no tenía más remedio que seguir el ritmo de la máquina, pero al cabo de unos minutos ya se había quedado sin aliento; tal y como ella pensaba, estaba en muy baja forma. Estuvo a punto de decirle que aminorara un poco la marcha, pero era obvio que él no estaba de humor para escucharla.

Fue a la cocina, y puso agua a calentar mientras oía de fondo el ruido de la máquina. Por mucho que él dijera que no le gustaban los copos de avena, se había dado cuenta de que había apurado el plato la última vez que se los había preparado.

Llamó al periódico y le contestó Steve Fullerton, el editor adjunto. Para cuando terminó de enumerar las instrucciones que Jack le había dado, el agua ya estaba caliente, así que añadió los copos y apagó el fuego para dejar que se enfriaran.

Regresó al dormitorio para ver qué tal le iba a su marido, y al doblar la esquina se dio cuenta de que ya había parado. Sólo había durado un cuarto de hora, seguro que su aguante iría mejorando con la práctica. Sólo cabía esperar que no tuviera que batallar con él cada mañana.

Al entrar en el dormitorio, lo vio sentado en la cinta andadora, luchando por respirar hondo. Estaba macilento y sudoroso.

—¿Jack? —susurró, mientras iba a toda prisa hacia él—. Jack, ¿estás bien?

Él se llevó una mano al corazón, y sacudió la cabeza.

—Voy a llamar a Emergencias.

—No, no pasa nada... enseguida me pongo bien...

Olivia no estaba dispuesta a arriesgarse. Fue corriendo a la cocina, y llamó a toda prisa.

—Servicio de Emergencias —le contestó una mujer.

—Soy la juez Olivia Lockhart —luchó por hablar con un tono de voz autoritario—. Necesito una ambulancia en el dieciséis de Lighthouse Road, mi marido está sufriendo un ataque al corazón —era consciente de que su voz reflejaba el pánico que sentía, pero no podía evitarlo. Tenía la impresión de que su propio corazón iba a fallarle de un momento a otro.

—Manténgase a la espera, por favor.

—No... mi marido me necesita, ¡dense prisa! Por el amor de Dios, por favor... dense prisa —dejó caer el teléfono al recordar algo que había leído meses atrás... que una aspirina podía ayudar a la víctima de un ataque al corazón.

Le temblaban las manos mientras sacaba el bote de aspirinas del botiquín. Cuando lo abrió se le cayeron al suelo varias pastillas, y tiró el bote cuando tuvo una en la mano.

Cuando regresó al dormitorio, vio que Jack había empeorado. Estaba tumbado y jadeante.

—Jack... Dios, Jack... —le dijo entre sollozos. Consiguió que se tragara la aspirina, y fue corriendo hacia la puerta al oír una sirena en la distancia.

Una ambulancia se detuvo delante de la puerta, y dos paramédicos subieron los escalones del porche a la carrera pertrechados con su equipo médico. Olivia sintió un alivio tan enorme, que estuvo a punto de desplomarse.

A partir de ese momento, apenas fue consciente de lo

que pasaba. Los dos hombres estuvieron trabajando con Jack durante los primeros minutos. Para entonces ya estaba inconsciente, y por un segundo aterrador pensó que estaba muerto. La atenazó un terror avasallador, y sintió que no podía respirar. Antes de que se diera cuenta de lo que estaba pasando, los paramédicos lo tumbaron en una camilla y lo llevaron a la ambulancia.

—¡Estamos perdiéndolo! —gritó uno de ellos.

—¡No! No... —gritó aterrada, en medio del jardín. Como era incapaz de seguir mirando, se tapó la cara con las manos, y oyó que la ambulancia se alejaba.

Entró de nuevo en la casa, y al agarrar las llaves se dio cuenta de lo temblorosa que estaba. No podía conducir en aquel estado. Necesitó tres intentos para conseguir marcar correctamente el número de teléfono de Grace.

—Hola, Olivia. Me pillas por los pelos, estaba a punto de salir de casa.

—Jack... ataque al corazón —consiguió decir, a pesar del nudo que le obstruía la garganta.

—¿Dónde estás?

—En casa.

—Llegaré en cinco minutos.

Fueron los cinco minutos más largos de toda su vida. No podía dejar de pensar en el día de la muerte de su hijo Jordan, recordó que el ayudante del sheriff había ido a avisarla en una preciosa tarde de agosto. Al principio se había negado a creerle, y después había deseado con todas sus fuerzas que su marido estuviera junto a ella lo antes posible.

El agente había llamado a Stan, pero como trabajaba en Seattle, había tardado dos horas en llegar a casa. Habían sido dos horas infernales, mientras había empezado a asimilar el hecho de que su hijo estaba muerto. Recordaba que había abrazado a Justine y a James, y que habían llorado juntos. Grace era la primera persona a la que había llamado aquel día, y su amiga había ido de inmediato y había permanecido junto a ellos hasta que Stan había llegado.

Jamás olvidaría el dolor que la había desgarrado por dentro aquel horrible día de agosto, era el mismo que estaba sufriendo en ese momento. No sabía si Jack estaba vivo o muerto.

Él no había querido subir a la cinta andadora y había intentado poner todo tipo de excusas, pero ella no le había hecho caso. No, claro que no, porque estaba convencida de que sabía lo que le convenía a su marido y no estaba dispuesta a dejar que se escabullera; en ese momento, recordó que él había comentado que no se encontraba bien. Ella había seguido insistiendo sin parar, no le había dado tregua.

En cuanto vio llegar a Grace, echó a correr hacia ella por el jardín mientras lloraba casi histérica.

—Entra en el coche, hablaremos de camino al hospital.

—Creo que... que ha muerto —le dijo entre sollozos.

—No lo sabremos hasta que lleguemos, Olivia.

Su mejor amiga estaba siendo sensata, pero ella tenía miedo de hacerse esperanzas, de creer que Jack iba a tener una segunda oportunidad. Le resultaba inimaginable perderlo tan pronto, cuando apenas había tenido tiempo de disfrutar del amor que sentían el uno por el otro. Se dijo que Dios no podía ser tan cruel con ella.

—¿Le han llevado al Harrison? —le preguntó Grace, mientras circulaba por el camino serpenteante muy por encima del límite de velocidad.

—Eh... no, me parece que le han llevado a la clínica —se dio cuenta de que no lo sabía. Seguro que los paramédicos se lo habían dicho, pero para entonces ella era incapaz de asimilar nada.

Cuando llegaron a la clínica, vieron la ambulancia aparcada justo delante. Olivia se apresuró a entrar en el edificio, y fue directa al mostrador de recepción.

—Mi marido acaba de llegar... Jack Griffin.

—Sí, los médicos están con él en este momento. Siéntese, por favor. Vendrán a hablar con usted en cuanto puedan.

—No.

Aquella mujer no entendía que el hombre que había tras aquellas puertas cerradas era su marido, al cuerno con las normas y las regulaciones. Jack podía estar muriendo, era su esposa, y tenía derecho a estar junto a él. En todos los años que llevaba ejerciendo de juez de familia, jamás se había aprovechado de su cargo en beneficio propio, pero en ese momento le daba igual.

–Soy juez, quiero entrar a ver a mi marido.

–Lo siento, pero no es posible.

–¿Es que no lo entiende?, ¡quiero estar con mi marido! –alzó la voz cada vez más, estaba al borde de la histeria.

Grace se acercó a ella, la rodeó con los brazos y le dijo con voz suave:

–Los médicos saldrán enseguida, Olivia.

–Quiero estar con él –le dijo, inflexible.

–Después te dejarán entrar.

–Me necesita.

–En este momento, necesita más a los médicos. No tardarán mucho, ya lo verás –la condujo hacia la sala de espera, y Olivia se sentó sin protestar apenas.

Pasó una eternidad... dos eternidades, y entonces llegaron Ben y Charlotte.

–Ben tiene una radio que capta la frecuencia de la policía –les dijo ella–. Cuando oímos que la telefonista mencionaba el dieciséis de Lighthouse Road, supimos que debía de tratarse de Jack.

Su madre se sentó a un lado de ella, Grace al otro, y cada una le tomó una mano.

Cuando el médico salió al fin y fue hacia ella, Olivia leyó en su placa que era un tal doctor Timmons. Se levantó de inmediato mientras intentaba prepararse mentalmente para lo peor, pero él la miró con una sonrisa tranquilizadora y le dijo:

–Lo hemos estabilizado.

–Gracias a Dios... –su alivio fue tan enorme, que le flaquearon las rodillas; por fortuna, Grace la sujetó.

—Es un hombre con suerte. Cinco o diez minutos más, y no habríamos podido salvarle.

—¿Qué quiere decir?

—Que de no ser por esta clínica, su marido habría muerto de camino al hospital.

—Ah —Olivia empezó a asimilar las implicaciones de lo que el médico estaba diciéndole.

—Hay que trasladarlo al Hospital Harrison, allí le examinará un cardiólogo.

—De acuerdo.

—Antes de nada, va a tener que encargarse del papeleo.

Olivia asintió, y recordó lo avergonzada que se había sentido cuando su madre, Ben, y sus amigos del centro de ancianos habían sido arrestados por reunión no autorizada después de organizar una manifestación para exigir que se construyera una clínica en Cedar Cove.

En aquella época, ni siquiera podía imaginarse que el empeño de su madre por conseguir que se construyera la clínica acabaría salvándole la vida a Jack.

CAPÍTULO 31

Corrie llevaba todo el día sintiéndose un poco melancólica, pero no quería decírselo a Roy. Sabía que no serviría de nada contarle el motivo de su tristeza. En aquella misma fecha, en el año 1975, había ido al bufete del abogado de su padre y había firmado los papeles de adopción de su hija. En aquella época, el permiso del padre no era necesario para dar a un niño en adopción, pero en caso contrario, ella habría mentido y habría dicho que no sabía quién era el padre. Se habría sentido mortificada delante de su familia y del abogado, pero lo habría preferido antes que involucrar a Roy.

Con una taza de café recién hecho en la mano, contempló a su marido mientras éste repasaba el correo y apartaba a un lado las facturas. Él estaba tan acostumbrado a tenerla en el despacho, que apenas le prestaba atención al oírla entrar, pero en aquella ocasión alzó la mirada, frunció el ceño al verla y la sorprendió al decir:

—¿Has pillado la gripe?
—No creo, ¿por qué lo preguntas?
—Porque estás bastante pálida.
—Eso no es verdad.
—Y también pareces muy callada, no es propio de ti.
—Considérate afortunado.

Él esbozó una sonrisa que se esfumó en un abrir y cerrar de ojos, y le dijo:

—Vete a casa si no te encuentras bien, hoy no hay demasiada faena.

—Sí, puede que sea una buena idea.

Pensó en ello mientras regresaba a la zona de recepción. Joe Landry, un amigo de Roy, le había contratado para que investigara a una asistente a la que había contratado recientemente; al parecer, sospechaba que la mujer había mentido en cuanto a su historial laboral, y le había pedido a Roy que lo comprobara. Su marido llevaba varios días trabajando en el caso, aquellos pequeños asuntos eran el pan de cada día.

Al cabo de media hora, Roy salió del despacho y se sentó en su mesa.

—¿Aún estás aquí? Vete a casa si no te encuentras bien, Corrie —al ver que ella se limitaba a encogerse de hombros, le preguntó—: ¿Has hablado con Linnette últimamente?

—No.

Había dado por hecho que pasarían más tiempo juntas cuando su hija se mudara a Cedar Cove, pero se había equivocado. Las dos solían estar muy atareadas, y a veces se pasaban una semana sin verse ni hablar.

A Roy pareció sorprenderle mucho su respuesta.

—Vino hace poco, y me pidió consejo en lo relativo a su... vida sentimental, tenía algunas dudas relacionadas con ese tipo de los caballos que te cae tan bien.

—¿Aconsejaste a nuestra hija sobre cuestiones sentimentales? —la mera idea resultaba aterradora.

—No quería, pero ella necesitaba que le echaran una mano.

—No me lo habías contado.

—La verdad es que no había vuelto a pensar en el tema, pero a lo mejor deberías hablar con ella.

Corrie descolgó el teléfono de inmediato, y le echó un vistazo a su reloj de pulsera. No quería despertar a Linnette, pero como tenía un turno rotativo en la clínica, a veces le costaba recordar sus horarios.

—¿Por qué no la invitas a comer?, así podréis pasar un rato juntas.

Corrie colgó el teléfono, y se dio cuenta de que su marido parecía muy interesado en conseguir que ella se fuera de la oficina. Primero le había dicho que se fuera a casa a descansar, y después le decía más o menos que podía tomarse su tiempo charlando con Linnette a la hora de la comida. Pasaba algo, y quería saber de qué se trataba.

Se cruzó de brazos y le dijo con voz firme:

—¿Qué estás tramando?

Su carita de inocencia habría engañado a algunas personas, pero ella llevaba casada con él casi veintisiete años.

—¡Nada! —él fingió quedarse atónito ante su acusación velada.

—Será mejor que me lo cuentes, Roy McAfee.

—¿Por qué crees que estoy tramando algo?

—Porque te conozco.

—Eres una mujer muy suspicaz —comentó, ceñudo.

—Sí, es la consecuencia de estar casada contigo.

Al ver que bajaba de la mesa y que volvía al despacho como si nada, fue tras él y se sentó en la silla que solían usar los clientes.

—¿Te acuerdas de lo que ponía en la primera postal?

A Roy no le hizo falta sacarla del cajón; al parecer, la había leído tantas veces, que se la sabía de memoria.

—«Todo el mundo se arrepiente de alguna cosa. ¿Hay algo que desearías no haber hecho?, piensa en ello».

—Los dos hemos estado pensando mucho durante las últimas semanas, Roy —le dijo con voz suave.

Su corazón rebosaba amor, y sí, claro que había cosas de las que se arrepentía. A pesar de que ni siquiera había llegado a tener a su hija en los brazos, la quería de todo corazón. Cuando había firmado los documentos de la adopción, había sentido que le arrancaban parte de su alma. Sus padres la habrían apoyado si hubiera decidido quedarse con el bebé, pero a pesar de lo joven que era, se había dado cuenta de que habría sido injusto para ellos, para el bebé y para sí misma. En alguna parte había una familia esperando, deseando tener un hijo, y a pesar de lo doloroso que había sido desde un punto de vista emocional, había firmado los documentos y había liberado a su bebé.

—Me gustaría poder decirte que habría hecho lo correcto y habría asumido mi responsabilidad si me hubiera enterado de lo del embarazo, pero no sé si...

Ella tampoco lo sabía, y por eso mismo no se lo había contado.

—Me parece que ya es hora de que seamos sinceros el uno con el otro —le dijo a su marido.

—Nunca he sido deshonesto contigo —le dijo él con indignación.

—Abiertamente no, pero está claro que esta tarde estabas intentando que me marchara de aquí, y quiero saber por qué.

Roy soltó un profundo suspiro, y le dijo con resignación:

—Vale, la verdad es que quería hacer un par de llamadas para averiguar todo lo posible sobre nuestra... otra hija.

—¿Y no pensabas decírmelo?

—Iba a contarte lo que averiguara.

—Sí, cuando te pareciera bien.

Él vaciló por un segundo y al final admitió:

—Sí, es verdad.

—Lo suponía. ¿Por qué?, ¿es que crees que soy emocionalmente inestable? ¿Creías que no podría soportar la información que pudieras llegar a sacar a la luz?

—No digas tonterías.

—Entonces, ¿por qué no querías contármelo?

—Tenemos una hija de treinta años, y otra de la que no sabemos nada.

Ella contuvo las ganas de decirle que, hasta hacía poco, ni siquiera sabían si el primer hijo que habían tenido era niño o niña.

—Durante todos estos años, he intentado no pensar en ella... en el bebé. Me sentía mejor así, no quería saber nada... pero en el fondo, sí que quería. Habíamos prometido que no volveríamos a mencionar el tema, y ahora ella se niega a dejar que sigamos ignorándola.

Aquello también era dolorosamente obvio para Corrie.

—Querías encontrarla, contactar con ella, antes de contármelo.

—Necesito encontrarla, Corrie. He accedido al registro de adopciones, y he encontrado nuestros nombres.

—¿Por qué me has excluido?

—Te lo explicaré dentro de un momento. Como te he dicho, busqué por Internet.

—Yo también.

—No estaba registrada.

Corrie ya lo sabía, y era incapaz de entenderlo. Su hija se las había arreglado para localizarlos, pero aun así...

—Por eso me has mantenido al margen, porque no sabes qué es lo que pretende.

—Exacto. Si quisiera que la encontráramos, se habría registrado, pero como no lo ha hecho, tengo la impresión de que todo esto no es tan inocuo como parece. Ella me encontró, pero no quiere que sepa quién es. Me envía anónimos y flores, está claro que está provocándome. Para ella es un juego, y por alguna razón, está más centrada en mí que en ti.

—Eso es algo que no entiendo, pero me parece que tienes razón.

Su marido siempre había sido cauto y suspicaz, analizaba cada ángulo de una situación y catalogaba de forma metódica cada detalle. El funcionamiento de su mente le recordaba a la gente que hacía rompecabezas analizando cuidadosamente cada pieza.

—Las leyes de adopción de California son diferentes a las de Washington, se me ha ocurrido que...
—¿California?
Él pareció darse cuenta de que había dicho más de lo que pretendía, pero admitió:
—Sí, es donde tuvo lugar la adopción.
Cuando había firmado los documentos de la adopción, Corrie no había visto el lugar donde iba a vivir su bebé. Era posible que el abogado lo hubiera mencionado, pero no lo recordaba.
—¿Te fijaste en la fecha?
—No, ¿por qué?
Ella tragó con fuerza, y negó con la cabeza antes de decir:
—Por nada.
—Corrie...
Ella bajó la cabeza mientras intentaba controlar sus emociones.
—No tendría que haberte mantenido al margen de todo lo que he averiguado —le dijo él.
—¿Es que aún hay más?
Estaba enfadada al ver que le había ocultado aquella investigación. Sí, ella había hecho lo mismo, pero por una buena razón: como él le había dicho que no quería saber nada del tema y se había negado a hablar de ello, ella había tenido que averiguar lo que pudiera por su cuenta.
—No, no he descubierto nada más. He llegado a un callejón sin salida con los archivos de California, sólo hay libre acceso a ese tipo de información en Alabama, Alaska, Kansas y Oregón. He podido averiguar tanto gracias a un viejo amigo que trabaja de funcionario en California. ¿Cómo descubriste tú que tuvimos una hija?
Ella fijó la mirada en sus manos entrelazadas y admitió:
—Gracias a los diarios de mi madre. Los tengo yo, así que busqué el año y el mes. Ella sí que lo sabía. No me lo dijo, pero sabía que había tenido una niña.

—La encontraremos, cariño, y entonces se lo explicaremos todo.

Corrie rezó para que a su hija le bastara saber que la querían, que siempre la habían querido a pesar de que la habían apartado de sus vidas.

CAPÍTULO 32

Allison entró en la sala de estar, se sentó delante de su padre, que estaba leyendo el periódico en su butaca, y esperó pacientemente a que lo bajara. Él lo hizo al cabo de unos segundos, y le preguntó:
—¿Quieres decirme algo?
Allison asintió y bajó la mirada mientras intentaba encontrar la forma de sacar el tema. Anson no era su primer novio, pero necesitaba que su padre entendiera que era un chico muy especial para ella.
—¿Tiene algo que ver con Anson?
—Sí —se preguntó cómo lo había adivinado; a lo mejor, era más obvia de lo que pensaba.
—No ha roto su promesa, ¿verdad?
—No.
Su madre salió en ese momento de la cocina, y su padre y ella intercambiaron una mirada. Allison pensó que era un gesto que hacían bastante a menudo últimamente, a lo mejor venía de lejos y ella no se había dado cuenta. Había empezado a fijarse en esos detalles, porque ella misma se comunicaba así con Anson. No habían hablado ni una sola vez desde el día del juicio, pero hablaban con la mirada a diario en clase de francés.
Él le decía con sus ojos que la quería, y Allison quería

decirle que ella sentía lo mismo. No pensaba contárselo a sus padres, claro, porque dirían que era demasiado joven y que Anson no era un chico adecuado para ella. No tendrían razón, pero sería inútil discutir con ellos. Ella sabía que amaba a Anson, que le amaría por el resto de su vida.

—¿Queréis que me quede? —les preguntó su madre.

—Eh... claro —Allison no pretendía armar tanto lío; al menos, su hermano pequeño estaba en su habitación. Eddie era un pelmazo, pero a veces resultaba útil.

Rosie se sentó en el brazo de la butaca, posó una mano en el hombro de su marido, y le dijo a su hija:

—¿Qué estabas diciendo, Allison?

—La verdad es que aún no había empezado. Papá me ha preguntado si Anson ha hablado conmigo, y la respuesta es no.

—Perfecto.

—No ha sido nada fácil.

Sus padres parecían dar por hecho que ella había mantenido su promesa. Lo había hecho, pero había sido muy duro. La tentación era tan fuerte por lo mucho que amaba a Anson. El que tenía más fuerza de voluntad era él, y quería que sus padres le valoraran en su justa medida.

—Papá, sé que le ayudaste a conseguir el trabajo en el Lighthouse, y quiero darte las gracias.

Él se encogió de hombros, como quitándole importancia al asunto, y comentó:

—He hablado con Seth Gunderson para ver cómo van las cosas, y se ve que Anson es un buen trabajador.

—¿En serio? —estaba convencida desde el principio de que Anson lo haría bien, pero se sentía mejor al ver que su padre se lo confirmaba.

—Sí —su padre esbozó una sonrisa antes de añadir—: Según Seth, Anson llega cada día antes de su hora, y trabaja duro. Como no tiene coche, va a pie al restaurante al salir de clase, y echa una mano hasta que le toca empezar el turno. Sólo ha tenido un pequeño problema con otro empleado, un tal Tony.

Allison se mordió el labio, y le preguntó:

—¿Qué problema?

—Seth no entró en detalles, pero me dio la impresión de que Tony cree que Anson se esfuerza tanto por hacer un buen trabajo, que hace quedar mal al resto de empleados.

Allison se sintió orgullosa de la actitud de Anson.

—Si va a trabajar a pie, ¿cómo vuelve a casa?

—No lo sé, supongo que le acerca algún compañero —le dijo su padre.

—Seguro que no es Tony.

—No, seguro que no.

Allison esperaba que alguien estuviera acercando a Anson a su casa, porque había más de tres kilómetros desde el restaurante hasta el campamento para remolques donde vivía su madre. Estaba segura de que aquella mujer no iba a buscarlo, porque a juzgar por lo que le había contado Anson, era obvio que carecía de instinto maternal.

—A lo mejor deberías contarle lo que dijo el abogado, Zach —apostilló su madre.

—Anson está entregando todos sus cheques al ayuntamiento como pago por la caseta que quemó.

—¡Eso es genial! —estaba tan contenta, que le costó quedarse quieta—. Podremos volver a vernos en cuanto acabe de pagarla, ¿verdad?

—Eso fue lo que acordamos —le dijo su padre, sonriente.

En ese momento, llamaron a la puerta, y antes de que alguien pudiera moverse, Eddie salió de su cuarto y fue a abrir a la carrera. Le oyeron hablar durante unos segundos, y después cerró la puerta de nuevo y entró en la sala de estar.

—¿Quién era? —le preguntó su madre.

—El novio de Allison, dice que quiere hablar con papá.

—¿Le has dejado en la calle con el frío que hace? —Allison se levantó de inmediato.

—Me ha dicho que quería esperar fuera, no te cabrees conmigo.

Zach dejó a un lado el periódico, y se puso de pie. Después de intercambiar otra mirada con su mujer, comentó:

—Enseguida vuelvo —se volvió hacia su hija, y le dijo—: No, no voy a dejar que entre en la casa. Un trato es un trato.

Allison sintió que se le caía el alma a los pies mientras su padre salía a hablar con Anson.

—¿Mamá...?

Ni siquiera sabía lo que quería. Era una tortura estar en la misma clase que Anson cinco días a la semana sin poder hablar con él, y era horrible saber que el chico al que amaba estaba en ese momento al otro lado de la puerta principal, hablando con su padre; por si fuera poco, ni siquiera sabía de qué estaban hablando.

—Todo saldrá bien —le dijo su madre.

—Papá no hará nada, ¿verdad? —le preguntó, mientras volvía a sentarse. Su padre se había portado muy bien de momento, había estado junto a Anson durante el juicio y le había ayudado a encontrar un empleo.

Tuvo la impresión de que su padre tardaba una eternidad en volver. En cuanto le vio llegar, se puso de pie de nuevo y se apresuró a acercarse a él.

—¿Qué te ha dicho?

—Ha sido una conversación de hombre a hombre.

—¡Papá!

Al verle sonreír, se dio cuenta de que estaba bromeando.

—Ha venido a traerte una postal de San Valentín.

Allison se llevó una mano al corazón. Era un gesto tan dulce y romántico, que apenas podía creerlo.

—Ha preferido hablar antes conmigo. Me había prometido que no tendría ningún contacto contigo, y no quería incumplir su palabra.

—Vas a darme la postal, ¿verdad? —se moriría si no se la daba.

—Me ha impresionado que viniera a pedirme permiso —admitió él.

—Te respeta, papá —lo sabía con certeza, por la forma en que Anson había hablado de él cuando habían llegado del juzgado—. Has aceptado la postal, ¿verdad? Por favor, significaría tanto para mí... —no le gustaba suplicar, pero aquél era el momento más importante de su vida.

Al ver que su padre se sacaba un sobre bastante grueso del bolsillo interior de la chaqueta, exclamó:

—¡Gracias, papá! ¡Muchas gracias!

—Me ha dicho que podía leerlo si quería.

—¿*Qué*?

—No le tomes el pelo, Zach —le dijo su madre.

Su padre sonrió de oreja a oreja, y le dio el sobre. Allison tuvo que hacer acopio de toda su fuerza de voluntad para contener las ganas de abrirlo de inmediato y fue corriendo a su habitación. Se sentó en la cama, y lo abrió con mucho cuidado. La postal era cara y romántica, y en cuanto leyó la palabra «amor», pensó que iba a echarse a llorar.

Dentro de la postal había una carta de cuatro hojas, pero antes de desdoblarlas, leyó lo que ponía en el interior de la postal y parpadeó para contener las lágrimas. Anson había escrito *Pronto volveremos a estar juntos*, y había firmado con su nombre.

Leyó la carta tan rápido como pudo, y cuando acabó, la leyó una segunda vez. Anson le hablaba de su empleo, y de lo duro que estaba trabajando para causar una buena impresión; al parecer, lavar los platos en un restaurante no era tan fácil como parecía, y se esforzaba al máximo para que no faltara de nada. Seth Gunderson era un sueco corpulento que no aceptaba la indisciplina, pero Anson decía que no le importaba, porque sabía cuál era su lugar.

También le decía que la amaba, y que si seguía haciendo horas extras, a mediados de verano ya habría acabado de pagar por los desperfectos que había causado en el parque; en cuanto lo consiguiera, podrían verse de nuevo.

Allison se dio cuenta de que no mencionaba los problemas que tenía con el tal Tony. Los seis meses que faltaban se le iban a hacer muy largos, pero podía esperar.

La última parte de la carta era la mejor, ya que Anson le

decía lo duro que era verla cada día y no poder hablar con ella; según él, en clase de francés le resultaba casi imposible mantener la promesa que le había hecho a su padre, pero lo hacía porque su padre le había ayudado mucho. También le decía que a veces soñaba con ella, y que al día siguiente despertaba sintiéndose feliz.

Ella también soñaba con él. Era muy duro saber que aún faltaban seis meses para que pudieran volver a verse, él ya era mayor de edad y ella lo sería pronto. Todo aquello parecía sacado de una película de adolescentes, pero era la única forma de que sus padres aceptaran su relación.

Soltó un profundo suspiro cuando dobló la carta y volvió a meterla en la postal. Trazó con un dedo la imagen en relieve de cupidos y flores... era obvio que era una postal bastante cara.

A pesar de que Anson estaba ahorrando hasta el último penique que ganaba para poder pagar lo que adeudaba, le había comprado una postal preciosa por el día de San Valentín. Se había esforzado por comprarle la mejor, a pesar de que no hacía falta que lo hiciera.

Le amaba tanto, que tuvo ganas de echarse a llorar; de repente, vio un pequeño movimiento por el rabillo del ojo... se levantó de la cama, y fue a toda prisa hacia la ventana.

Se le aceleró el corazón al ver a Anson. Llevaba el abrigo negro de siempre, y un gorro del mismo color que le cubría las orejas. Cuando él cruzó el jardín y se detuvo al otro lado de la ventana, se miraron a los ojos.

Ella sonrió, y él le devolvió el gesto antes de posar la palma de la mano en el frío cristal. Ella puso la palma contra la suya a través de la ventana, y los dos se dijeron «te quiero» en silencio.

Verle, leer su postal y su carta... era el mejor regalo de San Valentín que Allison había recibido en toda su vida.

CAPÍTULO 33

Maryellen Bowman estaba canturreando una canción de cuna mientras acababa de bañar a Katie y la preparaba para acostarla. La niña metió los pies en el pijama sin dejar de parlotear, y su voz ganó intensidad cuando Jon entró en la habitación.

Su marido la abrazó por la cintura y posó la palma de la mano en su vientre, que aún estaba plano. Era un gesto dulce y lleno de ternura dirigido al bebé que crecía dentro de ella.

—Yo me ocupo de leerle el cuento a Katie.

Maryellen aceptó de inmediato. Había tenido un día de mucho trabajo en la galería de arte, y estaba agotada. Durante sus dos embarazos previos también había sufrido aquella fatiga, a eso de las ocho de la tarde apenas le quedaban fuerzas. Le preocupaba estar descuidando un poco a Jon, aunque él no se quejaba nunca.

—No tardes en venir a la cama, te echo de menos —le dijo, mientras le acariciaba la cara.

—Estarás dormida.

—Pues despiértame.

Su marido sonrió de oreja a oreja, porque estaba claro lo que ella quería. No habían hecho el amor desde el día de Navidad, y Maryellen le deseaba con todas sus fuerzas. Sabía que él había empezado a acostarse un poco más tarde porque tenía miedo de que hacer el amor causara algún problema con el embarazo, pero de momento todo parecía estar en orden; con la excepción de la fatiga, se sentía bien y estaba completamente sana.

—¿Crees que es... seguro? ¿El embarazo está más adelantado que el otro?

Maryellen sonrió mientras asentía. Había sufrido el aborto cuando estaba de nueve semanas, y en ese momento ya iba camino del cuarto mes.

Jon dejó que Katie eligiera un libro, y mientras se sentaba con ella en la mecedora, Maryellen se preparó para acostarse y se puso un picardías corto de seda que Jon le había regalado el día de San Valentín del año anterior. Se quedó dormida casi de inmediato y se despertó al cabo de un par de horas, cuando su marido se acostó a su lado.

—¿Qué hora es? —le preguntó, al tumbarse de espaldas.

—Las once —le dijo él en voz baja, mientras se acercaba más a ella.

Maryellen soltó un bostezo, y entonces le rodeó el cuello con los brazos y lo instó a que bajara la cabeza. Él la besó con pasión, con besos profundos y febriles.

—¿Por qué has tardado tanto? —le preguntó, cuando se apartaron para recobrar el aliento.

Hicieron el amor con una lentitud exquisita, con una pasión y una ternura avasalladoras, y después él la abrazó y le secó con los labios las lágrimas que le corrían por las mejillas. Maryellen tenía las emociones a flor de piel por culpa del embarazo, lo sentía todo con más intensidad, y estaba tan conmovida por la devoción que Jon mostraba hacia Katie y hacia ella, que no pudo evitar llorar.

—¿Por qué lloras? —le preguntó él, entre beso y beso. Siguió una lágrima con los labios hasta la comisura de su boca, y volvió a besarla.

—Porque te amo con toda mi alma.

—Yo también te amo... y a Katie, y al nuevo bebé.

—Ya lo sé —susurró, a pesar de que no pudo evitar seguir llorando.

Siguió abrazándola, y ella se durmió al fin con un brazo alrededor de su marido.

En medio de la noche, se despertó al notar que Jon se levantaba de la cama. Él solía hacerlo a menudo, y por regla general tardaba una o dos horas en volver; normalmente, ella apenas se daba cuenta y seguía durmiendo, pero en una ocasión había decidido ir a comprobar si estaba enfermo. Lo había encontrado en la sala de estar, leyendo bajo la luz tenue de una lámpara la postal navideña que había llegado junto al regalo de su padre. Estaba tan sumido en sus pensamientos, que no la había oído llegar, y ella había decidido regresar a la cama sin molestarle. Era obvio que en la muralla que Jon había construido para mantenerse apartado de sus padres había aparecido una grieta, y ella tenía la esperanza de que con el tiempo se produjera una reconciliación.

Al día siguiente, Jon se levantó de muy buen humor; de hecho, ella también estaba de un humor excelente. Cuando bajó a la cocina, él ya le había preparado una taza de té, y Katie estaba golpeando con entusiasmo la bandeja de la trona con su taza.

—¿A qué hora llegarás esta tarde? —le preguntó él, mientras la acompañaba al coche.

Le preguntaba lo mismo cada mañana. Formaba parte del ritual habitual, y ella siempre contestaba lo mismo.

—A la de siempre.

Jon colocó a Katie en su asiento para vehículos, y le dio un beso en la frente antes de cerrar la puerta trasera del coche.

—Que tengáis un buen día —rodeó el coche para despedirse de Maryellen, y comentó—: Ojalá no tuvieras que ir a trabajar —siempre se quejaba de lo mismo.

—A mí tampoco me hace ninguna gracia —se quedó sin aliento cuando él la besó apasionadamente en vez de darle un pequeño beso en la mejilla, y alcanzó a decir–: Madre mía, ¿a qué ha venido eso?

—No lo sé, supongo que soy un marido muy satisfecho —admitió él, con una carcajada.

—Pues pienso asegurarme de que sigas así.

—¿En serio?

—Por supuesto —se metió en el coche, y le vio regresar a la casa con paso alegre.

A la una aún no había tenido tiempo de comer, pero se alegraba de lo bien que funcionaba la galería de arte. Cuando Lois fue a relevarla, fue al cuarto del personal para recalentar la sopa que le habían enviado del Potbelly Deli una hora antes. Fue al cuarto de baño mientras la comida se calentaba en el microondas, y su buen humor se desvaneció cuando se dio cuenta de que estaba sangrando un poco.

Se quedó inmóvil durante un largo momento, mientras intentaba asimilar la situación. No podía ser... otra vez no. A lo mejor era por mantener relaciones sexuales, pero los médicos le habían asegurado que eso no suponía ningún problema. Sintió un terror visceral, y se le llenaron los ojos de lágrimas.

Como no quería alarmar a Jon antes de tiempo, llamó a su madre a la biblioteca.

—Te necesito, mamá...

Su madre pareció adivinar de inmediato lo que pasaba.

—¿Es el bebé?

—Sí, y me parece que no puedo conducir.

—¿Quieres que te lleve a la clínica?

—No lo sé —le dijo, sollozante.

Grace tomó las riendas de la situación, y decidió llevarla a su médico. La consulta del doctor DeGroot estaba cerca, y la recepcionista le dijo que dejaría entrar a Maryellen en cuanto llegara.

—He llamado a Jon —le dijo, cuando pasó a recogerla a la galería.

—No... —no quería preocuparlo innecesariamente.

—También es su hijo, cariño. Viene de camino.

—¿Ha reaccionado muy mal? —sabía que él se culparía por aquello, pero estaba convencida de que el hecho de que hubieran hecho el amor no tenía nada que ver.

—Jon sólo quería saber cómo estabais el bebé y tú.

—Le has dicho que estaba bien, ¿verdad?

—Claro que sí.

Su madre la llevó a la consulta del médico, y las hicieron entrar de inmediato. Se quedó a su lado hasta que llegó Jon, y entonces les dijo que estaría en la sala de espera.

Antes de que se fuera, Maryellen la abrazó y le dijo:

—Te quiero, mamá.

Sabía que no se lo decía bastante a menudo. Había tenido la suerte de tener una madre fantástica, y sabía que no estaba pasándolo demasiado bien después de romper con Cliff.

—Yo también te quiero, cariño.

Cuando su madre se marchó, Jon se sentó junto a ella y la tomó de la mano.

—Lo siento mucho, Jon... —le dijo, entre sollozos.

Él la abrazó con fuerza mientras luchaba por contener sus emociones. Maryellen tenía miedo de no volver a quedarse embarazada si sufría otro aborto. Estaba convencida de que él no querría arriesgarse, y ni siquiera sabía si ella sería capaz de volver a pasar por algo así de nuevo.

El doctor DeGroot entró en la sala, leyó el informe, y sonrió al verlos agarrados de las manos, aferrándose el uno al otro tanto física como emocionalmente.

La examinó con cuidado con la ayuda de una enfermera, y al final Maryellen le preguntó:

—¿Voy a perder al bebé?

—Si está preguntándome si va a sufrir un aborto, la respuesta es no.

—¿El bebé está a salvo? —dijo Jon.

—Por ahora.

A Maryellen no le gustó cómo sonaron aquellas palabras,

y se tensó de forma involuntaria mientras aferraba con más fuerza la mano de su marido.

—El cuello de su útero está débil, y corre el riesgo de perder el bebé a menos que guarde reposo absoluto en cama durante los próximos cinco meses.

—¿Cómo voy a apañármelas? —Maryellen lo miró horrorizada.

Katie requería cuidados constantes; como cualquier niño de dos años, nunca se estaba quieta. Además, tenía un empleo que le proporcionaba un seguro y asistencia médica. Jon era autónomo, y no tenía ese tipo de beneficios.

—Si quiere que el bebé viva, encontrará la manera de hacerlo —le dijo el doctor—. Puedo coser el cuello del útero para proporcionar un poco más de protección, pero tiene que permanecer en la cama.

—Es culpa mía, anoche hicimos el amor —dijo Jon.

—Es imposible saberlo con certeza, pero dudo que ésa sea la causa; sin embargo, tendrán que abstenerse de tener relaciones sexuales hasta después del parto.

Tanto Maryellen como Jon asintieron. Él le alzó la mano, y le dio un beso en el dorso antes de decir:

—Nos las arreglaremos.

—No sé si Lois está lista para dirigir la galería —le dijo ella.

—No va a tener más remedio que hacerlo lo mejor que pueda —le contestó Jon con firmeza.

Maryellen sabía que él tenía razón, pero no podía evitar preocuparse. ¿Cómo iba a ingeniárselas su marido para trabajar y cuidar de Katie y de ella?

Jon la besó en la frente, y le dijo en voz baja:

—Sólo tienes que preocuparte de cuidar del bebé y de ti.

Maryellen intentó sonreír. Le agradecía que intentara tranquilizarla, pero ni siquiera sus palabras de apoyo podían apaciguar las dudas y los temores que la atenazaban.

CAPÍTULO 34

Linnette era incapaz de imaginarse a Cedar Cove sin clínica. En todos los turnos que había trabajado se había pasado las ocho horas enteras de pie. Le encantaba su trabajo, y se encargaba de multitud de casos variados.

Se había aclimatado sorprendentemente bien a la vida en aquella pequeña ciudad. Le había ayudado conocer de antemano la zona, gracias a que sus padres llevaban seis años allí, y la amistad que había entablado con Gloria Ashton había contribuido a que se sintiera más integrada.

El jueves por la tarde, el doctor Timmons entró en un cubículo y pasó casi rozándola. Cuando la saludó con un gesto de la cabeza, ella le sonrió. Trabajaban juntos casi a diario, y él siempre se mostraba reservado pero amigable. La trataba con respeto, pero nunca, ni una sola vez en las semanas que llevaban trabajando juntos, había insinuado siquiera que estuviera interesado en verla fuera de la clínica. Ella había acabado aceptando la verdad, por fin había dejado de engañarse a sí misma: era obvio que Chad no estaba interesado en mantener una relación sentimental con ella.

Se arrepentía de lo dura y grosera que había sido con Cal Washburn; a pesar de que había sido su madre la que había dado lugar a que se conocieran, era un hombre que le gustaba. Su tartamudeo no la molestaba, pero la ponía un poco nerviosa lo mucho que disfrutaba junto a él... y cuánto le gustaban sus besos; de hecho, aún seguía pensando en ello. Desde la última cita que habían tenido, no había dejado de pensar en él, y en cómo podría haber evolucionado aquella relación si no hubiera estado tan decidida a apartarlo a un lado.

Se arrepentía tanto de lo que había hecho, que incluso había hablado con su padre sobre la fuerte atracción que sentía por Cal. Se alegraba de que la hubiera aconsejado él, porque su madre le habría repetido una y otra vez «te lo dije», pero su consejo la había dejado un poco confundida... le había dicho algo así como que el destino acabaría poniendo a Cal de nuevo en su camino.

En todo caso, pensaba disculparse cuando volviera a verle. Tenía la esperanza de que él volviera a invitarla a salir, porque la única alternativa sería dar el primer paso, y no estaba segura de poder hacerlo.

—Hay un hombre en cirugía que necesita sutura —le dijo Sally Lynch, una de las enfermeras.

Linnette agarró el expediente médico del paciente, y nada más entrar en la sala de cirugía leyó el nombre de Cal. Poco antes estaba pensando en él... se le aceleró el corazón al recordar lo que le había dicho su padre sobre el destino, que volvería a ver a Cal si era lo que tenía que pasar, y allí estaba.

Se esforzó por aparentar calma, y al apartar a un lado la cortina vio que él tenía la palma de la mano rajada. La herida ya estaba preparada y lista para la sutura, era bastante profunda y debía de dolerle mucho.

—Hola, Cal —le dijo, al entrar en la habitación.

Él cerró los ojos, giró la cabeza, y no le contestó, pero ella hizo caso omiso de su actitud y se sentó en el taburete para examinar el corte.

—Me parece que vas a necesitar entre diez y once puntos de sutura —le miró a la cara, y le preguntó—: ¿Podrías decirme cómo te lo has hecho?

—No.

Linnette tuvo la sensación de que él se habría largado de allí de haber podido, pero no estaba dispuesta a dejarle escapar.

—La verdad es que tenía ganas de volver a verte —comentó, mientras agarraba una jeringuilla para dormirle la mano.

—Sí, cla... claro —masculló él entre dientes.

Ella esperó a acabar de ponerle la inyección de novocaína antes de decir:

—Quiero disculparme contigo.

—No ha... hace falta.

—Fuiste muy amable conmigo, y yo te traté muy mal —dio la primera puntada, y añadió—: Desde entonces me siento fatal —acabó de dar la segunda puntada.

Él permaneció callado mientras ella le hablaba con un tono de voz sereno que no revelaba lo afectada que estaba físicamente por su cercanía. No sabía cómo decirle a un hombre que trabajaba en un establo que echaba de menos su aroma, no se había dado cuenta hasta que había notado de nuevo aquel olor a alfalfa mezclado con una combinación de hombre y caballo.

Ninguno de los dos habló durante las tres puntadas siguientes. Linnette tenía ganas de preguntarle si había pensado en ella, pero temía a la respuesta más que a la pregunta. Era obvio que no quería saber nada de ella después de lo mal que le había tratado, pero necesitaba decirle algo.

—Eh... me preguntaba si volvería a verte —comentó, mientras ataba la última puntada.

Como él siguió sin hablar, le vendó la mano y le dijo cómo debía cuidar la herida. Cal trabajaba con las manos, así que iba a tener que ser muy cuidadoso para mantener el corte limpio y protegido.

Estaba tan ansioso por escapar de allí, que se puso de pie de un salto cuando ella dejó de hablar.

—Cal —le dijo con voz firme, antes de que él pudiera marcharse.

Se volvió a mirarla con exasperación, y le preguntó:
—¿Qué?
—Tendré que quitarte los puntos y ver cómo sigue la herida.

Él dio media vuelta para marcharse cuanto antes, pero Linnette le obstruyó el paso al ponerse entre la puerta y él.

—Es importante que vuelvan a revisarte la herida dentro de una semana.

Lo tenía a menos de medio metro de distancia. Su cercanía la abrumó, y creyó que se le iba a parar el corazón. Él estaba mirándola con una expresión penetrante que parecía ver en su interior; a ella le habría gustado que fuera así, porque entonces sabría que estaba siendo sincera. Quería decirle con la mirada cuánto lamentaba lo que había dicho y hecho la última vez que se habían visto.

Ninguno de los dos se movió hasta que alguien abrió la puerta. Linnette se apartó a un lado, y Sally estuvo a punto de chocar con Cal.

—Sally, tienes que darle hora al señor Washburn para comprobar cómo evoluciona su herida —tenía la garganta tan tensa, que su voz sonó estrangulada.

—Vale —la miró un poco sorprendida, porque las dos sabían que era la recepcionista la que se encargaba de dar hora a los pacientes—. Acompáñeme, señor Washburn.

—Hasta luego —logró decirle, cuando él pasó por su lado.

Él no respondió, y ni siquiera pareció notar la súplica muda que contenían sus palabras.

Cuando él salió a la sala de espera con Sally pisándole los talones, Linnette sintió que le flaqueaban las piernas. Tenía ganas de correr tras él para preguntarle si había besado a otras mujeres como la había besado a ella. Era una pregunta absurda, y decidió que no iba a seguir haciendo el ridículo.

Cuando recuperó la compostura, se acercó a la mesa de la recepcionista y miró por encima de su hombro.

—¿Ha pedido hora Cal Washburn?
—¿El hombre con el corte en la mano?

—Sí. No te ha pedido hora, ¿verdad? —ni siquiera sabía por qué se molestaba en preguntar. Se habría sorprendido que él pidiera hora, porque había dejado muy claro que no estaba interesado en volver a verla.

—No. Sally ha intentado convencerlo de que lo hiciera, pero ha dicho que podía quitarse los puntos él solo.

—Linnette.

Se sorprendió al oír que Chad la llamaba, y se volvió a mirarlo.

—¿Podría verte cuando tengas un momento libre? —le dijo él.

—Podemos hablar ahora mismo, si quieres.

Chad posó una mano en su hombro, y la condujo a un lado del pasillo que llevaba a cirugía.

—Hace algún tiempo que quiero hablar contigo.

Como no la miró a los ojos, Linnette supuso que no iba a ser una conversación agradable.

—¿Hay algún problema con mi trabajo? —fue lo primero que se le ocurrió, aunque fue incapaz de recordar un solo incidente que pudiera poner en entredicho su profesionalidad como asistente médico.

—No, no tiene nada que ver con eso —vaciló por un instante antes de decir—: A lo mejor podríamos ir a tomar un café al salir del trabajo.

Si él le hubiera dicho aquello tres semanas antes, Linnette habría aceptado encantada.

—¿Te va bien hoy mismo? —insistió él.

—Eh... supongo que sí.

—Oiga, no puede volver a entrar ahí... —era Sally, hablando con alguien en el otro extremo del pasillo.

Linnette se giró, y vio a Cal. Él frunció el ceño al ver la placa que el doctor Timmons llevaba con su nombre.

Linnette se tensó. Como Chad había estado hablando en voz baja para evitar que alguien oyera la conversación, ella se había inclinado un poco hacia él para poder oírle. Cualquiera que los viera pensaría que estaban manteniendo una conversación confidencial, quizás incluso íntima.

—De a... acuerdo —Cal dio media vuelta, y se marchó.

Linnette contuvo de nuevo las ganas de correr tras él. Le dolía renunciar a aquella relación, pero estaba claro que no tenía más remedio que hacerlo.

C A P Í T U L O **35**

El día de San Valentín, Grace prefirió visitar a Olivia al salir del trabajo antes que regresar a su casa vacía. Jack había sido sometido a cirugía de derivación en el hospital y había regresado a casa recientemente, y la pobre Olivia no paraba; al parecer, Jack no era un paciente demasiado bueno, pero eso era algo que cabía esperar.

Llamó a la puerta, y Olivia tardó bastante en abrir. Se la veía aturullada y un poco desarreglada, y eso era muy raro en ella. Al ver que se quedaba mirándola como si estuviera a punto de echarse a llorar, comentó:

—Está claro que has tenido un día bastante duro.

—No tienes ni idea.

Jack estaba sentado en la sala de estar, con los brazos cruzados y la mirada desafiante.

—¿Llego en mal momento?

—No —le dijo Olivia.

—Sí —le dijo Jack.

—A lo mejor debería irme y volver más tarde...

—Ni hablar —Olivia fulminó con la mirada a su marido.

—Anda, quédate —le dijo Jack, con un suspiro de resignación.

—¡Jack Griffin!

—Perdona, Grace. Por cierto, ¿sabes lo testaruda que puede llegar a ser tu mejor amiga?

—¿Quién, Olivia? Qué me vas a contar.

—*Et tu, Brute!* —murmuró su amiga.

Grace le dio el ramo de claveles rojos que les había comprado, y mientras Olivia iba a la cocina a por un jarrón, se sentó delante de Jack y comentó:

—Te sobreprotege bastante, ¿no?

Él soltó una carcajada, y le dijo:

—¿Cómo lo has adivinado?

—La conozco.

—Se ha convertido en mi sombra, ni siquiera puedo me... ir al lavabo en paz, viene detrás de mí para asegurarse de que no me da un patatús.

—Es una reacción natural, no sé si se te ha olvidado que estuvo a punto de perderte.

—Está agobiándome.

Olivia asomó la cabeza por la puerta de la cocina, y les dijo:

—¿Estáis hablando de mí a mis espaldas?

—Pues claro —Grace ni siquiera se molestó en mentir.

—No le hagas caso, Grace. Jack quiere hacer demasiadas cosas antes de tiempo.

—¡Sigo las órdenes del médico! —se volvió hacia Grace, y le dijo—: Dile que vuelva al trabajo, necesito que me dé un respiro.

—Deja que te cuide, necesita hacerlo.

Él la miró en silencio durante unos segundos, y al final suspiró y admitió:

—Supongo que tienes razón.

—¿Te apetece una taza de té, Grace? —le dijo Olivia desde la cocina.

—Sí, gracias.

—¡Yo quiero café! —dijo Jack.

—Te sentará mejor un té verde —le dijo su mujer.

Él hizo ademán de protestar, pero debió de cambiar de idea, porque se limitó a decir:

—Lo que tú digas, cariño.

Olivia salió de la cocina, señaló a Grace con un dedo, y le preguntó:

—¿Qué le has dicho?

—Nada, que le quieres —le contestó, mientras contenía una sonrisa.

—Me lo estoy replanteando, Jack Griffin es el hombre más testarudo que he conocido en toda mi vida.

—Estás loca por este hombre, Olivia. Le amas, no puedes evitarlo.

Olivia se echó a reír, y al final admitió:

—Sí, le amo, y él lo sabe.

—Yo también te amo a ti —alargó la mano hacia su mujer, y ella se la agarró—. Lo siento, cariño.

—Yo también —Olivia se secó una lágrima, y volvió a la cocina.

—Solemos discutir, y me parece que es algo a lo que no está acostumbrada.

—Y que lo digas —a su amiga la juez le gustaban el control y el orden, casi nunca alzaba la voz ni perdía la compostura. Pero todo eso había cambiado cuando se había casado con Jack.

—Lo mejor de todo es hacer las paces —Jack movió las cejas de forma teatral.

Grace sonrió. Aunque el matrimonio de su amiga no era perfecto, jamás la había visto tan feliz. Jack era justo la clase de hombre que Olivia necesitaba en su vida... irreverente, tozudo, y divertido.

—El té estará enseguida —les dijo Olivia desde la cocina.

La mirada de Jack se suavizó, parecía haberse olvidado de que Grace estaba allí; al cabo de un momento, comentó:

—Siento mucho que no te fuera bien con Cliff.

Grace asintió. Aún le dolía pensar en él, pero no podía quitárselo por completo de la cabeza. Seguro que con el tiempo le resultaría más fácil.

—Las cosas no funcionaron —dijo con naturalidad, para restarle importancia al asunto.

Olivia salió de la cocina con tres tazas y un plato de galletas en una bandeja; al ver la expresión de entusiasmo de su marido, le dijo:

—No puedes comerte ni una.

—Es un castigo injusto y cruel —refunfuñó él.

—El médico quiere que pierdas once kilos.

—¿Quién te ha dado el puesto de vigilante de dietas?

—Yo misma. ¿Quieres seguir discutiendo?

—No, pero es muy cruel que me tientes así.

Olivia soltó un sonoro suspiro, y acabó capitulando.

—Vale, puedes comerte una galleta.

Jack dejó su taza sobre la mesa, agarró a su mujer por la cintura y la sentó en su regazo.

Ella soltó un gritito de protesta, pero entonces le rodeó el cuello con los brazos y le dijo:

—¿Tengo que recordarte que tenemos compañía?

—¿Estoy avergonzándote?

—Sí.

Él sonrió de oreja a oreja, como si hubiera conseguido lo que pretendía, y dijo:

—Perfecto.

Olivia se puso de pie, se pasó la mano por el pelo, y le dio a Grace una taza de té con una actitud de lo más refinada.

Grace se quedó el tiempo justo de tomar el té y de comer una galleta. Mientras iba de camino a casa, se sintió cada vez más deprimida. Era el día de San Valentín, y estaba sola de nuevo. Llevaba cuatro años así, pero en aquella ocasión le resultaba especialmente duro. Dan nunca había sido demasiado detallista, y a pesar de que algún que otro año le había comprado algo, ella no recordaba haber recibido de él ni flores ni postales de San Valentín.

Buttercup y Sherlock estaban esperándola. Siempre se mostraban entusiasmados al verla llegar a casa, y ella los recompensaba con cariño y atención. Después de llenarles los platos de comida, se puso a ver la televisión. No daban nada que le interesara, pero al oír las conversaciones y las risas de la gente se sentía acompañada.

Al cabo de una hora, se sorprendió al oír que llamaban a la puerta, porque no esperaba a nadie. El corazón le dio un brinco cuando vio por la mirilla que se trataba de Cliff. Después de tomarse unos segundos para hacer acopio de valor, abrió la puerta.

Él estaba en el porche con un ramo de rosas que debían de haberle costado una fortuna en aquella época del año.

El deseo de volver con él era abrumador. Respiró hondo, y se miraron en silencio durante unos segundos.

—Te amo, Cliff, pero... no.

Sus palabras parecieron impactarle, pero logró decir:

—¿Ni siquiera vas a hablar conmigo, Grace?

—¿Para qué?, ¿para que te disculpes y vuelvas a lo mismo dentro de dos semanas o dos meses?

—No, no volverá a pasar. Te doy mi palabra.

Ella quería creerle, pero no podía.

—Te amo, Grace.

—Eso no lo dudo, pero está claro que no confías en mí.

Él se quitó el sombrero vaquero, y fijó la mirada en el suelo antes de decir:

—Ya te dije cómo había sido mi matrimonio...

—Sí, y yo te dije que no soy Susan. Cometí un error, y he pagado un precio muy alto. Lo siento de verdad, Cliff, pero creo que será mejor que te vayas —le tembló la voz, pero se mantuvo firme.

Él asintió, y volvió a ponerse el sombrero.

—Cuando me dijiste que lo nuestro se había acabado, creí que cortar por lo sano sería lo mejor. Tenías razón, mi comportamiento contigo no era intencional... pero en cierta forma, sí que lo era. Supongo que tenía la esperanza de que te hartaras y dieras por terminada la relación...

Su sinceridad le dolió, pero Grace mantuvo la barbilla

alta y no hizo ningún comentario. Él estaba confirmando sus sospechas.

—Pero cuando dejaste de formar parte de mi vida, me sentí peor que nunca. Te echaba tanto de menos... tenía un agujero en el corazón, en mi vida, y me di cuenta de que había sido un idiota al dejarte escapar —sacudió la cabeza, y añadió—: Hablo con Lisa cada semana, a veces me conoce mejor que yo mismo. Me dijo que me arrepentiría toda mi vida si te perdía.

—¿Por eso has venido?, ¿por lo que te dijo Lisa? —sabía que Cliff adoraba a su hija, y que valoraba mucho su opinión.

—No, ella sólo me dijo algo que yo ya sabía —antes de que ella pudiera hablar, añadió—: Lisa no es la única, Cal me ha dicho que dejará el trabajo si no arreglo las cosas contigo.

Grace consiguió esbozar una sonrisa, y comentó:

—No me lo creo.

—Pues es la pura verdad. Si rechazas mi proposición, será mejor que no vuelva a casa.

Grace sintió que se le llenaban los ojos de lágrimas. Si Cliff Harding estaba declarándose el día de San Valentín, no sabía si iba a poder perdonarle por ser tan romántico. Era casi imposible decirle que no.

—Te amo, Grace. No puedo seguir viviendo sin ti. Lo he intentado, pero ha sido un infierno. Trabajo muy duro... ¿para qué? No necesito el dinero. Al final del día, después de pasar horas trabajando a la intemperie y aguantando el frío, entro en una casa oscura y vacía. Así me siento sin ti.

Grace fue incapaz de seguir mirándolo, y cerró los ojos.

—Quiero amarte, vivir contigo, viajar contigo.

Ella anhelaba decir que sí, estaba deseándolo, pero tenía miedo...

—En Año Nuevo, cuando preparaste aquella cena, me dijiste que ibas a pedirme que me casara contigo. Daría lo que fuera con tal de haber estado allí, daría lo que fuera con tal de oír esa proposición de matrimonio, porque la respuesta es sí, cariño.

Recordar aquel día aciago era la ración de realidad que necesitaba.

—Pero no tuve ocasión de pedírtelo, ¿te acuerdas de lo que pasó?

—Sí, y no sabes cuánto siento haber sido tan idiota. Aunque la verdad es que soy un poco chapado a la antigua, así que voy a ser yo el que haga la proposición. Grace Sherman, te amo y quiero casarme contigo. ¿Aceptas ser mi esposa?

Grace se tapó la boca con la mano, y parpadeó para contener las lágrimas. Se sentía muy sola desde la muerte de Dan, y aquélla era la oportunidad ideal de acabar con su soledad. Si rechazaba la proposición de Cliff, seguro que no volvía a verlo más. Él se marcharía, y todo habría acabado de verdad.

—¿Aceptas? —Cliff la miró con ojos implorantes.

Grace soltó un sollozo, y asintió antes de decir:

—¡Sí! ¡Oh, sí!

Antes de que pudiera reaccionar, Cliff la abrazó y la besó hasta dejarla sin aliento, hasta que al final se apartó un poco de ella y le susurró al oído:

—Espero que no quieras tener un noviazgo largo.

Ella se echó a reír, y le abrazó con fuerza antes de admitir:

—Yo estaba pensando lo mismo.

CAPÍTULO **36**

Cecilia había quedado a comer con Cathy el sábado. En el Pancake Palace servían una comida realmente buena a un precio razonable. Llevaba toda la semana bastante baja de moral, y necesitaba charlar con una amiga.

Cuando llegó, Cathy ya estaba esperándola en una mesa del fondo del local, y le hizo señas con entusiasmo en cuanto la vio entrar; sorprendentemente, su hijo de cuatro años no estaba con ella.

–¿Dónde está Andy? –le preguntó, al sentarse en el banco.

Estaba de siete meses, así que el embarazo era evidente. No quedaba ni un centímetro entre su vientre prominente y la mesa, en unas semanas ya no podría sentarse allí.

–En casa de un amigo. Tengo toda la tarde libre, así que después de comer podemos ir a algún sitio –parecía entusiasmada.

Cecilia deseó estar de tan buen humor, y agarró el menú mientras intentaba ocultar su decaimiento. No vio nada que le apeteciera, pero acabó decidiéndose.

–¿Te apetece ir de compras, o prefieres ir al cine? –le preguntó Cathy.

–Me da igual, decide tú –intentó aparentar entusiasmo.

–Vale, pues vamos de compras.

—Genial. ¿Al centro comercial, o al economato?

—Al centro comercial, es menos probable que nos encontremos con alguien conocido que quiera juntarse con nosotras.

—No me importaría —Cathy era una persona tan alegre, que atraía a la gente.

—Hoy no, ya es hora de que tú y yo pasemos un rato a solas —esbozó una sonrisa, y añadió—: Es lo que suele decirme Andrew, pero los ratos a solas que paso con él suelen centrarse en el dormitorio.

La camarera llegó en ese momento a tomarles nota. Cathy pidió la ensalada marinera, y Cecilia un rollito de pavo y un plato de sopa vegetal. En cuanto la mujer les llevó el agua con gas que las dos habían pedido para beber, Cathy entrelazó las manos sobre la mesa y se inclinó hacia delante.

—¿Qué es lo que te pasa, Cecilia?

—¿Por qué crees que me pasa algo?

—Porque te lo veo en los ojos; además, no parecías demasiado alegre cuando hemos hablado por teléfono.

—Porque no lo estaba.

—¿Es por Ian y el bebé?

—Se niega a decidir un nombre. Es ridículo, y muy frustrante.

—Sabe que es un niño, ¿qué problema tiene?

—Llevo semanas pidiéndole que me sugiera nombres, y él no me hace ni caso. Acabé enviándole una lista con mis preferidos, y tampoco hizo ningún comentario —aquello era lo que no le gustaba de los correos electrónicos. Cuando Ian no quería hablar de algo, se limitaba a ignorar el tema.

—¿Qué vas a hacer, esperar a después del parto? No puedes llamarlo Bebé Randall por el resto de su vida.

—Ya lo sé. Le dije a Ian que era su última oportunidad, que si no me sugería algún nombre, elegiría el que me diera la gana.

—Vale, ¿cuál has elegido?

Cecilia posó la mano sobre su vientre antes de contestar.
—Aaron. Aaron Randall suena bien, ¿verdad?
—Sí. Aaron Randall... sí, me gusta.
—Ian se llama Jacob de segundo nombre, pensé en ponérselo también al bebé.
—¿A Ian le parece bien que el niño se llame Aaron Jacob?
—Durante semanas se negó a hablar de nombres, y cuando le dije que vale, que lo decidiría sin él, no me respondió. Pero la semana pasada me llamó por teléfono, y cuando aproveché para decirle que el niño iba a llamarse Aaron, se negó en redondo.
—¿Por qué no le gusta el nombre?
—No quiere ningún nombre que empiece por «a» —Cecilia se sintió un poco avergonzada al admitirlo.
—Eso no tiene sentido... —Cathy lo entendió de repente—. ¿Es porque empieza por la misma letra que Allison?
—Exacto —cuando la camarera llegó con la comida, le dio las gracias con una sonrisa.
—Es un poco supersticioso, ¿no?
—Tiene mucho miedo, empieza a preocuparme. Aaron es un nombre que me gusta. Cuando retomé los estudios, uno de los profesores de la universidad me animó a seguir adelante. De no ser por el señor Cavanaugh, me habría rendido.
—¿Se llamaba Aaron?
Cecilia le dio un mordisco al rollito de pavo antes de contestar.
—Sí. Me dio muy buenos consejos, y me recomendó que estudiara contabilidad. Creo que debe de ser amigo del señor Cox, porque me sugirió que me presentara como candidata al puesto y acabaron contratándome.
Aquel profesor había sido como un padre para ella, más incluso que el de verdad, y quería que supiera lo mucho que había significado para ella su apoyo. Se mantenía en contacto con él, y cada año le mandaba una felicitación de

Navidad. Pensaba enviarle una nota para avisarle del nacimiento de su hijo, y para volver a darle las gracias.

–Ian tuvo la oportunidad de decidir el nombre del niño –tomó un poco de sopa, y añadió–: Intenté una y otra vez hablar del tema con él, pero lo único que ha hecho es decir que no le gusta Aaron.

–Tú misma lo has dicho, tiene miedo –le dijo Cathy.

–Al niño y a mí no va a pasarnos nada –ya había empezado a pensar en el niño como Aaron, era un nombre que no tenía nada de malo.

Salieron del Pancake Palace media hora más tarde y fueron en coche a Silverdale, al centro comercial Kitsap. Como ninguna de las dos tenía demasiado dinero, se centraron en la ropa infantil, y Cecilia compró unas cuantas camisetas que estaban rebajadas.

–Estoy preocupada por Allison Cox –comentó, mientras pasaban junto a una tienda de productos multimedia–. Ya te lo había comentado, ¿verdad? Se ha enamorado de un chico que parece sacado de *Matrix*.

–Los chicos malos tienen su atractivo –le dijo Cathy, en tono de broma–. Me parece que me dijiste que no podían verse.

–Sí, y Allison está hecha polvo. Cuando viene a la gestoría al salir de clase, no deja de quejarse de lo dura que es la situación. Yo la escucho y procuro ser comprensiva, pero ese chico me da mala espina. Espero que el señor Cox se mantenga firme.

–¿Qué es lo que te preocupa?

–Anson llegó a un acuerdo con el señor Cox, y podrá volver a ver a Allison cuando cumpla con todas sus obligaciones. La pobre está deseando que llegue ese día, y tengo miedo de que acabe llevándose una desilusión enorme.

–Eres bastante pesimista –le dijo Cathy, mientras pasaban junto a una exposición de muebles infantiles–. Cambiando de tema... ¿cómo le va a Rachel Pendergast?

—La verdad es que apenas la veo.

En cuanto se había enterado de que el padre de Nate era congresista, Rachel había roto la relación. Cecilia tenía pensado ir a que le cortara el pelo, pero llevaba dos o tres semanas sin hablar con ella.

—Se ha echado para atrás, ¿verdad?

—Sí —Cecilia acarició una de las cunas que había en exposición. Ya tenía lista la habitación de Aaron, y le había comprado una cuna de segunda mano. Todo estaba listo para la llegada de su hijo, aunque no había comprado demasiadas cosas nuevas—. ¿Cómo pueden permitirse todo esto las parejas jóvenes?

—No pueden, lo compran los abuelos —le dijo Cathy, sonriente—. Después de que Andy naciera, Andrew y yo fuimos en avión a visitar a mis padres, y habían comprado una cuna nueva para que pudiera usarla mientras estábamos allí. Andrew y yo habíamos comprado una de segunda mano, y él la había pintado de blanco. La adorné con algunas calcomanías, pero la verdad es que éstas son mucho más bonitas. Nos pareció muy divertido que mis padres tuvieran una cuna nueva y nosotros una de segunda mano.

Se quedaron un par de horas en el centro comercial, pero no compraron nada más. Cuando Cathy fue a recoger a Andy, Cecilia puso rumbo a casa, pero cambió de idea y fue al cementerio donde estaba enterrada Allison.

Siempre mantenía la tumba bien cuidada. Durante el primer año había llevado flores una vez a la semana como mínimo, y a pesar de que ya no iba con tanta frecuencia, siempre tenía presente a su hija.

Se agachó junto a la tumba, y apartó con las manos enguantadas las hojas húmedas que había sobre la lápida.

—Hola, cariño —dijo en voz baja—. Somos mamá y tu hermanito pequeño —el bebé se movió en su interior, como si estuviera saludando a su hermana—. Tu papá está siendo testarudo otra vez —apenas podía articular las palabras. Cuando hablaba con Allison siempre sentía una emoción abrumadora–. No te preocupes, estaremos bien.

Se puso de pie, y se llevó las manos a la base de la espalda; al cabo de unos minutos, regresó al coche con la cabeza un poco gacha para protegerse del viento de febrero.

CAPÍTULO 37

Jack se sentó en la silla de cuero con ruedas de su despacho, la acercó a la mesa, y soltó un suspiro de placer. Por fin había vuelto al trabajo, aquél era su sitio. Inhaló hondo y recorrió con la mirada la redacción del periódico, que era un hervidero de actividad.

A Olivia no le había hecho ninguna gracia que volviera al trabajo, pero él se había esforzado por aplacarla y le había prometido que sólo trabajaría media jornada. Estaba convencido de que su mujer era capaz de enviarle al sheriff si no estaba en casa a mediodía, y seguro que a Troy Davis le encantaría sacarlo a rastras del periódico delante de todo el mundo.

Steve Fullerton, su editor adjunto, se acercó a él con una taza de café en la mano, y le dijo:

—Jack, tenemos que hablar del artículo sobre Lifestyle. No pudimos hacer las fotos, y... —esbozó una sonrisa, y comentó—: Por cierto, me alegra que estés de vuelta.

—Gracias —se sentía un poco abrumado por la reacción exagerada de todo el personal. Tenía la mesa cubierta de flores y postales, y habían colgado una pancarta con letras doradas en la que ponía *Bienvenido*. Era agradable saber que le habían echado de menos.

A las diez ya estaba inmerso en la rutina de editar un periódico diario, era como si aquel paréntesis de inactividad no hubiera existido. Escribió un editorial en el que alababa la pronta respuesta de los paramédicos que le habían salvado la vida. Sus dedos volaban sobre el teclado, siempre escribía sus mejores editoriales cuando el tiempo apremiaba; de hecho, había pasado gran parte de su carrera profesional yendo a contrarreloj, y se crecía ante la presión... al menos, eso era lo que creía antes, porque había empezado a replantearse las cosas a raíz del susto reciente que había tenido.

A mediodía tuvieron que desechar el artículo sobre Lifestyle, así que había que encontrar otro tema y el artículo tenía que estar listo a la una en punto. Sabía que Olivia se pondría furiosa si se quedaba más tiempo del prometido, y se debatió entre volver a casa o arrimar el hombro junto al resto del personal. Aún estaba intentando decidirse cuando vio que Bob Beldon entraba en la redacción.

—Hola, Jack —Bob fue directo hacia él, y añadió—: Pasaba por aquí, y he pensado en entrar para ver cómo te va.

Jack lo miró ceñudo, porque estaba convencido de que Bob no había pasado por allí por casualidad.

—Te ha mandado Olivia, ¿verdad? —al ver su expresión de culpabilidad, comentó—: Lo suponía, es típico de ella.

—Me ha dicho que tengo que llevarte a casa a rastras si hace falta, pero no vas a obligarme a llegar a esos extremos, ¿verdad?

Jack sabía que era inútil protestar, porque Bob era el mejor amigo que había tenido en toda su vida. Sin dejar de rezongar por lo bajo, apagó el ordenador y se puso de pie antes de agarrar su chaqueta. Esperaba que su mujer y su mejor amigo fueran conscientes de lo mucho que le costaba marcharse en medio de una crisis.

Sus compañeros lo miraron con incredulidad. Nunca los había abandonado a su suerte, jamás se había marchado de la redacción antes de que estuviera todo listo. Cuando Steve Fullerton empezó a aplaudir y todos le secundaron, Jack hizo adiós con la mano mientras iba hacia la puerta.

—¡Hasta mañana, vejete! Intenta seguir vivo unos cuantos días más —le dijo Steve.

Jack estaba exhausto, aunque no pensaba admitirlo. Durante su recuperación, Olivia le había obligado a dormir la siesta cada día, y aunque al principio había protestado porque no le gustaba que le dieran órdenes como si fuera un niño, al final había acabado cediendo, porque de todas formas siempre acababa quedándose dormido y tardaba una hora por lo menos en despertar.

—¿Qué se supone que voy a hacer con tanto tiempo libre? —murmuró, mientras iba hacia el aparcamiento con Bob.

—Había pensado en ir un rato a tu casa, podríamos jugar a las cartas. Hace bastante que no charlamos.

Jack llevaba demasiado tiempo trabajando en exceso. Cuando había empezado en el *Chronicle* no iba tan estresado, pero durante aquellos cinco años había ido incrementando el ritmo y al final había sufrido el ataque al corazón.

—Vale, vamos a jugar a las cartas. Pero no me metas mucha caña, hace bastante que no practico.

—No voy a tener piedad, voy a aprovechar que estás en desventaja.

—Vaya, qué amable —Jack se echó a reír. Era fantástico estar con su amigo, que también era su padrino en Alcohólicos Anónimos y su mentor en general.

Un cuarto de hora después, se había olvidado por completo de la crisis del periódico y estaba observando las cartas que tenía en la mano mientras intentaba decidir las dos que iba a descartar. Tenía un mondadientes en la boca, y siguió mordisqueándolo mientras dejaba a un lado un seis y un tres.

Al oír el teléfono, miró a Bob por encima de las cartas y le dijo:

—Te apuesto diez pavos a que es Olivia, comprobando que estoy en casa.

—Acepto la apuesta —le dijo su amigo, con una carcajada.

Jack descolgó el teléfono, y dijo:

—Dime, cariño.

—¿Cómo sabías que era yo?

Jack alargó la mano hacia su amigo para indicarle que le pagara.

—Lo he adivinado. Estoy en casa, y mi niñero está cuidándome.

—Bob no es tu niñero —le dijo ella.

—¿Tengo que dormir la siesta esta tarde?

Ella hizo caso omiso de su pregunta, y le dijo:

—¿Cómo te ha ido en la oficina?

—Muy bien —no se atrevió a decirle cuánto se alegraba de haber vuelto al trabajo. El ritmo frenético del periódico le estimulaba, y las siestas, por muy necesarias que fueran, le aburrían.

—¿Estás cansado?

Tuvo que contener un bostezo antes de contestar.

—Qué va. Estoy sentado en casa, en pleno día, jugando a las cartas con Bob. Estoy encantado.

Aquello no era del todo cierto. Preferiría estar trabajando... o haciendo el amor con su mujer, pero esto último parecía ser tabú desde que le habían operado. La única vez que había mencionado que podrían hacerlo, había sido Olivia la que había estado a punto de tener un ataque al corazón. Nada de sexo, incluso hablar del tema parecía estar prohibido. Empezaba a sospechar que no iba a volver a tener relaciones sexuales en lo que le quedaba de vida, y por si fuera poco, llevaba semanas sin ver un buen filete.

—Ya veremos cómo te encuentras cuando Bob se vaya, pareces un poco malhumorado —le dijo ella.

Jack se indignó al ver que estaba tratándolo de nuevo como si fuera un crío de cinco años, pero se esforzó por controlarse.

—¿No tendrías que volver al trabajo? —le dijo, en un intento de cortar la conversación antes de que acabara perdiendo los estribos.

—No, es mi hora de la comida.
—Estás interrumpiendo nuestra partida.

Estaba casi convencido de que Olivia le había dicho a Bob cuánto tiempo podía quedarse. Sabía que tenía buenas intenciones, que lo hacía por amor, pero el comportamiento de su mujer desde que le habían operado era como una soga en el cuello que le sofocaba.

—Que pases una buena tarde, cariño. Llegaré a casa a eso de las cinco —le dijo ella.

Estuvo a punto de decirle que no hacía falta que se diera prisa, pero sabía que sería inútil. Olivia estaba decidida a salvarle de sí mismo.

Después de colgar, cerró los ojos para intentar tranquilizarse un poco y volvió a agarrar sus cartas.

—¿Cómo sabías que era Olivia? —le preguntó Bob, mientras dejaba un billete de diez dólares sobre la mesa baja.

—Está agobiándome, no me deja ni respirar.

—Pues a mí no me importaría que Peggy me mimara un poco.

—Créeme, el comportamiento de Olivia acabaría agobiándote —no pensaba decir nada más sobre aquel asunto.

Olivia llegó a las cinco y doce. Jack sabía que el trayecto desde el juzgado hasta Lighthouse Road duraba once minutos exactamente, así que había salido a las cinco en punto y había vuelto a casa a toda velocidad.

Estaba sentado delante de la tele, aunque la programación de tarde le parecía insufrible. Casi todo lo que daban era estúpido y vergonzante, iba a tirarse de un puente si tenía que aguantar otro programa de testimonios.

—Hola —Olivia lo observó con atención mientras se quitaba los guantes y colgaba el abrigo—. ¿Has dormido la siesta?

Jack apretó con fuerza la mandíbula para evitar contestar.

—¿Necesitas algo, Jack?

—Sí. Necesito un beso, uno de verdad.

—De acuerdo —le dijo ella, tras una ligera vacilación.

—No quiero un besito en la mejilla, Olivia. Necesito que mi mujer me bese.

—No creo que sea una buena idea...

—Pues yo creo que es fantástica —se levantó de la silla. Si ella no se acercaba, sería él quien tomara la iniciativa.

Olivia debió de notar lo decidido que estaba, porque retrocedió hasta que topó con la pared. Lo miró alarmada, y susurró:

—Jack...

Él no dejó que siguiera hablando, y sintió que se ponía un poco tensa cuando la abrazó y la besó con una pasión febril. Ella no tardó en relajarse, y al final suspiró con suavidad y se abrazó a su cuello.

Jack empezó a preguntarse si iba a resultarle muy difícil desabrocharle la blusa y el sujetador. Le encantaban los pechos de su mujer, cuando los acariciaba se sentía en el séptimo cielo.

De repente, pasó algo que le dejó atónito: Olivia se puso a llorar. No era un llanto normal, sus hombros se sacudían mientras seguía aferrada a él y le besaba como si fuera incapaz de parar; al cabo de unos segundos, el llanto era tan fuerte, que tuvo que apartarse un poco de él para poder respirar. Entonces apoyó la cabeza en su pecho, lo abrazó por la cintura, y siguió llorando.

—¿Qué te pasa? —le preguntó con ansiedad. Nunca la había visto llorar así, no sabía que fuera capaz de sufrir aquella angustia tan sobrecogedora. Empezó a acariciarle el pelo para intentar tranquilizarla.

—Estuve a punto de perderte —le dijo entre sollozos—. Por favor, Jack, por favor... no vuelvas a hacerme algo así.

Él cerró los ojos, y la abrazó con fuerza.

—No paraba de pensar en que iba a perderte, recordaba una y otra vez el día de la muerte de Jordan, y... ¡no me dejes, Jack! No me dejes, te amo tanto...

—Nunca te dejaría, Olivia.
—No podría soportarlo.
—Nunca. No te dejaré nunca, Olivia —con la ayuda de Dios, mantendría su promesa.

CAPÍTULO 38

—¿Puedes llenar los vasos de agua, Roy? —le preguntó Corrie desde la cocina. Los invitados estaban a punto de llegar, y estaba bastante estresada.

Los Beldon iban a ir a cenar, y cocinar para alguien como Peggy era todo un desafío; era tan experta en la cocina, que tendría que tener un programa culinario propio en la tele. ¿Qué se le podía servir a una virtuosa de la cocina?

Se había pasado días repasando libros de recetas, y al final había optado por mero al horno con arroz salvaje y judías verdes. Charlotte Jefferson le había dado la receta del pastel de coco con el que había ganado durante cinco años seguidos el lazo azul en la feria del condado de Kitsap; si el sabor del pastel hacía honor a su olor y a su aspecto, Peggy iba a quedarse impresionada.

—Ya está —Roy entró en la cocina con una jarra vacía, y le preguntó—: ¿Quieres que haga algo más?

Corrie fue a echarle un vistazo al comedor, que estaba bastante elegante. En medio de la mesa de caoba había puesto un centro de flores naturales, y el mantel de lino de color amarillo claro iba a juego con las servilletas, que estaban dobladas con la forma de pájaros a punto de alzar el vuelo. Era un truco bastante sencillo que había aprendido varios años atrás, gracias al programa de Martha Stewart. Había sacado su mejor vajilla y la cubertería de plata.

Respiró hondo para intentar tranquilizarse al oír que llamaban a la puerta, aunque no sabía por qué se preocupaba tanto. No se trataba de un concurso, y Peggy no era una persona crítica; seguramente, la culpa de su nerviosismo la tenían su propio perfeccionismo y el hecho de que quería que sus amigos disfrutaran de la velada.

Roy fue a abrir la puerta, y se encargó de los abrigos de los recién llegados. Se reunieron todos en la sala de estar, y Corrie sacó unos aperitivos. La receta la había sacado de la tapa de un paquete de queso para untar, y era bastante fácil. Había que mezclar unas gambas con salsa rosa, se vertía todo en un recipiente junto con el queso para untar, y se servía con biscotes.

Roy sacó de la nevera una botella de vino blanco, y sirvió tres vasos. Bob optó por un refresco. Corrie era consciente de que era un alcohólico rehabilitado, pero él les había dicho la última vez que habían cenado juntos que no le suponía ningún problema que se sirviera alcohol en su presencia.

Corrie se sintió fatal al darse cuenta de que había pasado bastante tiempo desde la última vez que habían invitado a cenar a los Beldon. Había sido en octubre... la noche de lo de la cesta de fruta.

Hicieron un brindis, y charlaron durante un rato.

—¿Habéis vuelto a saber algo más de Hannah Russell? —les preguntó Roy. Estaba sentado junto a Corrie, y le había pasado un brazo por el hombro.

Hannah era una joven que había vivido con los Beldon el año anterior. Su padre había fallecido dos años atrás en la pensión Thyme and Tide, que era propiedad de la pareja. Aquella muerte había tenido un fuerte impacto en la ciudad, sobre todo cuando se había descubierto que no había sido ni accidental ni natural. Max Russell había sido asesinado. El más afectado había sido Bob, que había sido uno de los sospechosos desde el principio.

A Corrie aún le costaba entender toda la trama. Sabía que Max, Bob, Dan Sherman y un cuarto hombre que en ese momento era coronel habían formado parte de la misma unidad del ejército durante la guerra de Vietnam. Los cuatro habían guardado un secreto terrible, una masacre en un pueblo remoto en la que todos habían estado involucrados. Ninguno había sido capaz de superar lo que había sucedido, y cada uno había lidiado a su manera con los recuerdos. Bob se había refugiado en la bebida.

Dan había sido el primero en morir, ya que se había suicidado. Entonces Max había muerto asesinado, y su muerte había generado multitud de preguntas y de ideas equivocadas.

La impactante verdad sobre la muerte de Max había salido a la luz con el tiempo, cuando había quedado demostrado que lo había asesinado su propia hija. Peggy apenas podía creerlo, porque había entablado una buena amistad con la joven e incluso la había acogido en su casa. Los Beldon habían dejado que Hannah viviera con ellos, la habían ayudado a encontrar un empleo, y la habían apoyado.

—Hace meses que no hablo con ella —dijo Peggy con tristeza—. Le he enviado un montón de cartas, pero no me contesta. Lo último que supe fue que la habían trasladado a California para juzgarla por la muerte de su madre.

La joven había intentado asesinar a su padre por primera vez al pedirle a un amigo que le saboteara el coche, pero en el accidente de tráfico había muerto su madre.

—Nos culpa de su arresto, Peggy estaba en el juzgado cuando Hannah admitió su culpabilidad a cambio de un acuerdo con el fiscal —comentó Bob.

—Aún me cuesta creer que asesinara a sus padres —dijo Peggy.

Roy no hizo ningún comentario, y Corrie supo de inmediato por qué permanecía callado. Su marido era el que había sospechado durante mucho tiempo que la joven estaba involucrada en el asesinato. Hannah había decidido ir a

Cedar Cove para estar al tanto de cómo iba la investigación, y había engañado a todo el mundo al comportarse como una niñita perdida, tímida y vulnerable.

—La muerte de Max no era el único misterio de esta ciudad —Bob tomó un trago de refresco, y añadió—: Que yo recuerde, la última vez que vinimos a cenar alguien os dejó una cesta de fruta en la puerta.

Peggy se llevó una mano al cuello, y comentó:

—Nos asustasteis, porque pensabais que podía contener una bomba o algo así.

—Sí, me acuerdo —Roy esbozó una sonrisa forzada.

—¿Habéis averiguado quién lo hizo?

Corrie miró a su marido, que se limitó a decir:

—Aún no.

—Espero que no fuera un tema confidencial, pero Corrie le dijo a Peggy que habíais estado recibiendo mensajes anónimos. ¿La cosa sigue igual? —les preguntó Bob.

—El más reciente llegó en San Valentín —le dijo Corrie, al ver que su marido no contestaba.

Los dos se sentían incómodos con aquel tema. El último mensaje estaba escrito dentro de una postal de San Valentín, y ponía: *La rosa es roja, la violeta azul; yo sé quién soy, ¿lo sabes tú?*

—¿No tenéis ni idea de quién puede ser? —les preguntó Bob, ceñudo.

—Tenemos algunas sospechas —le dijo Roy.

Corrie se alegró al oír que justo en ese momento sonaba el temporizador del horno, y comentó:

—Bueno, creo que es hora de que pasemos al comedor.

Disfrutaron de la cena, y después charlaron durante un rato. Cuando Bob sugirió que podían jugar a las cartas, Roy preparó la mesa mientras Corrie iba a por la baraja. Jugaron al pinacle, mujeres contra hombres, y después de la primera partida hicieron una pausa para tomar el café y el postre. Corrie le prometió a Peggy que le pasaría la receta del pastel de coco.

Linnette llegó justo cuando estaban acabando, y pareció sorprenderse al ver que sus padres tenían invitados.

—Hola a todos —miró a sus padres, y comentó—: Perdonad, no sabía que teníais compañía.

Corrie se dio cuenta de inmediato de que parecía un poco alterada, y le preguntó:

—¿Quieres que te llame después?

Peggy entendió la situación a la perfección. Llevó su taza y su plato vacíos a la cocina, y dijo:

—No hace falta, ya es hora de que Bob y yo nos vayamos a casa.

—¿En serio? —era obvio que su marido quería seguir jugando a las cartas.

—Sí, en serio.

Corrie no pudo evitar sonreír. A los hombres les costaba dar por terminada la velada, porque ellas habían ganado la primera partida. Como la vez anterior ellos les habían dado un palizón, consideró que era una cuestión de justicia divina.

Roy y ella acompañaron a los Beldon a la puerta mientras Linnette se servía un poco de pastel. Lo que la preocupaba debía de ser bastante serio, ya que solía cuidar mucho su línea.

Cuando se despidieron de Bob y Peggy y regresaron a la cocina, Roy fingió un bostezo y dijo:

—Me voy a la cama para que podáis hablar de vuestras cosas.

—No, papá, esto también te concierne —Linnette le indicó con el tenedor las sillas vacías que había delante de ella.

—¿Qué pasa? —le preguntó él, mientras se sentaba en una y estiraba las piernas.

—Gloria Ashton.

—¿Quién es? —le preguntó Roy a su mujer.

—La vecina de Linnette.

—Y mi amiga, una buena amiga.

—¿Cuál es el problema? —le preguntó Roy con impaciencia.

Corrie contuvo las ganas de darle una patada por debajo de la mesa. Su marido era más complaciente con sus clientes que con sus hijos. Se volvió hacia Linnette, y le preguntó:

—¿Todo esto tiene algo que ver con Chad?

—Ah, sí, el médico.

Linnette agachó la cabeza, y asintió.

—Me invitó a tomar café después del trabajo hace una semana, y le dije que sí —frunció el ceño, y se encogió de hombros—. Lo que quería era decirme que estaba saliendo con Gloria.

—Tu vecina —dijo Roy, aunque a aquellas alturas ya tenía que saber quién era la joven en cuestión—. ¿Por qué quería pedirte permiso?, no es asunto tuyo con quién salga.

—Eso fue lo que le dije.

Corrie no acababa de entenderlo.

—Debo de haberme perdido algo. La última vez que hablamos, me dijiste que interesarte en Chad era una pérdida de tiempo.

—Exacto. Le dije a Chad que, si necesitaba mi permiso para poder salir con Gloria, lo tenía. La verdad es que la situación me pareció digna de quinceañeros, pero entonces me dijo que Gloria se negaba a salir con él porque somos amigas.

—¿A qué viene la actitud de tu vecina? —le preguntó Roy.

—No lo sé. Intenté hablar con ella, pero no quiso escucharme. Me dijo que hay hombres de sobra, pero que no es tan fácil encontrar una buena amiga. En eso estoy de acuerdo con ella. Le aseguré que me daba igual que estuviera interesada en Chad, pero me dijo que no quería arriesgarse a perder nuestra amistad por un hombre.

—¿Y Chad te echa la culpa a ti?

—No tengo por qué sentirme culpable, pero no puedo evitarlo. Hasta llegué a decirle a Gloria que saldría yo con Chad si ella no lo hacía, y ahí sí que metí la pata.

—¿Tiene Chad voz y voto en todo esto? —le preguntó Roy.

—La verdad es que no... bueno, sí, pero me da igual que me invite o no a salir.

—¿Y te da igual que te invite Cal? —le preguntó Corrie, con voz triunfal.

—Hija, ¿todos los hombres con los que sales tienen que tener un nombre que empiece por «c»?

—Qué gracioso eres, papá.

—No me has contestado, Linnette —le dijo Corrie.

—No, no me da igual —admitió, con un profundo suspiro.

—¿Has vuelto a verle desde que estuvo en la clínica?

—No, y dudo que vuelva.

—¿No tienes que quitarle las suturas? —Corrie consideraba que era una excusa perfecta.

—Bueno, alguien tiene que hacerlo. Puede que lo haga él mismo, o Cliff Harding.

—Podrías ir a verle.

—¿De verdad es necesario que yo esté aquí? —dijo Roy, con voz de aburrimiento.

—Sí, papá. Cuando fui al despacho y te pedí tu opinión, me dijiste más o menos que, si estaba escrito que volviera a ver a Cal, el destino volvería a ponerlo en mi camino. Fue lo que pasó con mamá y contigo, ¿verdad?

—Sí.

—Pues el destino volvió a ponerlo en mi camino, y esta vez no pienso repetir el mismo error. No sé adónde va a llevarme todo esto, pero estoy dispuesta a averiguarlo. No es un médico con un montón de diplomas, y dudo que tenga un salario alto, pero es el hombre que me interesa.

Corrie sonrió encantada, pero al mirar a Roy, se dio cuenta de que no estaba tan entusiasmado.

CAPÍTULO 39

Maryellen estaba desesperada. Jon había preparado una cama improvisada para ella en la planta baja de la casa, y lo que hasta entonces había sido la sala de estar se había convertido en el centro de su universo y en su prisión; además, él no la dejaba levantar nada que pesara más de un par de kilos, así que ni siquiera podía tomar en brazos a su propia hija.

No sabía cómo se las apañaría si no tuviera la ayuda de su hermana Kelly, que se encargaba de cuidar a la niña durante el día. Jon se ocupaba de la pequeña y de las tareas domésticas por la noche, y no le resultaba nada fácil.

Él llevaba a la niña a casa de Kelly cada mañana, y por la tarde regresaba a buscarla. Mientras tanto, ella estaba atrapada en la casa; además de tener que lidiar con el nerviosismo y el aburrimiento, tenía miedo de que cualquier movimiento innecesario le provocara un parto prematuro.

Su vida tenía una rutina que la desesperaba. Jon se levantaba a las siete, bajaba a preparar el café, y volvía a subir para vestir a Katie; después de darle el desayuno a la niña, le llevaba a ella una taza de té. Entonces intentaban pasar unos minutos juntos con Katie antes de que él la llevara a casa de Kelly. Como estaban a principios de primavera, las flores tempranas empezaban a emerger, y era el momento óptimo para conseguir fotografías interesantes. Jon pasaba horas fuera de la casa, porque tenía que trabajar para conseguir un dinero que necesitaban con urgencia.

Sabía que su marido no quería que se preocupara por la economía doméstica, pero era inevitable. Como ella no trabajaba, tenían que arreglárselas con lo que ganaba él, y a pesar de que sus fotografías cada vez se vendían más, sus ingresos aún no le daban para cubrir los gastos de una familia con dos hijos. Ella le había animado a que dejara su trabajo de chef en el Lighthouse y se centrara en su carrera de fotógrafo, y el plan había funcionado hasta ese momento.

Al oír que se abría la puerta principal, dejó a un lado la novela que estaba leyendo. Llevaba toda la mañana bastante distraída, y las horas le parecían interminables.

—Ya estoy aquí —le dijo Jon, al entrar con la mochila en la que llevaba la cámara y el equipo.

Ella intentó sonreír.

—¿Cómo estás? —le preguntó él, mientras se quitaba las botas.

—Desesperada. No soporto estar todo el día en la cama.

Mirara a donde mirase, siempre veía algo que estaba por limpiar o por acabar, por doblar o por guardar. Jon se esforzaba mucho, pero no podía con todo.

—Voy a prepararte la comida.

—No tengo hambre.

Sabía que él estaba intentando complacerla, pero la verdad era que últimamente no tenía demasiado apetito. Era lógico, porque el único ejercicio que hacía era caminar hasta el cuarto de baño, y el doctor DeGroot le había aconsejado que disminuyera al máximo ese tipo de paseos.

—No desayunaste casi nada —Jon se sentó en el borde de la cama, y la miró con ternura—. Te prepararé tu comida preferida... un bocadillo caliente de queso y sopa de tomate.

Maryellen sonrió, y decidió comer al menos un poco por él.

Jon la besó en la mejilla, y fue hacia la cocina antes de preguntarle:

—¿Ha llamado alguien mientras estaba fuera?

—No.

Maryellen se cruzó de brazos. Lois la había llamado a diario durante la primera semana para pedirle consejo, pero suponía que su asistente ya se sentía cómoda dirigiendo la galería de arte, porque no había vuelto a saber nada de ella. Su madre intentaba llamarla a la hora de la comida y le proporcionaba una distracción que era de agradecer, pero como la biblioteca solía estar bastante llena al mediodía, últimamente sólo llamaba unas tres veces por semana.

—¿Te ha llamado tu madre? —le preguntó Jon.

—No.

Su madre la ayudaba en la medida de lo posible, pero tenía una vida propia, y pasaba casi todo su tiempo libre con Cliff desde que se había comprometido con él. Ella no sabía cuándo pensaban casarse, pero sospechaba que sería pronto; en todo caso, se sentía fatal porque estaba casi segura de que no podría asistir a la boda.

—A partir de la semana que viene se me acaban los días que me tocaban de vacaciones en el trabajo, así que ya no cobraré nada —le dijo, cuando Jon regresó al cabo de cinco minutos con una bandeja.

No le gustaba ser portadora de malas noticias, pero su marido tenía que ser consciente de que ella ya no iba a recibir más cheques. Estaba muy preocupada por aquella situación económica tan precaria, tenía miedo de que estuvieran a punto de caer en un pozo sin fondo; además, iban a tener que pagar los recargos del seguro médico, que eran sustanciosos. Aunque seguía asegurada gracias a su trabajo, la cobertura médica que recibía tenía límites.

—Ya lo sé, nos las arreglaremos —le dijo él con calma.

—¿Cómo? —miró el anillo que él le había regalado por Navidad. Habría sido mejor que Jon hubiera puesto aquel dinero en el banco. Estaban al borde de la ruina económica, y llevaba un anillo con un diamante enorme.
—Tienes que tener fe, Maryellen.
—¿En quién? ¿En ti?, ¿en Dios?
—En los dos —le puso la bandeja en el regazo, y se sentó junto a ella—. Ya sé que esto es duro, cariño, pero saldremos adelante.

Maryellen se había ocupado de pagar las facturas hasta entonces, y tenía la impresión de que su marido no entendía lo mal que estaban las cosas. Había llegado un punto en que incluso les costaba llegar a final de mes, y si encima iban a tener que pagar más por lo del seguro médico...
—Sólo faltan trece semanas para que nazca el bebé, Maryellen.

Si lo que quería era animarla, no lo había conseguido. Trece semanas le parecían una eternidad.
—Venga, come —le dijo él, mientras le acercaba el bocadillo.

Dio un pequeño mordisco por el bien de su hijo, y otro más. Jon tuvo que ir insistiendo constantemente, y ella se sintió aún peor por causarle tantos problemas; de repente, se dio cuenta de que parecía preocupado, y le preguntó con ansiedad:
—¿Te pasa algo, cariño?
—No, nada —se apresuró a relajar su expresión, como si quisiera tranquilizarla.
—Si pasara algo, me lo dirías, ¿verdad?
—Sí, por supuesto.

No quedó demasiado convencida, y cada vez fue sintiéndose más culpable.
—He estado insoportable durante todo el día, ¿verdad?
—Claro que no.
—No lo niegues, Jon. Sé que me he portado fatal —al ver que él esbozaba una sonrisa forzada, insistió—: Venga, dímelo.

—¿Para qué?, ¿para que te deprimas más?
—Somos una pareja, un equipo. No deberíamos esconder lo que sentimos... tú mismo me dijiste una vez que la comunicación es la clave —fue incapaz de seguir comiendo, y dejó la bandeja a un lado.

Él apartó la mirada, y admitió:

—He ido a ver a Seth Gunderson, y le he pedido que me dé trabajo a tiempo parcial. Necesitamos el dinero, y me da igual el horario que me ponga.

No le hacía ninguna gracia que él tuviera que relegar a un segundo plano su trabajo fotográfico, pero necesitaban unos ingresos regulares.

—Seth se ha alegrado de verme, y me ha dicho que estaba dispuesto a contratarme.

—Es una buena noticia, ¿no?

—Lo era, hasta que me ha dicho que el único turno libre era el de noche.

—Ah —ella no podía ocuparse sola de Katie.

—Seth entiende que necesito trabajar de día, y me ha dicho que hablará con el otro chef para ver si está dispuesto a cambiarme el turno durante una temporada.

—Sería fantástico —intentó mostrarse positiva, pero Jon no podría seguir con su trabajo de fotógrafo si tenía que pasarse todo el día en el restaurante. Salía perdiendo de todas formas.

—Todo saldrá bien —le dijo él, sin demasiada convicción.

Maryellen tragó con fuerza, y le dijo:

—¿Podrías abrazarme?

Todo parecía mejor cuando estaba entre los brazos de su marido, se sentía reconfortada y en paz. Apoyó la cabeza en su hombro, y se recordó a sí misma que cuando acabara aquel periodo de descanso obligatorio tendrían otro hijo, que Katie tendría un hermanito o una hermanita. En poco más de tres meses, todo aquello habría acabado, así que no debía centrarse en los problemas que tenía en ese momento puntual, sino en el futuro.

Suspiró de placer al sentir que Jon le acariciaba la espalda. Se sentía bien por primera vez en todo el día.

—Jon, he estado pensando.

—Eso sí que es peligroso —le dijo él, en tono de broma.

—He estado intentando encontrar alguna solución... está claro que necesitamos ayuda.

—Estoy arreglándomelas.

—Sí, y estás haciéndolo muy bien, pero estás agotado y sólo llevamos así tres semanas. Tienes que cuidar de Katie y de mí, limpiar la casa, cocinar, trabajar y vender tus fotografías... estás rendido —no quería ni imaginarse lo que pasaría si su marido tenía que sumarle a todo eso cuarenta horas de trabajo semanales en el Lighthouse.

—Así que crees que estoy cansado, ¿no? —empezó a besarle el cuello, pero el gesto fue más afectuoso que sensual. No podían mantener relaciones sexuales hasta seis semanas después del parto.

—Lo estás, y yo también —le dijo, mientras le abrazaba con fuerza.

—Lo que tú digas, cariño.

—Hay alguien que puede ayudarnos, Jon.

Él supo de inmediato a quién se refería.

—Si vas a sugerir lo que yo creo, puedes ahorrarte la molestia —se apartó de ella, y se puso de pie.

—¿Podrías ser razonable?

—Quieres que llame a mis padres.

—Estarían encantados de poder pasar una temporada con nosotros.

El padre y la madrastra de Jon estaban desesperados por recuperar su cariño, y harían lo que fuera si se les presentaba una oportunidad.

—No pienso pedirles nada, y te prohíbo que te pongas en contacto con ellos —le dijo él con firmeza.

—¿*Que me lo prohíbes?* —estuvo a punto de perder los estribos, pero se obligó a mantener la calma y eligió sus siguientes palabras con cuidado—. Voy a pedirte que me lo digas de otra forma, porque estoy segura de que no has querido decir lo que he oído.

Él empezó a pasearse de un lado a otro, y al final le dijo:

—Perdona, no me he expresado bien —vaciló por un instante, y se acercó a la ventana que daba a Puget Sound—. Pero me gustaría que tuvieras en cuenta lo que siento respecto a ellos.

—Ya lo he hecho.

Siguió de espaldas a ella, y se metió las manos en los bolsillos antes de preguntarle:

—¿Has seguido estando en contacto con ellos?

—Les envié por correo las últimas fotos de Katie, y añadí una nota en la que les decía que estaba embarazada otra vez.

—¿Cuándo?

—En Navidad —al recordar que también les había mandado una nota de agradecimiento, añadió—: También les escribí después de Navidad... una nota muy corta para darles las gracias por los regalos —se había sentido culpable, como si con aquel gesto de cortesía estuviera traicionando a su marido.

Él se volvió a mirarla, y le dijo:

—En una ocasión necesité a mis padres, y me fallaron. Entonces prometí que no volvería a pedirles ayuda nunca más. Lo siento, pero no puedo hacerlo. Prefiero trabajar veinte horas al día antes que pedirles que levanten un dedo para ayudarme. Me niego a hacerlo.

—De acuerdo —la decisión era suya, y estaba claro que no estaba dispuesto a cambiar de opinión.

—¿Estás enfadada conmigo?

—No. Tal y como has dicho antes, todo saldrá bien.

—¿No vas a hacer nada a mis espaldas?

—No —ya lo había hecho en una ocasión, y se arrepentía de verdad.

Él fue a sentarse de nuevo a su lado, y le dijo:

—Es normal que te ame tanto, Katie y tú sois lo mejor que me ha pasado en la vida.

Por mucho que él dijera, Maryellen sabía que era ella la que tenía que dar gracias por tenerlo en su vida.

CAPÍTULO 40

El viernes por la tarde, Grace llegó al rancho de Cliff una hora más tarde de lo que había planeado. Estaba exhausta, preocupada, y se sentía culpable. Maryellen la necesitaba, Cliff quería fijar la fecha de la boda cuanto antes, y el lunes a primera hora tenía que marcharse para asistir a una conferencia de biblioteconomía. No podía estar pendiente de todo, y tenía la sensación de que al final no contentaba a nadie.

Cuando llegó al rancho y Cliff salió a recibirla, supo que se echaría a llorar como una tonta si él hacía algún comentario sobre su falta de puntualidad.

Él abrió la puerta del coche, y debió de notar que algo no iba bien, porque le preguntó:

—¿Has tenido un mal día?

—Sí. He ido a casa de Maryellen para ver si podía echarle una mano —le dijo, mientras bajaba del coche.

La casa estaba hecha un desastre, su hija estaba desmoralizada, y Jon parecía a punto de desplomarse bajo el peso de tanta responsabilidad. Iba a trabajar al Lighthouse cada vez que le llamaban para que cubriera un turno, y por si fuera poco, Katie tenía la gripe y necesitaba cuidados constantes. La pequeña se había empeñado en aferrarse a su madre, y no había consentido en que su abuela la tomara en brazos.

—Les he hecho varias lavadoras y he limpiado un poco la casa, pero lo llevan bastante mal.
—¿Puedo ayudar en algo?
—No lo sé, ahora mismo no se me ocurre nada... a lo mejor podrías llevarles la cena algún día.
—Hecho.
Ella estaba planteándose seriamente quedarse a ayudar a su hija en vez de ir a la conferencia, aunque no le gustaba tener que cancelar su asistencia. El dinero del viaje había salido del limitado presupuesto de la biblioteca, y era demasiado tarde para pedirle a alguien que fuera en su lugar. La idea de desperdiciar el billete de ida y vuelta a San Francisco además del precio de la conferencia era deprimente.
—No sé qué hacer, Cliff —le dijo, mientras le pasaba el brazo por la cintura y echaban a andar hacia la casa.
—Supongo que no es un buen momento para pedirte que nos fuguemos y nos casemos sin más, ¿verdad?
La idea era tentadora.
—Maryellen y Kelly no me lo perdonarían —Olivia tampoco, pero no hacía falta que la mencionara; de las tres, su amiga sería la más comprensiva.
—A mí me pasaría lo mismo con Lisa —admitió él a regañadientes—. No sabía que era tan difícil planear una boda, no aguanto esta espera. A este paso, dentro de seis meses aún estaremos intentando encontrar la fecha perfecta, pendientes de la conveniencia de todo el mundo.
—A lo mejor deberíamos hacerlo... me refiero a lo de fugarnos y casarnos sin más.
Cliff se detuvo de golpe, se quedó mirándola durante unos segundos, y al final le preguntó:
—Lo dices en serio, ¿verdad?
Ella lo había dicho más como un comentario que como una afirmación, pero en ese momento se dio cuenta de cuánto anhelaba acabar de una vez con toda aquella locura. Lo único que quería era casarse con Cliff.
—Olivia podría oficiar la ceremonia.

—Podemos tener lista la documentación el lunes por la mañana —le dijo él.

—Oh, no... tengo que ir a aquella conferencia.

—¿Dónde se celebra?

—En San Francisco.

—Genial, nos casaremos allí —le dijo él, con una gran sonrisa.

A ella le parecía perfecto, pero había un pequeño problema.

—Voy a asistir a una conferencia sobre biblioteconomía, Cliff.

—Dejaremos la luna de miel para más tarde.

—¿Estás seguro?

—¿Y tú?

—Estaba pensando que a lo mejor debería olvidarme de lo de la conferencia. Maryellen y Jon me necesitan, y me siento culpable por no poder ayudarlos más.

—¿Puedes cancelar tu asistencia a estas alturas?

—Sí, pero es un problema, y la verdad es que quiero ir. Me he apuntado a varios talleres de trabajo, una de las noches se celebra una cena de gala, y hasta voy a participar en un debate sobre alfabetización.

—Pues deberías ir. Podríamos contratar a alguna empresa de limpieza, para que alguien vaya a echarle una mano a Maryellen. Lo dejaremos todo listo para que vayan el lunes, y también podemos hacer que el Lighthouse les lleve comida a domicilio. Así no tendrás que sentirte culpable, y nos iremos juntos a San Francisco.

—Eres una maravilla.

—Qué va, soy un tipo normalito —le dijo, con falsa modestia. Cuando ella se echó a reír, añadió—: Tendrás algo de tiempo libre durante la conferencia, ¿no?

—Sí, un poco. Tengo libre la tarde del miércoles —había planeado salir a pasear por la ciudad.

—Con eso basta.

—Pero...

—¿Estás buscando excusas para escaquearte?
—Claro que no.
—Perfecto, porque voy a encargarme de todo. La boda será el miércoles por la tarde... el ocho de marzo. No te preocupes de nada.

Aún no habían entrado en la casa, pero lo abrazó con fuerza y le dio un sonoro beso.

—¡Vamos a casarnos! —Cliff la levantó mientras soltaba un grito de alegría, y empezó a dar una vuelta tras otra.

Cal salió en ese momento del establo y se quedó mirándolos, como esperando una explicación.

—¡Vamos a casarnos! —le dijo ella, cuando Cliff volvió a dejarla en el suelo.

—Sí, ya lo sa... sabía.

—La semana que viene —le dijo Cliff.

Cal se enderezó el sombrero, y le dijo:

—Ti... tiene que llegar aque... quella yegua de Kentuky.

La sonrisa de Cliff empezó a desvanecerse, pero entonces negó con la cabeza y dijo:

—Si esperamos a que llegue el momento perfecto, podríamos tardar años en casarnos, y no pienso esperar ni un minuto más de lo necesario.

—¿Vamos a decírselo a alguien?

—¿Para qué?, ¿para arriesgarnos a sufrir la furia del universo en pleno? Seguro que Lisa contrata a un sicario y que a tus hijas tampoco les hace ninguna gracia, pero vamos a tener que correr ese riesgo. Nadie tiene por qué saber que estamos casados hasta que se lo digamos.

—Si no le decimos a nadie que estamos casados, no puedo venirme a vivir contigo.

—¿Por qué no?

—No puedo dejar que mi familia crea que estamos viviendo juntos.

—Si por mí fuera, ya estarías aquí.

—¡Cliff!

—Vale, de acuerdo —abrió la puerta de la casa, y se apartó para dejarla pasar.

La chimenea de la sala de estar estaba encendida, y el fuego proporcionaba un ambiente cálido y acogedor. Grace contempló las paredes de madera, los muebles sólidos, la anticuada alfombra trenzada... aquél iba a ser su hogar.

—Anunciaremos que estamos casados cuando volvamos, y que sea lo que Dios quiera —le dijo él.

—De acuerdo, y celebraremos la fiesta un día que les vaya bien a todos.

—Pues entonces tardaremos años en celebrarla.

—Vale, un día que le vaya bien a la mayoría —como no podía contener el entusiasmo que sentía, le abrazó y volvió a besarlo.

—Estoy deseando que llegue el miércoles —le susurró al oído con voz ronca.

—¿Tienes idea de cuál es el periodo de espera en California?

En el estado de Washington eran tres días, y no quería ningún problema de última hora si en California era mayor.

—No, pero lo averiguaré. No te preocupes, vamos a casarnos pase lo que pase.

El estofado que iban a cenar estaba listo, así que Grace empezó a poner la mesa. Se sentía en el séptimo cielo, y cuando su mirada se encontraba con la de Cliff, intercambiaban una sonrisa. En una ocasión, se echó a reír como una tonta. Estaba tan entusiasmada, tan feliz...

Cliff se metió en su despacho después de cenar, y regresó al cabo de veinte minutos.

—He estado buscando en Internet, y en California no hay periodo de espera.

—¡Perfecto! —los planes iban tomando forma.

—De paso, he reservado mi billete de avión... vamos en el mismo vuelo.

—¿Cómo lo sabes?

—Me dijiste a qué hora salía tu vuelo, así que sólo he tenido que buscar las compañías que tenían ese horario de salida.

Cliff añadió que le pediría a Cal que los llevara en coche al aeropuerto el lunes por la mañana, así que todo estaba listo.

—¿Te he dicho últimamente lo brillante que eres? —le preguntó, mientras lo miraba con admiración.

—Pues la verdad es que lo soy, ¿no? Te sorprendería lo listo que puedo llegar a ser con tal de casarme contigo la semana que viene.

Apenas se dio cuenta de que él ponía una película. Cuando se sentaron delante de la televisión, Cliff colocó los pies encima de la mesa baja y le pasó un brazo por los hombros. Ella entrelazó los dedos con los suyos, mientras intentaba asimilar que en cuestión de días sería la esposa de aquel hombre.

Él bajó la cabeza, apoyó la mejilla en su pelo y suspiró satisfecho antes de preguntarle:

—¿Te gusta la película?

—No mucho, ¿por qué?

—Voy a necesitar ayuda para reorganizar el dormitorio.

—¿Ahora?

—Será lo mejor, teniendo en cuenta que te vendrás a vivir conmigo en cuanto volvamos de San Francisco.

—¿Y qué hago con mi casa? —de repente, se dio cuenta de que su súbita boda iba a tener consecuencias inmediatas.

—Eso es cosa tuya y de tus hijas. Quédatela, véndela, alquílala... haz lo que te dé la gana, siempre y cuando me prometas que vivirás conmigo.

—¿Qué pasa con Buttercup y Sherlock?

—Se acostumbrarán a su nueva casa —parecía muy seguro de sí mismo—. Oye, no estarás arrepintiéndote, ¿verdad?

Cuando la miraba así, con los ojos llenos de amor, nada podía preocuparla.

—No... pero no sé nada de caballos.

—Eso da igual.

—¿Y qué pasa con mi trabajo?
—¿Te gusta?
—Me encanta.
—Pues sigue haciéndolo —la miró ceñudo, y le preguntó—: ¿Estás segura de que quieres que nos casemos la semana que viene?

Grace se echó a reír, le agarró del cuello de la camisa, y le hizo bajar la cabeza para poder besarlo con todas sus fuerzas; al cabo de un largo momento, le preguntó:

—¿Te parece una buena respuesta?

CAPÍTULO 41

Linnette paró el coche en el arcén, y miró el plano que había imprimido; según las indicaciones, estaba justo junto al rancho de Cliff Harding, el lugar donde Cal Washburn trabajaba de adiestrador. No esperaba que se tratara de una finca tan extensa, los terrenos estaban bordeados por una valla blanca y se extendían hasta donde alcanzaba la vista. Había una docena de caballos pastando, y a juzgar por su porte fino y elegante, estaba claro que eran unos animales muy valiosos.

El establo era enorme, y en la parte de arriba parecía tener una zona habitable. La casa estaba situada al fondo del camino de entrada, tenía dos plantas y debía de ser bastante luminosa, porque tenía muchas ventanas.

Lo de pararse a comprobar el plano no era más que una excusa, una forma de ganar tiempo. Sabía que estaba corriendo un riesgo considerable al ir a hablar con Cal, pero a pesar de que él podía darle con la puerta en las narices o decirle que se largara de allí, lo más probable era que mostrara una completa indiferencia hacia ella. La verdad era que se lo tendría merecido, pero esperaba poder explicarse al menos.

Aún no sabía lo que le iba a decir. Era de esperar que la inspiración llegara cuando la necesitara, porque aquélla era la conversación más difícil que había tenido en su vida. No quería sentirse tan atraída por Cal, pero era incapaz de quitárselo de la cabeza. Se negaba a creer que él no sentía lo mismo, era imposible que la besara así y no sintiera nada.

Como quedarse sentada en el arcén no iba a servirle de nada, puso en marcha el coche y embocó por el camino de entrada de la finca. Esperaba que hubiera algún tipo de actividad, pero la casa parecía desierta y el único vehículo que había a la vista era una vieja furgoneta. Justo cuando tenía el valor de dar aquel primer paso, Cal no estaba en casa.

Decidió explorar, así que aparcó cerca de la casa; después de meterse las llaves en el bolsillo del abrigo, salió del coche y se acercó al establo. Las puertas estaban abiertas, y al acercarse oyó a Cal hablando; al parecer, no estaba solo.

Al darse cuenta de que él no estaba tartamudeando, el vello de la nuca se le puso de punta. Si lo de sus problemas de habla era una artimaña, iba a enfadarse de lo lindo con él.

Entró en el establo con paso decidido, y se dio cuenta de que Cal estaba solo. Estaba agachado junto a un caballo... un semental, a juzgar por un detalle que saltaba a la vista... y estaba examinándole una de las pezuñas sin dejar de hablarle. Estaba de espaldas a ella, así que no la vio, pero el caballo notó su presencia de inmediato y echó la cabeza hacia atrás. Aquella reacción alertó a Cal, que se puso de pie y miró por encima del hombro.

Al verla soltó la pezuña del caballo, pero al animal no pareció hacerle gracia que dejaran de prestarle atención, porque resopló y empezó a piafar. Cal se quitó un guante, y le acarició el morro como para disculparse.

Linnette se dio cuenta de que ya no tenía puesto el vendaje, y se preocupó ante el riesgo de una posible infección.

Sin decirle ni una palabra, él agarró el ronzal del caballo y lo condujo hacia uno de los pesebres.

—No estabas tartamudeando —le dijo, cuando volvió a salir.

—No lo ha... hago con los ani... nimales.

—¿Sólo con la gente?

Él asintió y se encogió de hombros, como indicando que tampoco sabía por qué.

—¿Qué tal tienes la mano? —le preguntó con preocupación. Al ver que él volvía a encogerse de hombros, añadió—: ¿Cómo está la sutura?

—Me la qui... quité.

—Si quieres, puedo echarle un vistazo —en cuanto lo dijo, supo que era un error darle a elegir—. Has mantenido limpio el corte, ¿no?

—No necesito tu ayuda —lo dijo con tanta firmeza, que ni siquiera tartamudeó.

—Ya lo sé, pero estaba en esta zona y se me ha ocurrido pasarme por aquí —seguro que él se daba cuenta de que sólo era una excusa, pero no se le ocurrió ninguna explicación mejor.

—¿Sin que te ha... haya in... vitado?

Linnette hizo un gesto despreocupado, como indicando que solía presentarse en casas ajenas sin avisar. Como no quería darle pie a que empezara a discutir, se acercó a él y le dijo:

—Deja que te vea la mano.

Tuvo la impresión de que él iba a negarse. Miró a su alrededor, y se dio cuenta de que un establo poco iluminado no era el mejor lugar para examinar un corte.

—¿Podemos ir a otro sitio?, necesito luz para poder ver bien la herida.

Él asintió a regañadientes, y entonces la condujo hacia la escalera y subió sin decir ni una palabra hacia lo que debía de ser el lugar donde vivía. La sorprendió que el apartamento fuera tan espacioso y moderno, aunque le hacía falta un toque femenino. Las ventanas no tenían persianas ni cortinas, los muebles eran voluminosos y oscuros, sólo había fotos de caballos, y el único elemento decorativo era un cojín que había en un extremo del sofá.

Cal le sacó una silla de la cocina para que se sentara, se lavó las manos con jabón en el fregadero, y entonces se sentó junto a ella y colocó la mano boca arriba sobre la mesa. Olía a heno y a cuero, igual que la noche en que la había besado; tal y como había sucedido en aquella ocasión, el olor fue como un afrodisíaco para ella.

Examinó el corte para intentar disimular su reacción, y se dio cuenta de que había cicatrizado muy bien.

—Has hecho un buen trabajo, no veo ningún signo de infección —cuando pasó los dedos por la palma de su mano, él se movió inquieto, pero ella fingió que no notaba su actitud de rechazo.

—Esto... toy bien.

Linnette alzó la mirada el tiempo justo para sonreírle, para dejar que él leyera en sus ojos cuánto se arrepentía, para que viera el miedo que tenía a que la rechazara, lo mucho que sentía haberle tratado tan mal. Quería que él se diera cuenta de que no había sido nada fácil ir a verle.

—Me gusta mucho trabajar en la clínica —le dijo con naturalidad, sin hacer caso de su impaciencia—. He visto muchos casos distintos, cada día hay algo diferente —al ver que él no contestaba, añadió—: Trabajar con el doctor Timmons ha sido bastante interesante —él se tensó al oírla mencionar al otro hombre—. ¿Alguna vez has hecho algo, y después te has arrepentido? —no le dio tiempo a contestar, por miedo a lo que pudiera decir. A lo mejor se arrepentía de haberla besado—. Conocí a Chad en un hospital, mientras yo estaba haciendo prácticas en Seattle. Me sentí atraída hacia él, y me alegré mucho cuando me enteré de que también iba a trabajar en la clínica.

Él no reaccionó, no dijo nada.

—Pero ahora sé que aquella atracción sólo fue un encaprichamiento de adolescente. Él está interesado en otra persona... y yo también —le sostuvo la mirada, y le dijo en voz baja—: Cal, siento mucho cómo te traté... perdóname —siguió callado, pero vio la indecisión en sus ojos. Era como si no estuviera convencido de que podía confiar en ella–. Lo supe casi de inmediato... cuando me besaste, tuve miedo. Ya sé que parece una idiotez, pero es la verdad. No quería sentirme atraída por ti, lo que sentí cuando me besaste me aterró –respiró hondo, y rezó para que él se diera cuenta de lo mucho que estaba costándole ser tan sincera–. Incluso hablé de ti con mi padre, me dijo que tendría que olvidarme del tema.

–Es un ho... hombre in... teligente.

–Papá me dijo que debería esperar a ver si volvía a verte, y al cabo de unas semanas, viniste a la clínica con el corte –no añadió lo mucho que se había alegrado al verle, a pesar de que estaba herido. Aquel corte había sido obra del destino, el destino que había mencionado su padre.

–¿Y Timmons?

No estaba segura de lo que estaba preguntándole; al final, le preguntó:

–¿Quieres saber qué tipo de relación tengo con Chad? –cuando él asintió, le dijo–: Él me invitó a tomar café el día que tú viniste a la clínica –quería dejar claro que había sido una única vez–. Está saliendo con una amiga mía... bueno, la cosa es un poco complicada. Gloria le dijo que no estaba interesada en él, pero yo sé que no es verdad. A veces, las relaciones pueden ser bastante complicadas.

Él soltó un pequeño bufido burlón.

Como ya se lo había dejado todo claro, lo miró a los ojos y sonrió antes de decir:

–Y ahora que ya te lo he explicado todo... ¿tienes planes para esta noche? –se sentía como Indiana Jones, lanzándose al vacío.

–Te... tengo trabajo.

–Ah. ¿Y el viernes? –ella iba a trabajar hasta tarde, así que para cuando pudieran cenar casi todo el mundo estaría ya durmiendo, pero le daba igual.

–No me va bi... bien.

Linnette empezaba a captar el mensaje.

—Ya veo.

Era más o menos lo que esperaba. Lo había intentado, pero no había funcionado. Decidió marcharse y se puso de pie. Cal acababa de decirle más o menos que quería que se largara, no podría habérselo dejado más claro. No estaba interesado en volver a verla, así que... ¿qué podía hacer ella?, ¿qué iba a hacer?

Lo que hizo fue besarle, y a juzgar por su reacción, Cal se sorprendió tanto como ella misma. Al principio mantuvo la boca cerrada y parecía estar a punto de apartarla, pero entonces gimió y abrió los labios mientras la abrazaba por la cintura y la sentaba en su regazo. Mientras se besaban enfebrecidos, él hundió las manos en su pelo antes de bajarlas y deslizarlas por debajo de su jersey. Linnette gimió de placer, y los pezones se le endurecieron de inmediato cuando empezó a acariciarla. Él siguió besándola mientras le desabrochaba el sujetador, y gimió al cubrirle los senos con las manos.

Linnette se apartó un poco, y lo miró jadeante mientras intentaba aclararse las ideas. Cuando por fin empezó a recuperar la cordura, vio que Cal estaba mirándola con un brillo de deseo en los ojos que también debía de reflejarse en los suyos.

—Cal...

—Shhh... —susurró, sin dejar de acariciarle los senos—. Sabía que serías una maravilla.

—Tú también lo eres.

Él sonrió de oreja a oreja, y la besó en la mandíbula antes de decirle con voz suave:

—Puedes volver a disculparte así siempre que quieras.

—Estoy deseando acostarme contigo...

—Yo siento lo mismo.

No estaba lista para dar aquel paso, aunque su cuerpo sí que lo estaba. La alarmaba un poco la facilidad con la que él eliminaba sus inhibiciones.

—No puedo, Cal.

Él cerró los ojos y asintió; al cabo de un largo momento, comentó:

—Al menos sabemos que somos más que compatibles en ciertos aspectos.

Linnette sonrió mientras él le abrochaba el sujetador y le bajaba el jersey; en ese momento, se dio cuenta de que Cal no sólo no tartamudeaba cuando hablaba con caballos, sino que tampoco lo hacía cuando estaba en plan amoroso con una mujer.

CAPÍTULO 42

Cecilia apartó la mirada de la pantalla del ordenador, parpadeó, y volvió a leer el mensaje electrónico de Ian; según él, el USS George Washington iba a regresar a Bremerton dos meses antes de lo previsto, era demasiado fantástico para ser verdad.

Estaba tan entusiasmada, que se apresuró a llamar a Cathy. La línea estaba ocupada, pero una voz automatizada le dijo que por sólo setenta y cinco centavos la avisarían cuando Cathy colgara. Estaba demasiado impaciente para esperar, y no pensaba malgastar ni un solo penique.

Empezó a pasearse de un lado a otro y volvió a intentarlo cinco minutos después, pero la línea seguía ocupada. Como necesitaba hablar con alguien cuanto antes, decidió llamar a Rachel Pendergast, que contestó al segundo tono.

–Hola, Cecilia. ¿Has dado a luz ya? –parecía alegrarse de hablar con ella.

–No, aún no.

–Pero sales pronto de cuentas, ¿verdad?

–La semana que viene.

–¿Qué tal estás?

La respuesta era embarazada, muy embarazada, pero lo que le dijo fue:

—Genial... mejor que genial, estoy fantásticamente bien. ¿sabes qué?, ¡Ian vuelve a casa!

Rachel tardó unos segundos en contestar.

—¿Sólo Ian? Quiero decir... no es el único de la tripulación que vuelve, ¿no?

—El portaaviones ya viene de camino.

Le contó que Ian no le había explicado el porqué, pero que seguramente no podía entrar en detalles.

—En otras palabras, Nate también vuelve —Rachel se había mantenido en contacto con Carol, Cathy, y con ella, a pesar de que había roto su relación con Nate.

—He pensado que sería mejor avisarte —a juzgar por lo que le había contado Ian, tenía la sensación de que Nate no iba a renunciar a aquella relación sin luchar.

—Gracias, pero no creo que haya ningún problema. Dudo que vuelva a ver a Nate.

—A lo mejor él consigue que cambies de opinión.

Rachel le caía bien, y a pesar de que no conocía en persona a Nate, su marido le había hablado muy bien de él. Era una pena que Rachel hubiera dejado que sus inseguridades se interpusieran entre los dos.

—Nate es un hombre maravilloso, pero no soy la mujer adecuada para él.

—¿No crees que eso tiene que decidirlo él? —Cecilia soltó un sonoro suspiro, y añadió—: Perdona, no es asunto mío.

—Supongo que tú estás encantada, ¿no? Puede que Ian ya esté en casa para cuando nazca el bebé.

—Sí, si se da prisa —no sabía qué día estaba previsto que el George Washington llegara a puerto.

—¿Te encuentras bien?

—Sí.

Estaba bastante cansada al final del día, y solía acostarse más temprano que de costumbre. El niño estaba muy activo, y no dejaba de darle patraditas y de estirarse. Se frotó el vientre para transmitirle a su hijo cuánto le quería.

—Mantenme informada, Cecilia.

—Vale.

Después de despedirse de ella, marcó el número de teléfono de Cathy, y en esa ocasión su amiga contestó de inmediato.

—¡Cathy!

—¡Cecilia!

—¿Te has enterado? –lo gritaron al unísono, y se echaron a reír.

—Tú primera –le dijo Cathy.

—He recibido un mensaje electrónico de Ian.

—Y yo uno de Andrew.

—Estoy convencida de que Ian ya estará aquí para cuando nazca el bebé –le dijo, entusiasmada.

—¿Sigues decidida a llamarle Aaron?

Cecilia y su marido tenían un tira y afloja constante en ese tema. Ian no había aceptado que el niño se llamara así, pero se había retractado de sus objeciones iniciales y tampoco se oponía abiertamente.

—Después de todas estas semanas, me he acostumbrado al nombre –cuando Ian llegara a casa, no quería discutir con él por aquel tema. De repente, se dio cuenta de una cosa–. ¡Cathy, Ian nunca me ha visto embarazada!

—Eso no es verdad. Y no sé si te acuerdas, pero fue él quien te dejó preñada.

—Sí, ya lo sé, quiero decir que no me ha visto embarazada de verdad...

—¿Se puede estar embarazada de mentira?

Era obvio que su amiga estaba bromeando. Cecilia sonrió, y le dijo:

—Ya sabes lo que quiero decir, nunca me ha visto tan enorme.

—Va a encantarle ver tu vientre hinchado por su bebé. Andrew estuvo muy tierno y atento conmigo antes de que diera a luz a Andy, a duras penas me dejaba ir sola al cuarto de baño.

Cathy había sufrido dos abortos antes de tener a Andy.

Como ningún médico había sabido decirle por qué se habían malogrado aquellos embarazos, había vivido con el miedo constante de volver a pasar por lo mismo una tercera vez, pero al final había dado a luz a Andy sin problemas.

—Esta vez todo va a ser diferente, ya lo verás —le dijo su amiga con voz firme.

—Sólo me faltan unos días para salir de cuentas, sería horrible que Ian no pudiera asistir al parto estando tan cerca.

—Ya sabes que yo estaré contigo si él no llega a tiempo.

Cecilia se sintió más agradecida que nunca por la amistad de Cathy, y le dio las gracias. Cuando se despidieron y colgó el teléfono, le dijo en voz baja a su hijo:

—Aguanta, Aaron. Aguanta.

Tres horas después, mientras se preparaba para acostarse, empezó a dolerle la espalda. Se la frotó mientras entraba en el dormitorio, y tuvo la impresión de que su hijo había decidido no esperar a su papá.

A medianoche, ya no había ninguna duda de que estaba de parto. Después de enviarle un correo electrónico a Ian para avisarle de lo que pasaba, empezó a pasearse de un lado a otro mientras cronometraba las contracciones. Cuando empezó a tenerlas cada cinco minutos, llamó a Cathy.

—¿Ya? —lo dijo en voz tan alta, que despertó a su hijo—. Ahora mismo voy, no te muevas, respira hondo, no te preocupes, ya voy... —sin quitarse el teléfono de la oreja, le dijo a su hijo que agarrara su mochila y su osito de peluche—. Llegaré en veinte minutos, Cecilia.

Aparcó delante del dúplex al cabo de veintidós minutos, después de dejar al niño en casa de Carol. En un cesto llevaba varios CD de música relajante, cremas, chicles y galletas.

Cuando llegaron al hospital, prepararon de inmediato a Cecilia y la metieron en la sala de partos. Cathy la acompañó, pertrechada con un cronómetro y con el reproductor de CD. Cuando colocó el aparato en la mesita que había junto a la cama y lo puso en marcha, empezó a sonar una canción de Roy Orbison.

Cecilia se echó a reír, y comentó:
—Me parece que no es un momento demasiado adecuado para oír *Pretty Woman*.
—¿Por qué no? Si Ian estuviera aquí, te diría que estás preciosa, y con razón. ¡Estás a punto de dar a luz a tu bebé!

Cecilia sonrió al verla tan entusiasmada, pero su sonrisa se desvaneció cuando tuvo otra contracción. Se reclinó en la almohada y cerró los ojos, mientras intentaba que su cuerpo fluyera con el dolor en vez de luchar contra él. Cathy empezó a contar los segundos en voz baja y tranquilizadora.

Con Allison, Cecilia se había pasado casi quince horas de parto sin nadie a su lado, con la única compañía de una enfermera que iba cada cierto tiempo a comprobar su evolución. Cuando la niña había nacido, su llanto había sido débil y apenas audible.

En cambio, Aaron Jacob Randall nació diez horas después de que Cecilia ingresara en el hospital, y dio un sonoro berrido. Era un bebé sonrosado y perfecto, pero no le hizo ninguna gracia tener que aguantar la luz tan fuerte que iluminaba la sala y se aseguró de que todo el mundo supiera que estaba enfadado. Tampoco le gustó el tubo de succión que le pusieron en la nariz.

—Desde luego, tiene unos buenos pulmones —Cathy miró a Cecilia, y le dio un apretón en la mano. Las dos tenían los ojos inundados de lágrimas.

Cecilia se incorporó un poco para intentar ver a su hijo, y preguntó con voz suplicante:
—¿Cómo tiene el corazón?, ¿está sano?

El médico la miró con una sonrisa, y le dijo:
—Parece totalmente sano, pero vamos a hacerle las pruebas necesarias y enseguida la informaremos del resultado.

—Gracias —estaba exhausta.

—Lo has hecho genial. Has estado fantástica, y eso que ni siquiera te han puesto la epidural —le dijo Cathy, mientras le apartaba el pelo húmedo de la frente.

—Estoy agotada.

—Duérmete, yo me encargo de llamar a tu trabajo, y también a Carol y a Rachel.

—Gracias.

Cerró los ojos, y al cabo de unos minutos apenas era consciente de la actividad que la rodeaba. Sabía que habían acostado a Aaron en una cuna junto a la cama y que el niño estaba durmiendo a su lado, tapado con una manta de color azul claro y con un gorrito del mismo color.

No estaba segura de qué hora era cuando despertó. Lo primero que se le pasó por la cabeza fue que había dado a luz a su hijo, y que al final Ian no había llegado a tiempo de presenciar el parto. Abrió los ojos poco a poco, y al darse cuenta de que la cuna estaba vacía, se apoyó en un codo y se incorporó un poco. Al ver a su marido sentado junto a la cama, con Aaron en sus brazos, tuvo que parpadear por miedo a que su imaginación estuviera jugándole una mala pasada.

—¿Ian...? —dijo con voz queda. Cuando él alzó la cabeza y la miró con los ojos llenos de lágrimas, exclamó—: ¡Estás aquí de verdad! No puedo creerlo... ¿cómo?, ¿cuándo...? —estaba tan entusiasmada, que apenas era capaz de acabar una frase.

Él la miró con una sonrisa deslumbrante, y le dijo:

—Cuando leí tu mensaje y supe que estabas de parto, el capellán del portaaviones habló con el oficial al mando. No sé lo que le dijo, pero le convenció de que me dejara venir en un transporte que estaba a punto de salir del George Washington.

Cecilia se prometió que algún día le daría las gracias a aquel capellán.

—Así que éste es nuestro hijo... —Ian miró al niño. Cuando el pequeño se aferró a su dedo, susurró con voz ronca por la emoción—: Es perfecto. El pediatra me ha dicho que le han hecho una prueba que se les hace a los recién nacidos... me parece que se llama examen Apgar, o algo así... y que Aaron ha sacado un diez.

Cecilia sintió un alivio y una gratitud enormes.

—Tengo a nuestro hijo en mis brazos... nuestro Aaron —susurró él, arrobado. No había llegado a tener en brazos a Allison—. Siento no haber llegado a tiempo para el parto.

—La próxima vez.

Él la miró, y le dijo:

—¿La próxima vez?

—Aaron necesita una hermanita, pero ya hablaremos de eso.

—A la orden, mi capitana. Estoy a su entera disposición —le dijo él, con una sonrisa de oreja a oreja.

CAPÍTULO 43

Un sábado por la tarde, Allison Cox salió de una tienda del centro comercial de Silverdale con dos de sus mejores amigas, Kaci y Alicia. Los escaparates aún estaban engalanados en honor al día de San Patricio, y todo el centro comercial estaba decorado con motivos irlandeses. Estaba charlando y riendo con sus amigas, pasándoselo bien, cuando oyó que alguien la llamaba.

—¡Allison!

Se detuvo en seco al ver a Anson. Apenas podía creer que se hubiera dirigido a ella. Su abrigo negro de siempre parecía bastante sucio, estaba un poco despeinado, y llevaba las botas desabrochadas. No tenía buen aspecto; además, normalmente trabajaba los sábados, ¿qué estaba haciendo allí?

Se acercó a él, y supo de inmediato que pasaba algo malo.

—Quiero hablar contigo a solas —Anson le lanzó una mirada a sus amigas, que se habían quedado unos pasos detrás de ella.

—No puedo.

—Vale —sin más, dio media vuelta y echó a andar.

—Tranquila, Allison —Kaci le dio un pequeño abrazo, y le dijo—: Ve a hablar con él, nos vemos a las tres en el Waldenbooks.

Allison asintió, y se apresuró a ir tras él. Como iba tan rápido, no tuvo más remedio que echar a correr para poder alcanzarlo.

—¡Espera, Anson!

Él se giró, pero no sonrió al verla.

—¿Qué ha pasado? —era obvio que pasaba algo, porque si no, no habría ido a hablar con ella. Hasta el momento, Anson había respetado el trato que había hecho con su padre—. ¿Qué haces aquí?

—Quería verte, y Eddie me ha dicho que estabas aquí. He venido en autobús —apartó la mirada, y le dijo—: Me he quedado sin trabajo.

—¿Te han echado del Lighthouse? —no tenía sentido, su padre se había interesado por saber qué tal le iba y Seth Gunderson le había dicho que era un trabajador responsable y diligente. Incluso se había hablado de ascenderle de friegaplatos a pinche de cocina, y su padre parecía satisfecho al ver cuánto estaba esforzándose—. ¿Todo esto tiene algo que ver con Tony?

—¿Cómo sabes que he tenido problemas con él?

—Mi padre me lo dijo, el señor Gunderson le comentó que no os llevabais demasiado bien. ¿Te han echado por su culpa?

—Es lo más probable.

—¿Te han dado alguna explicación? —le preguntó, mientras posaba una mano en su brazo.

Su frialdad y su enfado, sumados a su apariencia gótica, hacían que a la gene le pareciera amenazador. Estaban parados delante de la zona de restaurantes, y casi todo el que pasaba por allí daba un buen rodeo para evitar acercarse demasiado a él.

—Me han dicho que se veían obligados a hacer reducción de personal.

—Puede que el negocio no vaya demasiado bien últimamente, Anson.

—Era una excusa, el restaurante va genial.

—¿Crees que te han echado por otra cosa? —le preguntó con voz suave, sin apartar la mano de su brazo.

Cuando la miró por primera vez a los ojos, Allison se dio cuenta de que aquél no era el Anson al que conocía. Estaba lleno de ira y de resentimiento. Al sentir como si toda aquella furia estuviera dirigida hacia ella, estuvo a punto de retroceder.

—El señor Gunderson cree que me apropié de algo que no me pertenecía, cree que robé dinero de su despacho.

Allison sintió que le flaqueaban las piernas. Se acercó a una mesa libre, y se sentó en una silla. Cuando Anson se sentó también, le dijo:

—No lo has hecho —se negaba a creer que fuera un ladrón.

—Seth Gunderson cree que sí.

—¿Ha hablado contigo?

—Sí, ha hablado con todos.

—¿Tenía alguna prueba?

—Claro que no, yo no lo hice.

Allison le tomó de la mano. Necesitaba tocarle, consolarle. Él intentó apartar la mano al principio, pero al final se aferró a ella como si fuera su único asidero en un mundo que estaba desmoronándose. Ella no supo qué decir para ayudarle, y al cabo de un largo momento le preguntó:

—¿Qué puedo hacer para ayudarte?

—Nada, no volvería a ese sitio ni aunque me lo suplicaran. Me he deslomado trabajando para ellos, y ahora me tratan como si fuera un...

No hizo falta que acabara la frase, estaba claro lo que quería decir.

—Hablaré con mi padre —seguro que estaría dispuesto a ayudar otra vez a Anson cuando ella le explicara lo que pasaba.

—Ni hablar —soltó una carcajada carente de humor, y le dijo—: Tu padre no puede ayudarme, soy el sospechoso lógico. El señor Gunderson sabe que le prendí fuego a la caseta del parque, así que es obvio que me acusaran a mí. Como ya me he metido en problemas, soy el chivo expiatorio más conveniente.

—¡No es justo!

—La vida no siempre es justa, Allison. Tú vives en un mundo muy cómodo donde todo es perfecto. Tienes unos padres que te quieren, una casa y un futuro... no todos tenemos esa suerte.

—Tienes un futuro por delante, como todo el mundo. Cada uno se labra el suyo.

Él la miró a los ojos mientras asimilaba sus palabras, y al final le dijo:

—No tengo tantas opciones como tú.

—¿Sabes quién robó el dinero?

—No, pero tengo mis sospechas.

—Crees que fue Tony, ¿verdad?

—Él dijo que yo dejaba a los demás en evidencia porque me esforzaba mucho y hacía un montón de horas extras. Entró a trabajar en el restaurante antes que yo, y no le pareció justo que el señor Gunderson estuviera pensando en ascenderme a pinche de cocina.

Allison decidió que le contaría todo aquello a su padre, para que hablara con el señor Gunderson.

—Mi padre es amigo del señor Gunderson.

—No, voy a ocuparme de esto a mi manera.

—¿Qué piensas hacer? —tenía miedo de lo que pudiera llegar a hacer en aquel estado de ánimo.

—Aún no lo sé.

Estaba bastante desaliñado, y lo más probable era que llevara tiempo sin dormir.

—¿Has ido a tu casa?

—No, mi madre está allí con un nuevo amigo. No nos llevamos nada bien.

No hacía falta que entrara en detalles, Allison sabía que tenía una vida familiar horrible.

—Lo siento mucho, Anson —le dijo, en voz baja.

—No pasa nada. Como ya te he dicho, algunos no tenemos tanta suerte como otros.

Quería ayudarle, pero era consciente de que no podía hacer nada por él. Sintió que se le encogía el corazón.

Le echó un vistazo a su reloj, porque Kaci tenía que entrar a trabajar a las cuatro y no quería que llegara tarde por su culpa.

Él se puso de pie de golpe, y también comprobó la hora que era antes de decir:

—Tengo que irme.

—¿Adónde? —como él se limitó a encogerse de hombros y ni siquiera la miró a la cara, añadió—: ¿Cuándo volveremos a vernos? —él volvió a encogerse de hombros, como si no lo supiera... como si le diera igual. Intentó disimular lo dolida que se sentía, y le dijo—: Tengo que saberlo.

—¿Qué más te da?

—Me importas mucho, Anson... no sabes cuánto —le dijo, con voz queda.

—No pierdas el tiempo, Allison —le dijo él con voz ronca.

—No estoy perdiendo el tiempo. Prométeme que no harás ninguna estupidez.

—¿Como qué?

—No sé, lo que sea. Por favor, Anson, es muy importante. Todo saldrá bien, ya lo verás.

Él soltó una carcajada seca, como si le hiciera gracia su actitud esperanzada.

—Ya es hora de que te des cuenta de que a la gente como yo no le sale nada bien —sin más, se alejó de ella.

Allison sintió que se le rompía el corazón, pero se quedó donde estaba a pesar de lo mucho que ansiaba echar a correr tras él.

Aquella noche, apenas pudo probar bocado, y en cuanto terminaron de comer se refugió en su habitación. Anson había ido a verla a través de la ventana en dos ocasiones, y rezó para que volviera a hacerlo. Tenían que hablar.

Se sentó en la cama, y empezó a escribir en su diario todo lo que sentía. Estaba aterrada por Anson, y enfadada por lo que había pasado. Quería ayudarle, pero si hablaba con su padre, era posible que se enfadara al enterarse de que habían incumplido lo acordado; además, Anson no quería que él se enterara de que le habían despedido.

A las nueve, su madre llamó a la puerta de su habitación.

—Pasa —escondió el diario debajo de la almohada, y se sentó con las piernas cruzadas.

Su madre se sentó en el borde de la cama y posó una mano en su hombro.

—Has estado muy callada durante la cena, Allison. ¿Te pasa algo?

Ella asintió y fijó la mirada en su colcha rosa.

—Es Anson, mamá —le dijo con voz queda.

—¿Estás triste porque no podéis veros?

Prefirió asentir antes que confesar que no sólo se habían visto, sino que además habían estado hablando, pero de repente el peso de aquella situación la abrumó y se echó a llorar.

Cuando su madre la abrazó y empezó a susurrarle palabras de consuelo, recordó lo que había dicho Anson sobre el hecho de que no todo el mundo tenía la misma suerte en la vida. Hasta que le había conocido a él, no se había dado cuenta de lo afortunada que era por tener unos padres que la adoraban.

—¿Quieres contarme algo? —le preguntó su madre, mientras le acariciaba el pelo.

—Te enfadarías conmigo.

—Correré el riesgo.

—He estado hablando con Anson —esperó durante unos segundos para ver cómo reaccionaba, pero al ver que no hacía ningún comentario, añadió—: Le han echado del trabajo porque el señor Gunderson cree que le ha robado dinero, pero es inocente. Anson sería incapaz de robar. Se ha esforzado al máximo por salir adelante, y ahora están siendo muy injustos con él. Está tan dolido, tan enfadado... –tragó con fuerza antes de admitir–: Tengo miedo de lo que pueda llegar a hacer.

–¿Quieres que tu padre hable con él? –le dijo su madre, después de un largo momento de silencio.

–No lo sé. Me he ofrecido a contarle a papá lo que ha pasado, pero él se ha negado en redondo –miró a su madre a los ojos, y susurró–: Cuando le he dicho que todo saldría bien, se ha echado a reír y me ha contestado que las cosas no le salen bien a la gente como él. No quiere pedirle ayuda a papá porque le da miedo decepcionarle, pero estoy segura de que él no ha robado el dinero.

–Lo siento mucho, cielo.

–No sé cómo ayudarle.

–Yo tampoco –admitió su madre, con un sonoro suspiro.

–Tenemos que hacer algo. Castígame si quieres, quítame el ordenador, no me dejes conducir... haré lo que quieras. Me da igual el castigo que me pongas, tengo que hablar con Anson –estaba dispuesta a hacer cualquier sacrificio–. Me necesita, y también a papá y a ti.

–Allison...

–Lo digo en serio. Estoy enamorada de él, mamá. Venga, ríete si quieres, pero lo digo muy en serio. Le amo con toda mi alma.

Su madre suspiró otra vez, pero en vez de decirle que estaba siendo melodramática, la abrazó de nuevo y comentó:

–Ya sé que ese joven te importa mucho, cariño. Hablaré con tu padre, a ver si podemos hacer algo –al ver su expresión esperanzada, se apresuró a añadir–: Pero no puedo prometerte nada.

Allison era consciente de la situación, pero por lo menos Anson iba a tener a alguien que le apoyara.

CAPÍTULO 44

Olivia había acabado con los juicios que tenía para aquel día, y estaba en su despacho acabando el papeleo que tenía pendiente. Al darse cuenta de que tenía que entornar los ojos para poder ver bien la pantalla del ordenador, decidió que era hora de ir a la óptica para hacerse una revisión.

Jack la llamó para decirle que ya había llegado a casa. Trabajaba ocho horas al día, pero no hacía horas extras. Se había comprometido a preparar la cena, y ella estaba deseando ver lo que preparaba. Como últimamente siempre llegaba a casa antes que ella, había desarrollado un interés inesperado por la cocina. Solía hacer ensaladas muy variadas, y a veces se ponía creativo y añadía algún que otro ingrediente especial, como arándanos o nueces troceadas.

Grace y Cliff estaban casados, se habían escabullido sin decirle a nadie lo que pensaban hacer. Al enterarse se había sentido un poco decepcionada, porque de haberlo sabido habría ido a San Francisco para asistir a la boda, pero poco a poco se había dado cuenta de que habían tomado la decisión correcta y se alegraba mucho por su amiga.

Grace se había ido a vivir al rancho de Cliff, y tanto Buttercup como Sherlock parecían estar aclimatándose muy bien a su nuevo hogar.

Justo cuando empezó a leer otro informe más, llamaron a la puerta. Era Mike Lusk, un agente de policía.

—Un tal David Rhodes quiere hablar con usted, dice que es su hermanastro. ¿Le digo que pase?

Olivia vaciló por un instante antes de contestar.

—Sí, por favor.

—Esperaré fuera mientras habla con él.

—Gracias.

Al cabo de unos segundos, un hombre atractivo de unos cuarenta y tantos años entró en el despacho y sonrió al verla.

—Hola, ¿eres la juez Olivia Griffin? —le preguntó, mientras alargaba el brazo.

Ella asintió, y se estrecharon la mano con firmeza.

—Soy David Rhodes, el hijo de Ben, así que estamos más o menos emparentados.

Olivia recordaba haber oído algún que otro comentario sobre él, pero en ese momento no se acordaba de gran cosa. Sabía que había cenado en Seattle con Ben y su madre, porque ésta había hablado maravillas del restaurante al que habían ido, y recordaba vagamente que Justine también le había hablado de él; al parecer, le había conocido en el Lighthouse.

—Me gustaría hablar contigo, si tienes unos minutos —entró sin esperar su respuesta, y se sentó en una silla.

—Por supuesto... ponte cómodo —le dijo, con cierta ironía. Le echó un vistazo a su reloj, y añadió—: Le he dicho a mi marido que llegaré a casa a eso de las seis menos cuarto, así que tenemos poco más de diez minutos.

—No hay problema —se reclinó en la silla, y recorrió el despacho con la mirada. Llevaba un traje caro que debía de ser de cachemira, unos zapatos impecables y una corbata de seda, así que era obvio que le gustaba gastar dinero.

—¿En qué puedo ayudarte?

—Vaya, una mujer que prefiere ir directa al grano... me gusta una actitud directa —le dijo con aprobación.

Su encanto aparente la dejaba fría, aunque podía entender que hubiera gente que se dejara engañar. Estaba claro que David Rhodes era un manipulador que dependía de su atractivo físico y de sus artimañas.

—Como ya te he dicho, he quedado dentro de poco.

—Sí, pero con tu marido —a juzgar por su tono de voz, daba la impresión de que consideraba que ella no tenía que preocuparse por ser puntual si había quedado con su marido.

Olivia estaba casi segura de que aquel tipo no le gustaba, y se esforzó por recordar lo que había oído sobre él. Se había perdido muchos detalles de los últimos dos meses debido a lo del ataque al corazón de Jack.

—Es la segunda vez que vengo a Cedar Cove. Es una ciudad de ésas en las que todo el mundo se conoce y uno charla con sus vecinos, ¿verdad?

—Consideramos que es un lugar ideal para vivir.

—Serías una buena publicista —antes de que ella pudiera contestar a aquel comentario lleno de cinismo, añadió—: Supongo que conoces bastante bien a los otros jueces.

—Sí —le dijo, un poco vacilante.

—Y a la policía.

—Estamos orgullosos del bajo índice de criminalidad.

En Cedar Cove se cometían delitos, por supuesto, ya que ninguna comunidad estaba a salvo de ese tipo de cosas, pero a Olivia le gustaba pensar que no le hacía falta cerrar la puerta con llave cuando se marchaba a trabajar. Lo hacía por pura costumbre, pero dudaba que fuera necesario.

—Entiendo por qué a mi padre le gusta tanto vivir en Cedar Cove. A mi hermano y a mí nos sorprendió bastante que se viniera a vivir aquí, porque hasta entonces no habíamos tenido ninguna vinculación con esta ciudad. Habíamos dado por sentado que viviría en Seattle, pero este lugar parece tener todas las ventajas de la gran ciudad.

—Sólo estamos a un viaje en transbordador de distancia.

Olivia consideraba que allí se tenía lo mejor de los dos

mundos. Le gustaba la vida propia de una ciudad pequeña, pero a la vez podía disfrutar de las ventajas culturales de Seattle.

—Mi padre se ha quedado encandilado con Cedar Cove... y con tu madre.

—Todos le apreciamos mucho, ha sido como un soplo de aire fresco en la vida de mi madre.

—Como se han casado, tú y yo somos hermanastros, ¿verdad? —le dijo él, sonriente.

—Sí, supongo que sí —empezó a impacientarse. Se pasaba el día trabajando con abogados, así que tenía muy claro que aquélla no era una visita de cortesía. Era obvio que David Rhodes quería algo.

—Nunca había tenido una hermana.

Su aparente entusiasmo la puso de los nervios, aquel tipo debería ser actor.

—Ya conocerás a Steve —añadió él.

—Claro —le echó otro vistazo a su reloj, para ver si captaba la indirecta.

—A lo mejor podríamos juntarnos todos en Semana Santa... este año ya es muy tarde para organizar una reunión familiar al completo, pero podríamos dejarlo para el año que viene. Podríamos ir a casa de unos y de otros, y llegar a conocernos.

—Lo pensaré —como estaba perdiendo la paciencia, le dijo—: ¿Puedo hacer algo por ti?

—Pues la verdad es que sí. Estuve en la ciudad hace un par de semanas, y debido a un malentendido... nada importante, ni siquiera merece la pena entrar en detalle... la cuestión es que al final me marché a toda prisa, y me temo que superé el límite de velocidad —soltó una carcajada, como si le diera vergüenza tener que molestarla por algo así—. Un policía me paró, y me temo que debí de darle una impresión equivocada.

Aquello indicaba que su problema iba más allá de un exceso de velocidad.

–¿Qué pasó?

–El agente... estoy seguro de que él sólo quería cumplir con su deber, por supuesto...

–Te puso una multa –por fin sabía de qué iba todo aquello, David Rhodes quería que le sacara del lío en el que se había metido.

–De hecho, creo que el muchacho debía de llevar poco tiempo de servicio, me pareció que tenía demasiadas ganas de conseguir su cuota.

–En Cedar Cove no tenemos cuotas –no trabajaba en la sección de tráfico, pero conocía el sistema.

–Creo que no le caí bien, y como no me gustó su actitud, supongo que tampoco me esforcé por calmar la situación; en fin, una cosa llevó a la otra... y ahora se ha convertido en un pequeño desastre.

–¿Por qué te multó? –Olivia estaba harta de tener que sacarle cada detalle.

–Por exceso de velocidad, pero es una acusación infundada. Tengo una declaración jurada de mi mecánico, en la que dice que mi velocímetro estaba estropeado –se sacó una hoja de papel del bolsillo interior de la chaqueta, y se la ofreció.

–Guarda eso, David. No quiero verlo. Dime por qué te multaron exactamente.

–Por conducción temeraria –le dijo él, con un profundo suspiro–. Fue un simple malentendido que se me fue de las manos, ni te imaginas cómo afectará todo esto a las tasas de mi seguro. En condiciones normales, pagaría la multa y me olvidaría del tema, pero no va a ser tan fácil, porque los del seguro me han amenazado con cancelar la póliza. Tendré que encontrar otra, y las tasas se pondrán por las nubes.

–¿No has pagado la multa?

–No. Verás, en este momento tengo un pequeño problema de liquidez. Si fueran unos cincuenta pavos, los pagaría sin problemas, pero resulta que la multa asciende a más de trescientos dólares... y además, está lo de la compañía de seguros. Como necesito que todo este asunto quede zanjado, decidí apelar la multa en el juzgado, y entonces me enteré de que mi propia hermana es un miembro muy influyente de la corte del condado de Kitsap.

—Entiendo —sí, lo entendía a la perfección.

David sacudió la cabeza, como indicando que le daba un poco de vergüenza molestarla con un asunto tan banal.

—Esperaba que me echaras una mano. Si hablaras con los jueces que se encargan de los asuntos de tráfico...

Olivia se relajó en la silla, y se cruzó de brazos antes de decirle:

—Me temo que las cosas no funcionan así.

—Antes has dicho que conoces a los otros jueces.

—Sí, tengo una relación cordial con ellos, pero eso no quiere decir que pueda ni quiera meterme en una situación que contravenga la ley. Mi vínculo con mis compañeros de trabajo no puede ayudarte en nada.

—Claro que sí. Si hablas con ellos, mi pequeño problema con la policía de Cedar Cove desaparecerá —se inclinó hacia ella, y le dijo en voz baja—: Sólo tienes que chasquear los dedos.

—No voy a hacerlo, David —lo dijo vocalizando bien cada palabra, con un tono firme. No podía dejárselo más claro.

—En otras palabras, no quieres ayudarme.

—No sé cómo funciona el sistema judicial donde vives tú, sea donde sea, pero en Cedar Cove no quitamos las multas de tráfico según nos convenga. Si quebrantaste la ley, te sugiero que lo asumas y que apechugues con las consecuencias de tus actos.

A pesar de su supuesto encanto y de su labia, estaba cada vez más claro que su hermanastro era un tipo de lo más desagradable; de repente, Olivia empezó a atar cabos, y se puso de pie de golpe.

—¡Un momento!, ¡tú eres el tipo del que me habló mi hija!

—Oye, cálmate —alzó las dos manos, y añadió—: No he salido con ninguna mujer de esta ciudad, y mucho menos con tu hija. Ni siquiera sé quién es.

—Justine Lockhart, estuviste en su restaurante.

Él dejó de sonreír de golpe, y le dijo:

—¿Tu hija es la propietaria del Lighthouse?

—Sí, junto con su marido —sintió una punzada de inquietud al ver cómo se endurecía su mirada.

—Tu hija me quitó el cheque de las manos, metió las narices en algo que no era asunto suyo.

Olivia recordó de golpe qué era lo que le habían contado sobre aquel hombre.

—Estabas intentando estafarle cinco mil dólares a mi madre.

Él se levantó de golpe de la silla, y le espetó con furia:

—Era un préstamo. Es una mujer amable y generosa, pero está claro que su familia no ha heredado esos rasgos.

Olivia no estaba dispuesta a permitir que la insultara en su propio despacho, así que le dijo con voz firme:

—Me parece que es hora de que te vayas, David —rodeó la mesa, y abrió la puerta—. ¡Agente Lusk! —cuando el agente se acercó con paso firme, le dijo—: ¿Podría acompañar al señor Rhodes a la calle?

Mike Lusk avanzó un paso más, apoyó las manos en su cinturón y dijo:

—Sígame, señor Rhodes.

—Vaya forma de empezar una relación de familia —dijo él con furia, al pasar junto a Olivia.

—Espero sinceramente no tener ningún tipo de relación contigo. Te agradeceré que nos dejes en paz tanto a mi familia como a mí.

—Vas a arrepentirte de esto.

Olivia esbozó una sonrisa, y le dijo:

—¿Sabes una cosa?, lo dudo mucho. Por cierto, si vuelves a aparecer en mi despacho o en mi juzgado, voy a encargarme de que caiga sobre ti todo el peso de la ley —al ver que Mike la miraba sorprendido, se dio cuenta de que probablemente había hablado de más, y le dijo con formalidad—: Gracias, agente Lusk.

Cuando se fueron, apagó el ordenador y agarró el abrigo y el bolso. Se le había hecho un poco tarde, pero en cuanto llegara a casa, iba a contarle a Jack todo lo que había ocurrido.

CAPÍTULO 45

Roy no le había contado a Corrie lo que sospechaba, porque quería lidiar con aquel asunto a su manera; al fin y al cabo, los mensajes estaban dirigidos a él. A partir de lo de la cesta de fruta, habían empezado a incluir también a Corrie, y no habían vuelto a recibir ninguno más después del día de San Valentín.

Llevaban semanas sin tener ninguna novedad, pero le daba igual. Sabía la verdad; aún más, ella sabía que él lo sabía. Seguro que por eso no habían recibido ningún mensaje más.

Había descubierto que la habían adoptado en California y que se había criado allí, pero entonces la investigación había llegado a un punto muerto; sin embargo, ella misma se había delatado con sus últimas acciones en la zona de Puget Sound. Él había conseguido la primera pista cuando había hablado con la florista que la había atendido cuando había encargado el centro de flores, y a partir de ese momento las piezas habían empezado a encajar.

—Estás muy callado —le dijo Corrie el sábado por la mañana, mientras le preparaba el desayuno.

Él dejó a un lado el periódico, y agarró su taza de café mientras ella le ponía por delante un plato de huevos revueltos.

—Estaba leyendo el periódico.

—Llevamos muchos años casados, ¿crees que no me doy cuenta cuando algo te preocupa? —se sentó enfrente de él, y apoyó los codos en la mesa—. ¿Desde cuándo lo sabes?

—Desde hace algún tiempo.

—¿Se puede saber a qué estás esperando?

—No lo sé. Me cuesta admitirlo, pero la verdad es que estoy un poco nervioso. Sé que está enfadada conmigo.

Estaba convencido de que era así, y por mucho que quisiera asumir su responsabilidad, por mucho que quisiera tener una relación con aquella hija a la que no conocía, le costaba aceptar los cambios que iban a generarse en su vida. Le preocupaba contárselo todo a Linnette y a Mack, no quería que sus hijos pensaran mal de Corrie o de él.

—Te sientes culpable —le dijo ella, con voz temblorosa—. Yo también, aunque desde un punto de vista racional sé que tomé la decisión correcta al renunciar a ella para que pudiera adoptarla una buena familia. A pesar de lo mucho que la quería, sabía que no era capaz de ocuparme de ella como era debido.

—Corrie... —Roy no sólo se sentía culpable por lo de la adopción, también se sentía mal por todos los errores que había cometido.

—Fui yo la que tomó la decisión, la que firmó los papeles de la adopción. No sé por qué se ha centrado en ti, no tiene por qué estar enfadada contigo.

Roy se esforzó por comer algo, por fingir que aquélla era una conversación normal y corriente.

—Antes de hablar con ella, vamos a tener que contárselo a Mack y a Linnette.

Corrie pinchó un poco de comida con el tenedor, pero no se lo llevó a la boca. Agachó la cabeza, y le dijo:

—Sí, ya lo sé —alzó la mirada hacia él, y esbozó una sonrisa—. Llamé a Mack la semana pasada —se volvió a mirar el reloj de pared, y comentó—: Llegará en una hora, más o menos.

Roy sabía que, después de tantos años de matrimonio, no debería sorprenderse por nada de lo que pudiera hacer su mujer, pero cualquiera diría que lo tenía todo previsto.

—¿Y Linnette? —siempre había estado muy unido a su hija, y no iba a ser nada fácil confesarles la verdad a Mack y a ella.

—Pensé que sería mejor decírselo por separado, ¿te parece bien?

Él asintió. Contarles aquello a sus hijos iba a ser lo más difícil de todo.

Cuando Mack llegó a las nueve, Roy se preguntó qué le habría dicho Corrie para convencerle de que fuera tan temprano. Su hijo solía evitarle en la medida de lo posible, y al pensar en los últimos años, no tuvo más remedio que admitir que tenía la culpa de aquella situación.

No habría sabido decir cuándo habían empezado a distanciarse... seguramente cuando Mack estaba en el instituto. Él quería que su hijo siguiera sus pasos y jugara al rugby, pero Mack había optado por el fútbol. Se había sentido tan decepcionado, que se había negado a ir a sus partidos. Había sido una reacción muy pueril de la que se arrepentía, pero a partir de entonces la relación había ido degenerando hasta llegar a un enfrentamiento permanente. Era como si su hijo estuviera empeñado en provocarle de forma constante. La situación había afectado mucho a Corrie, y él se sentía culpable por haberle causado aquel dolor a su mujer.

Mack se quedó en la puerta de la sala de estar, se metió las manos en los bolsillos y se quedó mirándolos. Era obvio que se sentía un poco incómodo.

—Hola. Queríais hablar conmigo, ¿no?

Corrie asintió, y le indicó que se sentara. Mack lo hizo, pero se quedó en el borde de la silla, como si estuviera listo para marcharse a toda velocidad en caso de que fuera necesario.

Roy lo contempló como si estuviera ante un desconocido, y se dio cuenta de que su hijo era un joven atractivo. Era tan alto como él, y tenía el pelo rizado; en su opinión, lo llevaba demasiado largo... seguro que se lo había dejado crecer porque sabía lo que él opinaría.

Intercambió una mirada con su mujer. Tendrían que haber hablado antes de cómo iban a abordar el tema, pero a los dos les resultaba muy doloroso hablar de su primera hija.

—Tu madre y yo tenemos que decirte algo —le dijo, mientras se sentaba junto a Corrie en el sofá.

Ella agarró un pañuelo, y empezó a retorcerlo.

—¿Es que vais a... separaros? —les preguntó Mack, ceñudo.

—No, eso nunca —Roy agarró a su mujer de la mano—. Tu madre va a tener que aguantarme durante el resto de su vida.

Aquellas palabras parecieron tranquilizar a su hijo, que esbozó una sonrisa.

—Antes de que te contemos por qué te hemos pedido que vengas, tengo que decirte algo —Roy carraspeó un poco para aclararse la garganta, parecía un día destinado a estar lleno de conversaciones difíciles—. Adoro a mi esposa y a mis hijos —al ver que Mack se limitaba a encogerse de hombros con aparente indiferencia, añadió—: Lo que estoy intentando decirte es que te quiero. Eres mi hijo, mi único hijo. Ya sé que hemos tenido algunas diferencias a lo largo de los años, y que yo tengo la culpa. Desde que eras un adolescente, debí de darte la impresión de que me sentía decepcionado contigo, pero no es así. Nunca me has decepcionado, hijo. Quería que aprovecharas todo tu potencial, pero no tenía derecho a inmiscuirme en lo que querías ser o hacer. A pesar de todo, seguiste tu propio camino, y demostraste que tenías agallas y fuerza de voluntad —apartó la mirada, y añadió—: Para mí es un orgullo que seas mi hijo.

Su hijo se quedó mirándolo como si no supiera cómo reaccionar, y él se puso de pie y extendió el brazo hacia él. Mack fue hacia él, pero no se dieron un apretón de manos, sino un fuerte abrazo. Para cuando se sentaron de nuevo, los dos tenían los ojos llorosos.

Corrie no se molestó en disimular la emoción que sentía, y lloró sin ningún reparo.

—Hay... algo más, hijo —dijo, al cabo de un largo momento.

—¿Más? —Mack miró a su padre, que asintió.

—Tenemos que decirte algo, y no es nada fácil —Roy fijó la mirada en sus manos.

Mack se levantó de un salto, y exclamó horrorizado:

—¡Tienes cáncer! —se sentó de nuevo cuando su padre negó con la cabeza, pero aún parecía un poco aprensivo—. Entonces, ¿no queríais que viniera para que papá me dijera lo de antes?

—No, pero lo que voy a contarte va a ser toda una sorpresa —sin más, Roy empezó a explicárselo todo.

Mack se quedó boquiabierto, y a mitad de la historia alzó una mano para interrumpirle.

—¿Estás diciéndome que dejaste a mamá embarazada cuando ibais a la universidad?

Roy se limitó a asentir, y Corrie se apresuró a decirle:

—Tu padre no lo sabía, no se lo dije.

—Porque no pudiste, Corrie, y eso fue culpa mía —no estaba dispuesto a dejar que su mujer cargara con toda la responsabilidad—. Pero ahora ya no importa. Queremos que sepas que tienes una hermana a la que se dio en adopción.

—Espera... —Mack se puso de pie otra vez, y se agarró la cabeza como para evitar que algún pensamiento se le escapara—. ¿Es ella la que ha estado mandándoos los mensajes?

—Eso creemos —le dijo Corrie con voz suave.

—¿Tengo otra hermana?

—Sí.

—Tengo dos hermanas mayores... —susurró, mientras intentaba asimilarlo—. ¿Lo sabe Linnette?

—Aún no.

Mack siguió mirándolos atónito, y les preguntó:

—¿Cuándo pensáis decírselo?

Roy se sentía tan aliviado después de revelarle a su hijo aquella parte de su pasado, que decidió terminar cuanto antes lo que habían empezado.

—Vamos a decírselo ahora mismo —le dijo a su mujer.

—Voy a llamarla —le dijo ella, que parecía igual de ansiosa.

Mientras Corrie llamaba a Linnette desde el teléfono de la cocina, Roy y su hijo permanecieron en la sala de estar. Aún se sentían un poco nerviosos e inseguros el uno con el otro.

—He estado haciendo excursionismo en el bosque Olympic —comentó Mack, al cabo de unos segundos.

—Es una actividad que siempre me ha gustado —le dijo, antes de añadir con tono tentativo—: A lo mejor podríamos salir de excursión algún día, un fin de semana. En esta zona hay rutas preciosas.

Mack sonrió de oreja a oreja, y le contestó:

—Sería genial.

Corrie regresó de la cocina, y comentó:

—Linnette dice que ha quedado con una amiga, pero que tiene media hora si vamos ahora mismo.

Fueron en el coche de Roy, y llegaron poco después a casa de Linnette; cuando entraron todos en la sala de estar, ella se dio cuenta enseguida de que la dinámica entre su padre y su hermano había cambiado.

—Bueno, ¿qué es lo que pasa?

—Prepárate para llevarte un sorpresón —Mack intercambió una sonrisa con su padre, y añadió—: Será mejor que te sientes.

—Debe de ser una buena noticia —comentó, mientras los miraba desconcertada.

—Es una noticia genial —le dijo su hermano.
—¡Venga, contádmelo de una vez!
—Tenemos una hermana.
Linnette se levantó de un salto, y exclamó:
—¿*Qué?*

Corrie y Roy se lo contaron todo, sin dejarse ni un solo detalle, y ella los miró atónita. Apenas era capaz de articular palabra, pero al final dijo:
—¿Tengo una hermana?, ¿tenemos una hermana?
—Quise contártelo, lo intenté muchas veces, pero tú ya tenías bastante con tus propios asuntos. No quería preocuparte con mis problemas —le dijo Corrie.
—Mamá, no puedo ni imaginarte pasando por algo así, eras tan joven...

Aquellas palabras intensificaron la culpa que sentía Roy, pero Corrie no le echó la culpa a él ni intentó minimizar la angustia que había vivido en aquella época de su vida.
—Tuve la gran suerte de tener unos padres que me apoyaron, no me presionaron cuando tuve que decidir lo que iba a hacer con mi bebé. Mamá y papá me apoyaron al cien por cien.

Cuando oyeron que alguien llamaba a la puerta, Linnette comentó:
—Debe de ser Gloria, habíamos quedado para ir al centro comercial.
—Ya abro yo —le dijo Roy. Era el que estaba más cerca de la puerta.

Cuando abrió, Gloria pareció sobresaltarse al verlo.
—Hola, creo que ya nos conocemos —Roy alargó la mano hacia ella, y añadió—: Soy el padre de Linnette... y el tuyo —oyó las exclamaciones ahogadas de su familia a su espalda.

Gloria esbozó una sonrisa, y comentó:
—Me preguntaba cuándo lo descubrirías.

Roy la abrazó, y sintió una emoción abrumadora. Entonces le pasó un brazo por la cintura, y se volvió hacia su familia.

—Corrie, te presento a nuestra hija.

Su mujer fue corriendo hacia ellos, y abrazó a Gloria.

—Mi niña... mi niña... —susurró, mientras lloraba de emoción.

—Gloria... ¿tú eres mi hermana? —Linnette estaba boquiabierta.

—Sí —admitió la joven, que para entonces también estaba llorando—. Ni te imaginas cuánto me alegré cuando me enteré de que tú eras mi nueva vecina, me pareció cosa del destino que fuéramos a vivir prácticamente puerta con puerta.

—Sentí un vínculo especial contigo desde el principio —admitió Linnette.

—Ahora ya sabes por qué —le dijo, mientras se secaba las lágrimas de las mejillas.

—¿Cómo nos encontraste? —le preguntó Corrie.

—A través de mi abuela. Conocía a tu madre, y cuando se enteró de que estabas embarazada, habló con ella en nombre de su hija y su yerno. Fue una adopción privada.

—Tendría que haberlo sabido, pero estaba tan hundida en mi propio dolor, que no presté demasiada atención —cuando Roy la tomó de la mano, añadió—: Mi madre no me dijo ni una palabra, ni siquiera lo menciona en sus diarios. A lo mejor tenía miedo de que yo los leyera algún día... como así ha sido.

—¿Por qué decidiste localizarnos, Gloria? —le preguntó Roy.

Ella lo miró durante unos segundos, y entonces fijó la mirada perdida en la ventana.

—Mis padres murieron hace cinco años, tuvieron un accidente con su avioneta. A papá le encantaba volar, y como pensaba comprar unas tierras en Fresno, organizamos un viaje de un día para ir a verlas. Me salió un imprevisto de última hora y al final no pude ir... no sabía que no volvería a ver a mi familia nunca más —los ojos se le llenaron de lágrimas—. Mi abuela, que era la única familia que me quedaba, me ayudó a organizar los entierros —tragó con fuerza, y tardó unos segundos en poder seguir hablando–. Perder a su hija la destrozó, y cuando supo que estaba muriéndose, me dijo que tenía otra familia y que debería buscarla. No soportaba la idea de que me quedara sola –hizo otra pausa antes de añadir–: Murió una semana después de contármelo.

–De modo que no te costó localizarnos... ¿por qué me dirigiste los mensajes a mí en concreto? –le dijo Roy.

Gloria agachó la mirada, y admitió:

–Estaba dolida y enfadada. Vi mi certificado de nacimiento, y me di cuenta de que no habías firmado los papeles de la adopción. Mi abuela me dijo que estabas al margen de todo, así que sentí que habías abandonado a mi madre. Quería que le dieras vueltas a la cabeza... y que te preocuparas –tuvo que tragar con fuerza de nuevo–. Pero ya no me siento así –miró a Corrie antes de decir–: Me he dado cuenta de que queréis a vuestros hijos. Sé que tendría que haber hecho las cosas de otra forma, pero cuando empecé a enviar los mensajes, me sentí incapaz de parar hasta que me descubrierais... ¿podéis entenderlo? –cuando Roy asintió, añadió–: Perdonadme, lo que hice estuvo mal.

Linnette se levantó, fue hacia ella y la abrazó con fuerza.

–Bien o mal, me alegro de que nos encontraras. Siempre quise tener una hermana... ¿verdad que sí, mamá?

–Sí –Corrie seguía luchando por controlar sus emociones.

Gloria se volvió hacia ella y admitió:

–Al principio, no iba a hacerlo. Me dije que, como tú no me habías querido, yo tampoco te necesitaba... pero no era cierto; aun así, no pensaba inmiscuirme en tu vida, pero entonces descubrí que te habías casado con mi padre y que teníais dos hijos más.

–Tardé un poco en atar todos los cabos, pero...

Mack interrumpió a su padre al decir:

–¡Un momento! Eres policía, ¿verdad? Como papá –cuando Gloria asintió, miró a su padre y le dijo—: Al final has conseguido lo que querías, papi. Uno de nosotros ha seguido tus pasos.

Roy sonrió. Estaba con su familia, con toda su familia.

CAPÍTULO 46

Grace se pasó por su casa de Rosewood Lane al salir de la biblioteca. Era el primer lunes después de Pascua, y poco a poco había ido trasladando todas sus pertenencias al rancho de Cliff... ropa, libros, documentos... el sábado se habían llevado las últimas cajas en la furgoneta de Cliff, y ya sólo quedaban los muebles más grandes. Él quería que acabara de mudarse por completo al rancho, pero le había advertido que no era prudente dejar la casa vacía durante demasiado tiempo. En Cedar Cove no había demasiada delincuencia, pero el incendio intencionado de la caseta del parque era un dato preocupante.

Su marido... no sabía si alguna vez se acostumbraría a pensar en Cliff como su marido... tenía razón, ya era hora de que tomara una decisión por muy dura que fuera. Aquella pequeña casa de Rosewood Lane había sido su hogar durante más de treinta años, pero a pesar de que la idea de ponerla en venta le resultaba muy dolorosa, alquilarla supondría una preocupación más que no quería.

Cuando había dado a luz a Kelly, Dan y ella ya vivían en aquella casa. Sus hijas habían ido al colegio que había a la vuelta de la esquina, y habían pasado allí los difíciles años de la adolescencia. Cuando habían crecido y se habían independizado, Dan y ella habían sufrido durante una breve temporada el síndrome del nido vacío.

Tenía muchos amigos en aquel vecindario. Cuando había vuelto a estudiar para obtener su licenciatura en biblioteconomía, la señora Vessey, la mujer que vivía en la casa de delante, se ocupaba de cuidar a las niñas hasta que Dan volvía del trabajo. Antes solía charlar con la señora Jennings, que vivía a varias casas de la suya, de sus respectivas hijas, y en los últimos años hablaban sobre todo de jardinería.

No sabía si iba a ser capaz de renunciar a su jardín de rosas. Cuidar de aquellas plantas la había reconfortado durante los meses posteriores a la desaparición de Dan.

Se entristeció al pensar en su difunto marido. Kelly y Paul le habían dicho recientemente que estaban esperando otro bebé, y sabía que Dan habría adorado a sus nietos. Había querido con locura a sus hijas, aunque siempre había estado más unido a Kelly, su hija menor. La joven había descubierto que estaba embarazada de Tyler cuando su padre aún estaba vivo, y había seguido creyendo que él volvería tarde o temprano, que tendría una explicación lógica que justificara su desaparición. No había perdido la esperanza hasta que le habían encontrado muerto.

Los demonios que habían atormentado a su marido habían sido despiadados e implacables. Ojalá hubiera hablado con ella de lo que le había pasado en Vietnam, a lo mejor las cosas habrían sido muy diferentes si lo hubiera hecho.

El suicidio de Dan había sido la tragedia más grande de su vida.

Fue al garaje de la casa, que era el lugar donde Dan solía pasar su tiempo libre, y echó de menos tener a Buttercup a su lado. Mientras encendía las luces y recorría el garaje, recordó el día que había descubierto que Dan había destrozado los últimos regalos de Navidad que le habían dado las niñas y ella. En su momento se había sentido furiosa y dolida, ya que había sido incapaz de entender por qué había hecho algo tan cruel. Había supuesto que él la odiaba, que no soportaba la vida que tenían, pero se había equivocado. Con el tiempo había llegado a entender que Dan se odiaba a sí mismo, y que no se había considerado digno de aquellos regalos. Por eso le había dado la espalda a todo lo bueno de la vida.

Casi todo lo que había en el garaje había sido de Dan, y no sabía qué hacer con las herramientas ni con el costoso equipamiento para talar árboles... lo mejor sería venderlo. Lo único que le quedaba de su marido eran unas cuantas fotografías y sus recuerdos.

Se arrodilló en el suelo, y al mirar en unas cajas vio libros y revistas viejas. La entristeció que el legado de Dan se redujera a unas cuantas cajas de cartón.

—He imaginado que te encontraría aquí —le dijo Cliff.

Levantó la mirada sobresaltada, y se sorprendió al ver que fuera ya estaba oscuro.

—¿Qué hora es?

—Falta poco para las ocho.

—¡No puede ser! —no se había dado cuenta de que había pasado tanto tiempo en el garaje. Le echó un vistazo a su reloj, y vio que Cliff tenía razón.

—¿Quieres llevarte algo más a casa?

—No, todo esto era de Dan.

—¿Estás pensando en lo que vas a hacer con sus cosas?

Grace sonrió aliviada al ver que su marido la entendía.

—Supongo que puedo dárselas a mis hijas.

Lo que Maryellen y Kelly harían con todo aquello era otra cuestión.

—Ése no es el problema real, ¿no? —le dijo él con voz suave. Miró a su alrededor, aunque ya había estado allí montones de veces, y comentó—: No quieres desprenderte de la casa, ¿verdad?

Al oír aquellas palabras, Grace se dio cuenta de que había estado mintiéndose a sí misma, y admitió:

—No, no puedo... aún no.

—Pues quédatela.

—¿No te importa que la alquilemos? Lidiar con los inquilinos puede ser un dolor de cabeza...

—Claro que no me importa. Es tu casa, puedes hacer lo que te dé la gana con ella. Y si decidimos alquilarla, no creo que tengamos demasiados problemas.

Grace sintió un alivio enorme, y lo abrazó con fuerza antes de susurrar:

—Gracias, Cliff.

—¿Por qué?

—Por amarme.

—Eso es lo más fácil del mundo, cariño —le alzó un poco la barbilla para poder mirarla a los ojos.

—Te amo tanto... —lo que sentía por él se sumó al dolor que seguía sintiendo por lo de Dan, y se le llenaron los ojos de lágrimas.

—Ya lo sé —la besó en la frente, y añadió—: ¿Estás lista para ir a casa?

Ella asintió. Su casa estaba donde estuviera Cliff.

Él le pasó el brazo por la cintura, y mientras la conducía hacia la calle le preguntó:

—Aún no has cenado, ¿verdad?

—No —en ese momento, se dio cuenta de que estaba hambrienta, y justo entonces su estómago empezó a hacer ruido.

—¿Quieres que vayamos a cenar a algún sitio?

—Sí, perfecto —lo miró sonriente.

A pesar de que no habían reservado mesa, decidieron ir al Lighthouse; a juzgar por la cantidad de vehículos que había en el aparcamiento, era obvio que el restaurante estaba bastante lleno para ser un lunes por la noche.

Grace se sintió halagada y agradecida cuando Justine los sentó en cuanto los vio llegar, y mientras pedían un poco de vino, vio a Cal y a Linnette McAfee en una mesa cercana. Parecían bastante acaramelados, así que era obvio que entre ellos había algo. No sabía cómo había pasado, pero parecían una pareja consolidada.

—¿Qué hay entre Cal y la hija de los McAfee? —le preguntó a su marido en voz baja.

—No lo sé —cuando sus miradas se encontraron por encima de los menús, Cliff enarcó las cejas y añadió—: El otro día se lo pregunté a Cal, y él fingió que no me había oído. Supongo que no quiere contármelo, ya te habrás dado cuenta de que es una persona bastante reservada.

—Creía que no estaba interesado en Linnette.

—Eso es lo que ha estado diciendo durante meses, pero está claro que ha cambiado de opinión.

Grace apenas veía a Cal últimamente. Cuando ella se iba a trabajar por la mañana, él ya estaba ocupado en el establo o en los pastos con los caballos, y por la noche Cliff y ella disfrutaban de la vida de recién casados y él respetaba su privacidad. En las dos semanas y media que llevaba de casada, apenas había intercambiado unas cuantas palabras con él.

—A juzgar por su comportamiento, diría que está enamorado —le dijo Cliff en voz baja.

—¿Por qué estás tan seguro? —le preguntó, a pesar de que opinaba igual que él.

—Porque Cal Washburn se pasa el día con cara de atontado —la miró sonriente, y añadió—: Igual que yo.

Sus palabras la conmovieron, y susurró:

—Y yo, Cliff. Y yo.

Él dejó a un lado el menú, y la agarró de la mano por encima de la mesa. Grace se sintió agradecida al ver que él había notado su estado de ánimo. Necesitaba disfrutar de aquel rato con él en un lugar neutral, que no fuera ni la casa del uno ni la del otro.

Al ver que ya sabían lo que querían, la camarera se apresuró a acercarse para tomarles nota. Grace pidió mero en salsa de gambas al curry, y Cliff un filete con patatas.

La comida estaba deliciosa, era una suerte que Cedar Cove tuviera un restaurante tan bueno. Grace se sentía orgullosa de Justine y de Seth, y del éxito que estaban teniendo. Seth había sido pescador, así que sabía distinguir el pescado y el marisco de calidad, y servía los productos más frescos. Era obvio que la gestión del restaurante requería mucho trabajo y esfuerzo, pero de momento el matrimonio parecía aguantar la presión.

Cuando acabaron de cenar, Cliff pagó la cuenta y le dijo:
—¿Lista para volver a casa?

Ella le dijo que sí, y mientras él iba a por su abrigo, vio que Cal y Linnette seguían charlando mientras tomaban café. Los miró con una sonrisa, pero ellos estaban absortos el uno en el otro.

Habían dejado en el aparcamiento los dos coches, y Cliff insistió en acompañarla al suyo y en comprobar que no había ningún problema antes de ir a por el suyo. Ella le siguió hasta el rancho, y llegó uno o dos minutos después que él. Cliff esperó delante de la casa a que aparcara en el espacio que le había dejado libre en el garaje, y cuando se acercó a él, le pasó un brazo por los hombros y se cubrió la boca con la otra mano al bostezar.

—¿Es una indirecta, Cliff? —le dijo en tono de broma, mientras le daba un codazo juguetón en las costillas. Su marido tenía un apetito sexual considerable, aunque aún estaban un poco tímidos el uno con el otro. Sabía que él quería ir a la cama, pero no por cansancio.

—Pues sí.

Grace se echó a reír, y le rodeó con un brazo mientras apoyaba la cabeza en su hombro.

—Es bastante tarde, ¿verdad? Hace horas que tendríamos que habernos acostado.

—Sí, es tardísimo, será mejor que nos acostemos cuanto antes.

Grace esbozó una sonrisa; al fin y al cabo, quería lo mismo que su marido.

CAPÍTULO 47

Cecilia se despertó cuando Aaron se echó a llorar, y soltó un gemido ahogado mientras le echaba un vistazo al despertador. Eran las cuatro y diez de la madrugada. Habían pasado cuatro horas desde la última vez que le había dado de mamar al niño, así que volvía a tener hambre y no se dormiría de nuevo hasta que quedara satisfecho.

Ian se volvió cuando ella se levantó de la cama, y le preguntó somnoliento:

−¿Necesitas ayuda?

−No, gracias.

Su marido no podía darle de comer al niño. Dar el pecho era una nueva experiencia para ella, porque no había tenido oportunidad de hacerlo con Allison. Había usado un succionador, porque quería creer que su leche le daría a su hija el sustento necesario que la ayudaría a superar aquella crisis médica, pero no había servido de nada.

Tomó en brazos a su hijo, que seguía llorando a pleno pulmón. Como le preocupaba que su llanto acabara despertando a los vecinos, le susurró con dulzura para calmarlo mientras le cambiaba el pañal y se sentaba con él en la mecedora de la sala de estar. Empezó a cantarle con suavidad mientras se desabrochaba el camisón, y soltó una exclamación ahogada cuando el pequeño se agarró con fuerza al pezón y empezó a mamar con ganas.

Ian soltó una pequeña carcajada desde la puerta, y comentó:

—Tengo un hijo fuerte —entró en la sala de estar, y se sentó delante de ellos. Estaba descalzo, y sólo llevaba los pantalones del pijama.

—No hacía falta que te levantaras.

—Ya lo sé, pero quería hacerlo. Aunque ya han pasado dos semanas, nunca me cansaré de ver cómo le amamantas.

Ella le apartó el pelito de la cara a su hijo, y lo miró embobada mientras al pequeño se le formaban pequeñas burbujas de leche en la boca.

—La primera vez que te vi, pensé que eras preciosa.

—Cariño, por favor... —le daba un poco de vergüenza que la piropeara.

—Es la pura verdad. Pero en este momento estás más deslumbrante que nunca.

—Gracias —susurró, conmovida.

Él hizo ademán de añadir algo más, pero se detuvo como si estuviera abrumado por la emoción del momento; al cabo de unos segundos, consiguió recuperar el habla.

—He estado pensando que podríamos buscar una casa de alquiler... puede que con opción a compra.

—Me encantaría. ¿Dónde?

—En Cedar Cove. Quiero que nuestro hijo tenga un patio en el que poder jugar y un vecindario con más familias, más niños. De momento nos va bien vivir en un dúplex, pero tenemos un hijo que va a necesitar espacio para crecer. ¿Qué te parece?

—¡Vamos a empezar a buscar hoy mismo! —le dijo, entusiasmada.

—Iré a alguna inmobiliaria, a ver qué me dicen.

Aaron se quedó dormido en cuanto se quedó satisfecho, y Cecilia lo acunó durante unos minutos hasta que creyó que podía acostarlo en la cuna sin miedo a que volviera a despertarse.

Ian se acostó, y apartó las mantas para que ella pudiera meterse también en la cama. Cecilia se acurrucó contra él, pero al cabo de unos minutos se apartó para intentar encontrar una postura cómoda. Cuando volvió a moverse inquieta al cabo de diez minutos, él le preguntó:

—¿Quieres contarme por qué estás tan nerviosa?

—No quiero quitarte el sueño.

—O hablas, o vas a despertarme cada vez que te muevas de un lado a otro. Aunque esté de permiso, necesito descansar.

—Perdona.

—Venga, cuéntame qué te pasa.

—Es Allison Cox —admitió al fin.

No pensaba mencionarle aquello a su marido, pero no había dejado de pensar en la joven desde el día anterior por la tarde. Allison había ido a ver a Aaron, y se había pasado casi toda la tarde contándole sus penas.

—Ya sé que no te gusta demasiado su novio —comentó Ian.

—No, no me gusta.

—No estará planeando fugarse con él, ¿verdad?

—No, al menos que yo sepa —pero tenía miedo de que Allison estuviera dispuesta a hacer cualquier cosa que le pidiera Anson.

—Entonces, no puede ser demasiado serio.

—Yo no estoy tan segura de eso —se acurrucó más contra él, y añadió—: Ese chico es problemático.

—¿Se junta mucho con Allison?

—Ya no. Tuvieron una especie de discusión hace poco, y ella no ha vuelto a verle —se mordió el labio, y añadió—: Está muy preocupada, porque él ha dejado de ir al instituto.

—¿Ha intentado localizarlo?

—Cuando se lo pregunté, se echó a llorar.

—¿Y qué te dijo?

—Que la madre de Anson lleva cinco días sin verle, y le da igual. Es increíble. Anson tiene dieciocho años, pero da igual la edad que tenga. Si vive en casa y desaparece, su madre debería estar preocupada.

—Debe de tener amigos, ¿no?

—Allison dice que sale con un grupo bastante duro —no le gustaba que la joven tuviera amistad con chicos como Anson y sus colegas, pero no se atrevía a decírselo.

—¿Nadie ha ido a preguntarles si saben algo de él?

—Creo que Allison lo ha hecho, pero si ha descubierto algo, no me lo contó —como él permaneció en silencio, añadió—: Está muy preocupada, le pidió a su padre que hablara con Seth Gunderson.

—¿Sobre qué?

—En diciembre, el señor Cox le pidió que le diera trabajo a Anson.

—Qué detalle.

—Como el señor Cox fue quien intercedió en favor de Anson, se siente culpable por lo que pasó, así que quería que Seth le contara su versión de la historia.

—¿Qué fue lo que le dijo?

—El señor Gunderson dijo que no estaba seguro de que Anson hubiera robado el dinero, así que despidió también a otro empleado; al parecer, los dos habían tenido oportunidad de apropiarse del dinero. Allison está convencida de que fue el otro chico, claro. Dice que el tal Tony se quejaba de que Anson le hacía quedar en evidencia, y que por eso iba a por él.

—¿Cómo le hacía quedar en evidencia?

—Supuestamente, porque Anson trabajaba muy duro.

—Pues parece que Tony tenía motivos, ¿no? Y Anson también, si creía que Tony había estado lanzando rumores sobre él.

—Exacto —era comprensible que Seth Gunderson hubiera despedido a Anson, porque el joven tenía el motivo, la oportunidad y la reputación.

Su marido permaneció en silencio durante un largo momento, y al final dijo:

—Todo eso es verdad, y no le descartaría del todo, pero me parece que ese chico no lo ha tenido nada fácil.

—No le conviene a Allison.

Ian se quedó en silencio de nuevo, y al cabo de unos segundos comentó:

—Me alegro de que no le hicieras caso a los que te dijeron que era un error salir con un marinero de la Armada.

—Yo también me alegro, Ian —le dijo, mientras se abrazaba a él.

Las palabras de su marido le habían dado que pensar.

CAPÍTULO 48

Rachel se rió con el chiste que Jane le contó mientras iban hacia el aparcamiento el sábado, al salir del trabajo. Era el día de más ajetreo de la semana, así que llevaba casi diez horas de pie y estaba exhausta. La risa era una buena forma de relajar la tensión, aunque el chiste había sido bastante malo.

El aparcamiento estaba bastante oscuro, porque la única luz que lo iluminaba era la de las farolas de la calle. Fue hacia su coche con las llaves en la mano, pero se detuvo en seco cuando un hombre alto y delgado salió de entre las sombras. El terror la dejó paralizada... hasta que le oyó hablar.

—Soy yo, Nate.

Sintió que le flaqueaban las rodillas, pero la furia la rescató.

—Me has dado un susto de muerte, ¿por qué te escondes entre las sombras? —le espetó con indignación.

—Lo siento.

—¡No me vengas con excusas!

Él alzó las manos en un gesto pacificador, y le dijo:

—Sólo quería hablar, no tenía intención de hacer estallar la Tercera Guerra Mundial.

—Pues tendrías que habértelo pensado dos veces antes de asustarme al aparecer de golpe.

En ese momento, Jane se acercó en su coche y aminoró un poco la marcha para comprobar que todo estaba en orden; en cuanto vio que se trataba de Nate, sonrió de oreja a oreja y se despidió con un saludo antes de alejarse de allí.

—Has tenido suerte de que no te haya arrancado los ojos con las llaves del coche —la furia disimulaba el entusiasmo que sentía. No quería alegrarse tanto de verlo, y se enfureció consigo misma—. Además, ¿qué haces escondido entre las sombras como un acosador? —metió la llave en el cerrojo y abrió la puerta del coche con brusquedad.

—Ya te he dicho que quiero hablar contigo —le dijo él, sin amilanarse.

Estaban a poco más de un metro de distancia... demasiado cerca, en opinión de Rachel.

—Te amo, Rachel. No puedo evitarlo. Iba a respetar tu decisión, pero no puedo.

Ella deseó que no hubiera dicho aquello, porque la debilitaba más y más cada vez que abría la boca.

—Esto no es una buena idea, Nate...

—Pues a mí me parece fantástica —le dijo, antes de dar un pequeño paso hacia ella.

Rachel sintió que el corazón le martilleaba en el pecho, y alzó una mano para detenerlo.

—Quédate quieto.

—No.

—Voy a llamar al guardia de seguridad.

—Hazlo —le dijo, antes de dar otro paso más.

—Nate... no.

Pero no pudo contenerse cuando él la agarró de los hombros con suavidad y la abrazó. Se apretó contra su cuerpo, y tuvo que aferrarse a él para permanecer de pie cuando la besó.

—Rachel... Rachel... —murmuró, entre beso y beso—, ¿por qué me echaste de tu vida?

A lo mejor se le habría olvidado si él no hubiera dicho nada, al menos durante otro beso más, pero Nate acababa de recordarle por qué era imposible que tuvieran una relación.

Rachel se obligó a apartarse de él, y respiró hondo mientras intentaba aclararse las ideas.

—No pienso dejarte escapar tan fácilmente, Rachel.

—Lo nuestro no funcionaría.

—¿Quién lo dice?

—Yo.

—Pues te equivocas. Estoy enamorado de ti.

—¡Ni siquiera me conoces! —Nate se lo estaba poniendo muy difícil—. Para ti, soy un instrumento más para molestar a tu familia, y... me niego. ¡No te atrevas a besarme otra vez! Oh... Nate... —se rindió en cuanto sintió el contacto de sus labios.

La besó con pasión, y cada beso fue más potente que el anterior. Al sentir que le flaqueaban las rodillas, Rachel supo que, si no hacía algo cuanto antes, acabarían en su casa, en su cama...

—Vámonos de aquí —le dijo él, con voz trémula.

—No —no supo dónde encontró las fuerzas para resistirse—. Ya te he dicho que esto no funcionará.

Él la agarró de los hombros y la miró a los ojos al decir:

—Sólo voy a decirte esto una vez, así que escúchame con atención —al ver que ella lo miraba desconcertada, añadió—: ¿Me entiendes? —cuando ella consiguió asentir, siguió diciendo—: Bien. Te amo, Rachel Pendergast. Siempre he tomado mis propias decisiones, y aunque quiero a mis padres, no permito que se entrometan en mi vida. Mi padre es congresista, y yo soy subteniente de la Armada de los Estados Unidos. Tengo un trabajo que me gusta, y un rango que me he ganado con mis propios méritos. ¿Está claro?

Ella volvió a asentir.

—Mi padre no me dice lo que tengo que hacer, ni de quién tengo que enamorarme. Yo tomo mis propias decisiones. ¿Te queda claro?

—Sí, pero...

—Nada de peros, te amo.

—No, Nate... por favor, no me ames —le suplicó, con la cabeza gacha.

Él le alzó la barbilla para que lo mirara a los ojos, y le dijo:

—Pues lo siento, porque ya es demasiado tarde.

—Pero...

—¿Vas a discutir conmigo?

—Es que... ¡oh, Nate! —le abrazó con fuerza, y admitió—: Yo también te he echado mucho de menos.

Él respiró hondo, la abrazó por la cintura y la levantó del suelo.

—Has tardado mucho en admitirlo.

—Tenía miedo.

Era la pura verdad. Si dejaban que aquella relación siguiera su curso, acabaría llegando el día en que ella tendría que conocer a su familia, y era obvio que a los padres de Nate no iba a hacerles ninguna gracia que fuera la novia de su hijo. No era de clase alta, ni era millonaria, ni había recibido una educación elitista. Se había criado con una tía suya que había fallecido cuando ella tenía diecinueve años, y desde entonces se las había arreglado sola. Los animales de la perrera tenían mejor pedigrí que ella.

—No tengo familia, Nate —le dio vergüenza admitirlo ante un hombre que tenía una tan importante.

—Me tienes a mí.

—¿En serio? ¿Por qué me lo pones tan difícil?, ¿por qué no me dejas sin más?

—Porque vale la pena luchar por ti. Dejemos de discutir, vamos a hablar.

Rachel accedió a regañadientes. Fueron en coche al Pancake Palace, y se sentaron frente a frente. Cuando la camarera se acercó a tomarles nota, pidieron café y helado con plátano, pero el helado se deshizo y el café se enfrió mientras hablaban.

Al final, Rachel agarró su cuchara, pero volvió a dejarla a un lado y dijo:

—Bueno, como tú eres el que tiene las grandes ideas, dime una cosa: ¿qué vamos a hacer a partir de ahora?

—Seguir a partir de donde estábamos cuando zarpé.

—¿Y se puede saber dónde estábamos?

—Estábamos saliendo juntos, Rachel. Tú eras mi chica, y yo tu soltero de oro.

—Eso suena como algo sacado de una peli de los cincuenta, tendríamos que estar escuchando a Bobby Darrin.

—Seguro que tienen alguna canción suya en la rocola.

—¿Y qué pasa con Bruce?

—Me parece que deberías decirle que no vas a volver a verle —Nate se inclinó hacia delante, y la besó antes de añadir—: Ya tienes un novio formal, no necesitas a nadie más.

¿Novio formal? Sandra Dee y Frankie Avalon iban a entrar en el local de un momento a otro.

Pero Rachel sabía que él tenía razón. Jolene iba a sentirse decepcionada, pero su enrevesada relación con Bruce tenía que acabar.

CAPÍTULO 49

Allison despertó al oír unos golpecitos en la ventana, y sintió que se le aceleraba el corazón al darse cuenta de que debía de ser Anson. Le daba igual que fuera de noche, tenía que hablar con él. Estaba tan ansiosa por salir de la cama, que estuvo a punto de caerse.

Tal y como esperaba, era él. Estaba en el jardín con los hombros encorvados contra el frío viento de marzo, y bajo la luz tenue de la luna alcanzó a ver que llevaba puestos su abrigo negro y su gorra. Estaba mirando hacia el interior de la habitación, y retrocedió unos pasos al verla ir hacia la ventana.

Le abrió sin dudarlo, y le dijo:

—¿Dónde has estado?, estaba muy preocupada por ti.

Habían pasado dos semanas desde que habían hablado en el centro comercial. Él había dejado de ir al instituto, y ninguno de sus amigos parecía saber dónde estaba. Era como si se hubiera desvanecido de la faz de la tierra, nadie le había visto. Al final había decidido llamar a su madre, pero la señora Butler no había mostrado ni preocupación ni interés.

Anson no contestó, y tampoco entró en el dormitorio. Se quedó fuera, tal y como había hecho la última vez que la había visitado en medio de la noche.

—Entra, hace frío —se apartó a un lado, pero él no se movió—. ¡Entra de una vez, Anson! Debes de estar medio congelado.

—No, sólo he venido a decirte adiós.

—¿Por qué?, ¿adónde vas?

—Aún no lo sé.

—Entra, tenemos que hablar —empezó a frotarse los brazos cuando se puso a temblar de frío.

Anson volvió a negarse; de hecho, retrocedió un paso más.

—Por favor —le dijo con voz suave.

Él pareció planteárselo, pero al cabo de unos segundos le dijo en voz baja:

—No puedo.

—¿Por qué no?

—Sólo he venido a decirte que no vas a volver a verme nunca más.

El impacto de aquellas palabras fue como un bofetón en la cara.

—No lo dirás en serio, ¿verdad? —tragó con fuerza, pero tenía un gran nudo en la garganta. Se sentía dolida y decepcionada—. Te amo, Anson.

—Pues deja de hacerlo —le dijo con voz cortante, como si su confesión le hubiera enfurecido—. Por si aún no te has dado cuenta, soy un perdedor. Sólo voy a conseguir hundirme más y más.

—¡Eso no es verdad!

—No quiero arrastrarte conmigo.

—No digas eso —la enfurecía que hablara así de sí mismo—. No eres un perdedor, no lo eres —estaba convencida de que él estaba repitiendo lo que su madre le había dicho durante toda su vida.

—Tu padre es un buen tipo, dale las gracias de mi parte.

Al ver que empezaba a dar media vuelta, se asomó por la ventana y alargó el brazo para intentar agarrarle.

—No te vayas...

Se habría caído si él no la hubiera sujetado a tiempo. Cuando estuvo en sus brazos, medio colgando de la ventana, se aferró a su cuello y empezó a besarlo. Él se resistió al principio e intentó apartarla, pero no tardó en rendirse. Se besaron durante un largo momento, pero al final él pareció tomar una decisión y se apartó.

—Por favor, entra para que podamos hablar con tranquilidad. No te vayas... así no.

Él vaciló por un momento, y acabó asintiendo. Mientras entraba por la ventana, Allison se puso su gruesa bata de lana y se ató el cinturón. Aún seguía temblando de frío.

Anson se sentó en el borde de la cama con la cabeza gacha, y le dijo:

—Digas lo que digas, no vas a conseguir que cambie de idea.

—Sé que me amas —susurró, mientras se arrodillaba en el suelo delante de él—. No lo niegues, Anson.

Él cerró los ojos, y murmuró con expresión atormentada:

—No tendría que haber venido.

Allison le cubrió las manos con las suyas, y le dijo:

—Me alegro mucho de que lo hayas hecho. No puedes dejarme, no voy a permitírtelo —se puso de pie, y añadió—: Si te vas, me iré contigo —no había otra alternativa—. Quiero estar contigo, sea donde sea.

—Ni hablar.

—Tienes que escucharme, Anson. Todo esto es por lo que te pasó en el Lighthouse, ¿verdad? —al ver que él no respondía y ni siquiera la miraba, añadió—: Mi padre te cree, y yo también. ¿Te da igual?

Él tardó unos segundos en contestar.

—¿Es que no lo ves? Siempre pasa lo mismo, todo lo que toco se desmorona. Creía que las cosas serían diferentes contigo, pero me equivoqué. Voy a largarme de aquí antes de fastidiar también tu vida —se puso de pie y fue hacia la ventana.

—Ni siquiera sabes adónde vas a ir –le dijo, en un susurro ronco; de repente, recordó otra cosa–. No puedes marcharte, incumplirás lo que acordaste con el fiscal. Tienes que acabar tus estudios.

—También se suponía que iba a tener un trabajo.

—Sí, pero...

—Ya es demasiado tarde para preocuparse de eso. Si me pillan ahora, lo más probable es que me metan en la cárcel, así que me largo de aquí.

Allison se planteó un montón de preguntas al oír sus palabras, pero no dio voz a ninguna por miedo a las respuestas.

—¿Qué estás dispuesto a hacer por dinero? –se asustó cuando él se volvió y soltó una carcajada seca, porque nunca le había visto así. Se le formó un nudo en el estómago al darse cuenta de que él quería marcharse aquella misma noche por alguna razón en concreto–. *¿Qué has hecho?* –le preguntó con voz queda.

—Es mejor que no lo sepas –su mirada se suavizó cuando la miró por última vez–. Adiós –le acarició el rostro con la punta de los dedos y se volvió hacia la ventana.

—¡No!

Se apresuró a ir tras él, pero era demasiado rápido y se movía con una gran agilidad a pesar de lo corpulento que era.

—¿Cómo podré ponerme en contacto contigo? –le preguntó, mientras le veía alejarse por el jardín.

Él no contestó, y se alejó con las manos en los bolsillos y los hombros encorvados.

Allison permaneció en la ventana hasta que lo perdió de vista. Estaba convencida de que no volvería a verlo. Mientras las lágrimas le inundaban los ojos y empezaban a caerle por las mejillas, cerró la ventaba y volvió a la cama.

Tardó horas en poder conciliar el sueño. Su almohada estaba húmeda por las lágrimas cuando despertó al oír que llamaban a su puerta.

Su madre asomó la cabeza y le dijo:

—Ya son más de las diez, Allison.

Se sentó en la cama y se frotó los ojos. Era sábado, y a veces dormía hasta tarde los fines de semana.

—Hay alguien que quiere hablar contigo.

Lo primero que le pasó por la cabeza fue que podía tratarse de Anson, pero descartó de inmediato la idea.

—¿Quién es?

—El sheriff Davis.

Al ver lo seria que estaba su madre, se le formó un nudo en el estómago, y supo sin lugar a dudas que aquello tenía algo que ver con Anson.

—¿Por qué quiere verme?

—Tu padre está hablando con él, vístete y baja.

Allison asintió. Intentó aparentar tranquilidad, pero el corazón le latía acelerado. Aquello era lo que más temía, que Anson volviera a meterse en problemas. Para cuando se puso unos vaqueros y una sudadera y se peinó, estaba temblando. No sabía lo que había hecho Anson, pero si le atrapaban, seguro que lo del incendio del parque se incluía en su expediente permanente, y estaba claro que su padre le prohibiría que volviera a verle.

El sheriff estaba sentado en la cocina con sus padres. Cuando la vio llegar, dejó su taza de café sobre la mesa.

—Ésta es Allison, nuestra hija —su padre la miró, y le indicó que se sentara—. Allison, el sheriff Davis quiere hacerte unas preguntas. Es importante que respondas con sinceridad y sin andarte por las ramas, ¿de acuerdo?

—Vale —le dijo ella, con la cabeza gacha.

—Hola, Allison —le dijo el sheriff con voz cordial—. Tengo entendido que eres amiga de Anson Butler —cuando ella asintió, añadió—: ¿Podrías decirme cuándo le viste por última vez?

La noche anterior se había dado cuenta de que Anson había hecho algo malo, él mismo lo había admitido más o menos. Se estremeció al recordar su risa escalofriante.

—Por favor, dile al sheriff Davis la verdad —le dijo su padre.

—Anoche —sabía que sus padres iban a ponerse furiosos cuando se enteraran de que le había dejado entrar en su habitación.

—¿Cuándo?

—A eso de las dos de la madrugada.

—¿Saliste a escondidas de la casa? —le preguntó su madre. Era obvio que estaba muy alterada.

—No, Anson vino a verme.

—¿A casa? —su padre habló con un tono de voz sereno, pero le dejó claro con la mirada que aquello no le hacía ninguna gracia.

—Dio unos golpecitos en la ventana, y me despertó. Vino a despedirse de mí.

—¿Te dijo adónde pensaba ir?

—No, me comentó que aún no lo sabía.

—¿Tienes idea de dónde puede estar ahora?

Ella se limitó a negar con la cabeza, y su padre le dijo:

—¿Estás segura de que se ha ido?

—Hacía días que no iba al instituto ni a su casa. Intenté localizarle, pero nadie le había visto.

—¿Dónde ha estado? —le preguntó el sheriff.

—No lo sé —se había pasado toda la semana preguntándose dónde estaba, esperando a que diera señales de vida. Estuvo a punto de echarse a llorar al imaginárselo viviendo en la calle. Su madre no le ayudaba en nada, daba la impresión de que su hijo no le importaba.

—¿Sabes si tenía algún dinero? —le preguntó el sheriff.

Ella vaciló por un instante antes de decir:

—No me dijo nada sobre eso —al ver que el sheriff y su padre intercambiaban una mirada, no pudo seguir aguantando la incertidumbre—. ¿Qué es lo que ha hecho?

—De momento no estamos seguros de que haya hecho algo, pero le consideramos una persona de interés —le dijo el sheriff.

—¿Por qué?

Davis volvió a intercambiar una de aquellas miradas con su padre, y al final dijo:

—El restaurante Lighthouse ha ardido hasta quedar hecho cenizas a eso de la una de la madrugada.

—¿Ha sido un incendio provocado?

—Aún no estamos seguros, pero los bomberos sospechan que sí.

—¡Anson sería incapaz de hacer algo así!

—Le prendió fuego a la caseta del parque —le recordó su padre, mientras posaba una mano sobre su hombro para intentar reconfortarla.

—Me da igual —se zafó de su mano, y se puso de pie—. No ha sido él.

—El señor Gunderson le ha mencionado como posible sospechoso.

—Porque cree que Anson le robó dinero, pero se equivoca.

—Anson estaba enfadado...

—¡Usted también lo estaría, si le acusaran injustamente! —se le quebró la voz. Apenas podía creer que el Lighthouse hubiera quedado destruido, se había convertido en uno de los puntos de referencia de Cedar Cove.

—Como ya te he dicho, aún no tenemos constancia de que el incendio haya sido provocado —le dijo el sheriff, para intentar calmarla.

—¡Pero ya está intentando incriminar a Anson!

—Allison, nadie va a incriminarle —le dijo su madre con voz suave.

—De momento, sólo quiero hablar con él —apostilló el sheriff.

Allison no le creyó, estaba convencida de que tanto sus padres como él creían que Anson era culpable. Sabía que a lo mejor había hecho algo, pero era incapaz de incendiar el Lighthouse. A pesar de cualquier prueba o de cualquier sospecha que pudiera haber, estaba segura de que Anson era inocente.

Justine Gunderson abrazaba con fuerza a su hijo para resguardarlo del frío mientras contemplaba lo que quedaba de su restaurante. Leif estaba chupándose el dedo mientras dormía profundamente. Seth estaba a poco más de un metro de ella, contestando las preguntas del sheriff. El olor del fuego impregnaba el ambiente, le llenaba la nariz y se le pegaba a la ropa y el pelo. Las cenizas de lo que había sido su sueño y el de su marido aún humeaban. El Lighthouse había sido el restaurante de ambos, su inversión, y su única fuente de ingresos. A pesar de que estaba viéndolo con sus propios ojos, aún le costaba creer que el restaurante hubiera quedado hecho cenizas. Lo único que quedaba de la estructura eran un armazón ennegrecido y un montón de escombros. Se le encogió el corazón cuando alcanzó a ver un marco de metal deformado por el fuego... era el marco de la fotografía que Jon Bowman les había regalado cuando habían abierto el restaurante.

Al cabo de unos minutos, Seth se acercó a ella y tomó a Leif en brazos. El pequeño seguía dormido, así que se había librado de ver todo aquello. Estaba tan conmocionada, que no podía llorar; de hecho, apenas podía pensar.

—Ha sido un incendio provocado —le dijo Seth.

Aquello era tan increíble como el incendio en sí.

—¿Quién ha podido hacernos algo así?

—No lo sé.

—¿Cómo lo han hecho?

—El jefe de bomberos dice que se ha originado cerca de la cocina, se suponía que teníamos que creer que había habido algún problema con los fogones.

La situación parecía cada vez más irreal.

—Quienquiera que haya sido es bastante torpe, o quiere que le pillen —añadió su marido.

Justine quería que atraparan al responsable de aquello, que le juzgaran y le impusieran la máxima pena posible.

—El jefe de bomberos me ha preguntado si teníamos problemas con algún empleado —Seth también parecía conmocionado.

—¿Los teníamos? —era él quien se encargaba de contratar y despedir al personal, y el que organizaba los horarios de trabajo. Ella ya tenía bastante con hacer de maître y con mantener al día la contabilidad.

—Anson Butler se enfadó bastante cuando le despedí —le dijo él, con voz ronca.

Al recordar que su marido había despedido a dos empleados recientemente, le preguntó:

—¿Y el otro chico?

—Tony Philpott. Él pareció tomárselo mejor, creo que ya tiene otro trabajo.

—Ah.

—La policía quiere interrogar a Anson. Están buscándole, pero parece que se ha esfumado.

—Espero que le encuentren —susurró, mientras se apoyaba en su marido.

Seth asintió, le pasó un brazo por los hombros, y la acercó más a su cuerpo.

—Saldremos de ésta, Justine.

—Sí, claro que sí.

Estaba convencida de que lo conseguirían, aunque no sabía cómo.

CAPÍTULO **50**

Maryellen colgó alicaída el teléfono después de hablar con su hermana Kelly. Tenía ganas de llorar, todo iba mal. Estaba cada vez más desesperada por tener que permanecer postrada en cama durante aquel embarazo tan difícil, y estaba deseando volver a su vida normal.

Como no podía trabajar y no aportaba un sueldo a casa, el presupuesto familiar estaba al límite. Jon trabajaba muy duro para completar pedidos y hacer fotos nuevas, pero era la época de la declaración anual de renta y la venta de productos accesorios solía disminuir bastante.

Jon había estado combinando su trabajo de fotógrafo con el de chef, ya que aprovechaba todas las horas que Seth Gunderson podía darle, pero el fin de semana anterior el Lighthouse había quedado carbonizado en el incendio más grande en la historia de Cedar Cove. La ciudad entera había sentido la pérdida del restaurante, y como Jon se había quedado sin aquel trabajo extra, volvían a estar como al principio.

Además de trabajar sin descanso para mantener a la familia, él se ocupaba de Katie y de ella y se encargaba de las tareas domésticas. Estaba agotado, y ella no sabía cuánto tiempo iba a poder aguantar aquel ritmo inhumano; por si fuera poco, acababa de surgir un problema más.

Kelly también estaba embarazada, pero había empezado a sufrir unas náuseas terribles por las mañanas y se pasaba medio día en el cuarto de baño. Paul se había puesto firme, y había insistido en que dejara de cuidar de Katie.

La actitud de su cuñado era comprensible, y a pesar de que su hermana quería ayudarla y se sentía fatal por dejarla en la estacada, no podía seguir ocupándose de la pequeña.

De modo que no tenía más remedio que decirle a su marido que, por si fuera poco todo lo que acarreaba a las espaldas, iba a tener que ocuparse de supervisar a su hija de dos años. Como mucho le quedarían noventa minutos libres mientras Katie dormía la siesta.

Cuando Jon salió de su despacho y bajó a la sala de estar, se dio cuenta enseguida de que estaba preocupada por algo.

—¿Qué pasa? —al ver que ella le indicaba que se sentara a su lado en el borde de la cama, dijo en tono de broma—: ¿Es algo tan terrible?

—Será mejor que te sientes —Maryellen intentó sonreír, pero el resultado no fue demasiado convincente—. Acabo de hablar por teléfono con Kelly.

—¿Katie está bien?

—Sí —lo que estaba mal era todo lo demás.

—¿Cómo está el bebé? —le preguntó, mientras se sentaba junto a ella.

—A juzgar por las patadas que me da, diría que tiene más energía que tú y yo juntos —le dijo, mientras colocaba una mano sobre su vientre.

Jon se relajó, y le cubrió la mano con la suya. Como apenas se habían visto cuando estaba embarazada de Katie, los dos querían compartir al máximo aquel nuevo embarazo, aunque era una lástima que no fuera una experiencia más positiva.

—Las cosas mejorarán pronto —le dijo él.

—Ya lo sé —susurró. No sabía cómo decirle lo de Kelly.

Él la abrazó con ternura, y le dijo:

–¿Tengo que recordarte cuánto te amo? No soy nada sin Katie y sin ti.

Ella se apartó un poco, y respiró hondo antes de hablar.
–Kelly está embarazada.
–Sí, ya lo sé –la miró un poco desconcertado, porque habían hablado de que los primos iban a nacer con meses de diferencia.

Paul y Kelly estaban entusiasmados. A ella le había costado un poco quedarse en estado la primera vez, y aquel segundo hijo iba a nacer con seis años de diferencia respecto a su hermano mayor.

–Vuelve a tener unas náuseas muy fuertes –Kelly había tenido el mismo problema cuando estaba embarazada de Tyler.

Jon se tensó de inmediato, como si hubiera adivinado lo que se avecinaba.

–¿No puede seguir ocupándose de Katie?
–No. Se siente fatal por dejarnos en la estacada, pero no puede estar pendiente de una niña de dos años mientras se encuentra tan mal.

Jon se quedó mirando al vacío durante un largo momento, pero Maryellen no se atrevió a sugerir la solución obvia. En su última carta, el padre y la madrastra de su marido se habían ofrecido a ayudarlos, pero la única vez que ella había sacado el tema, Jon había rechazado la idea de inmediato. No podía volver a mencionárselo, así que se centró en encontrar otra solución.

–He estado dándole vueltas al asunto, y he pensado que yo podría vigilar a Katie por la mañana. No será fácil, pero me las arreglaré.

–Katie no para de ir de un lado a otro y de explorarlo todo –le dijo él–. No puedes cuidarla, pondrías en peligro el embarazo.

–Pero...
–Me la llevaré cuando salga a tomar fotos, antes solía hacerlo.

Maryellen asintió, pero los dos sabían que la situación no era la misma. Cuando Katie era un bebé, él solía llevársela en una mochila especial cuando salía a sus excursiones fotográficas, y a pesar de lo pequeña que era, la niña había disfrutado al máximo estando con su papá.

—Mi madre podría echarnos una mano —dijo, a pesar de que sabía que no era cierto.

Su madre estaba recién casada, y trabajaba en la biblioteca. Iba a ayudarlos dos o tres veces por semana, no podía pedirle más. Cliff y ella habían enviado un equipo de limpieza el mes anterior, e incluso lo habían arreglado todo para que el Lighthouse les llevara comida a domicilio en varias ocasiones, pero a pesar de lo agradecida que les estaba, no podía esperar que volvieran a hacerlo. Cliff y su madre ya habían hecho mucho por ellos.

—No podemos pedirle a tu madre más de lo que ya está haciendo —dijo Jon, como si le hubiera leído el pensamiento.

—Ya lo sé —se le llenaron los ojos de lágrimas, estaba abrumada por la preocupación y el estrés.

—Maryellen... —al ver que ella se cubría la cara con las manos y que agachaba la cabeza, le dijo desesperado—: Todo saldrá bien, cariño.

—Eso no es verdad.

—Hipotecaré las tierras...

—¡No! —aquellas tierras que su marido había heredado de su abuelo lo eran todo para él, se quedaría destrozado si las perdía.

Él permaneció en silencio durante un largo momento, y al final se puso de pie y fue hacia la puerta.

—¿Adónde vas? —le preguntó, al ver que empezaba a subir la escalera.

—A hacer una llamada.

—¿A quién vas a llamar?

Él la miró por encima del hombro, y le dijo:

—A mi familia, Maryellen. Es lo que quieres que haga,

¿no? —como ella no contestó, añadió con voz queda—: ¿Acaso tengo elección?

—¡Lo siento! No es culpa mía... no tengo la culpa de lo que está pasando, así que no te enfades conmigo.

—Pero quieres que los llame, ¿verdad?

Sí, pero porque tenía sentido que el padre y la madrastra de Jon tuvieran la oportunidad de reconstruir su relación con él, ya que era el único hijo que les quedaba con vida; además, tanto Jon como ella necesitaban que alguien les echara una mano.

Él soltó un suspiro, y se pasó una mano por la cara antes de decir:

—No pueden quedarse con nosotros, ¿de acuerdo? —esperó a que ella asintiera antes de añadir—: Y sólo voy a aguantarlos hasta que nazca el bebé.

—¿Vas a decirles eso?

—Pues claro, no quiero tenerlos cerca. Voy a hacer esto por ti, por nuestra hija, y por el bebé.

Ella estaba muy sensible por el embarazo, y no pudo evitar echarse a llorar.

—Llámalos si quieres, pero no te enfades conmigo. No puedo soportarlo, no puedo —le dijo entre sollozos.

Él se apresuró a ir hacia ella, la abrazó, y dejó que llorara en su hombro.

—No estoy enfadado contigo, estoy furioso conmigo mismo —susurró contra su pelo.

—¿Por qué?

—Porque no puedo ser el hombre que necesitas que sea. Crees que debería perdonarles lo que hicieron, pero no puedo por mucho que lo intento.

Ella le rodeó con los brazos, y se aferraron el uno al otro. Iban a conseguir salir adelante, con o sin la ayuda de sus padres.

Roy McAfee estaba contemplando apesadumbrado los escombros calcinados de lo que en otro tiempo había sido el restaurante Lighthouse. Tenía a su hijo a un lado, y a Gloria al otro.

—El sheriff Davis me ha dicho que se ha confirmado, el fuego fue provocado —le dijo su hija, que estaba mirando a su alrededor con las manos en las caderas. Sacudió la cabeza, como si le costara asimilar lo que estaba viendo.

Roy se sentía igual. Parecía increíble que hubiera pasado algo así en una ciudad tan tranquila como Cedar Cove. Según el artículo que había publicado el *Chronicle*, los Gunderson se habían quedado conmocionados y aún no habían tomado ninguna decisión, no sabían si iban a reconstruir el restaurante o no.

—¿Hay algún sospechoso? —le preguntó a su hija.

—Sí, una persona de interés... un chico que va al instituto. Provocó un incendio hace unos meses, y le despidieron hace poco del restaurante.

—¿Te refieres a lo de la caseta del parque? —recordó haber leído en el periódico algo sobre el tema, pero no se había publicado el nombre del chico. Al ver que Gloria asentía, le preguntó—: ¿Tenía algún motivo?

—El sheriff Davis cree que sí; además, no han encontrado la caja metálica donde se guardaba el dinero.

—¿Qué es lo que dice el chico?

—No han podido hablar con él, se ha largado.

—Papá, el lunes fue a verte una adolescente al despacho, ¿no? —le dijo Mack.

Roy asintió. Su hijo había atado cabos antes que él.

—La hija de los Cox quería contratarme para que localizara a su novio.

La joven había estado ahorrando para comprarse un coche, pero estaba dispuesta a darle hasta el último penique si la ayudaba a encontrar al chico. Le había impactado su devoción, pero ella había omitido mencionar que su novio era problemático. Decidió que la joven podía ahorrarse su dinero, la policía tenía muchos más recursos que él. Si Allison Cox insistía en gastarse su dinero en su novio, le aconsejaría que contratara a un buen abogado.

—El chico se llama Anson Butler —añadió.

—¿Sabes algo sobre él? —le preguntó Gloria.

—No, su novia vino a verme porque había desaparecido y quería que lo localizara.

—Es el chico al que busca la policía para interrogarle sobre el incendio.

Mack enarcó las cejas, y le dio una patadita a las cenizas antes de decir:

—Supongo que es un buen momento para deciros que llevo varios años trabajando de voluntario en el cuerpo de bomberos de Kent.

—¿En serio? —Gloria lo miró con interés.

—Sí, es un trabajo que me gusta.

—Me han comentado que en el cuerpo de bomberos de Cedar Cove hay dos vacantes, podrías intentar conseguir una —comentó ella.

Cuando su hijo lo miró como pidiéndole su aprobación, Roy asintió y le dijo:

—Me gustaría mucho que lo hicieras.

—Vale, lo haré —Mack sonrió de oreja a oreja.

Roy se agachó y agarró un puñado de ceniza. Por fin tenía cerca a toda su familia. Había recuperado a Gloria, la hija a la que no conocía, y estaba limando asperezas con Mack. Linnette ya vivía en Cedar Cove, y si su hijo conseguía un empleo en el cuerpo de bomberos, seguro que también se mudaba a la ciudad.

Dejó que las cenizas se le escurrieran entre los dedos, y se preguntó si Anson sabía que Allison estaba dispuesta a dar todo lo que tenía con tal de encontrarle. Esperaba que aquel chico supiera valorar algún día el sacrificio que estaba dispuesta a hacer por él.

Se puso de pie, y volvió a mirar a su alrededor. Sabía que perder el restaurante había sido un golpe muy fuerte para Seth y Justine Gunderson, y a pesar de que tenía la prueba delante de sus ojos, aún le costaba creer que alguien hubiera querido hacerles daño de forma deliberada. Quedaba por ver quién era el responsable del incendio. Troy Davis tenía como principales sospechosos a los dos chicos que Seth había despedido recientemente, sobre todo a Anson Butler, pero a él le parecía que aquello era demasiado conveniente; aun así, si el culpable no era un empleado resentido, ¿quién podría ser?

Aún no había tenido ocasión de hablar ni con Seth ni con Justine, pero pensaba pasarse pronto por su casa, que estaba en el número seis de Rainier Drive, para hablar con ellos.

Títulos publicados en Top Novel

Raintree – HOWARD, WINSTEAD JONES Y BARTON
Lo mejor de la vida – DEBBIE MACOMBER
Deseos ocultos – ANN STUART
Dime que sí – SUZANNE BROCKMANN
Secretos familiares – CANDACE CAMP
Inesperada atracción – DIANA PALMER
Última parada – NORA ROBERTS
La otra verdad – HEATHER GRAHAM
Mujeres de Hollywood... una nueva generación – JACKIE COLLINS
La hija del pirata – BRENDA JOYCE
En busca del pasado – CARLY PHILLIPS
Trilby – DIANA PALMER
Mar de tesoros – NORA ROBERTS
Más fuerte que la venganza – CANDACE CAMP
Tan lejos... tan cerca – KAT MARTIN
La novia perfecta – BRENDA JOYCE
Comenzar de nuevo – DEBBIE MACOMBER
Intriga de amor – ROSEMARY ROGERS
Corazones irlandeses – NORA ROBERTS
La novia pirata – SHANNON DRAKE
Secretos entre los dos – DIANA PALMER
Amor peligroso – BRENDA JOYCE
Nuevos amores – DEBBIE MACOMBER
Dulce tentación – CANDACE CAMP
Corazón en peligro – SUZANNE BROCKMANN

www.ingramcontent.com/pod-product-compliance
Lightning Source LLC
LaVergne TN
LVHW030335070526
838199LV00067B/6291